李商隐诗文选讲

况晓慢——著

河北大学出版社·保定

出 版 人：马　力
责任编辑：何　东
特约编辑：赵彩霞
装帧设计：王占梅
责任校对：苏安邦
责任印制：常　凯

LISHANGYIN SHIWEN XUANJIANG

图书在版编目（CIP）数据

李商隐诗文选讲 / 况晓慢著. -- 保定：河北大学出版社，2025. 3. -- ISBN 978-7-5666-2295-2
Ⅰ. I206.424
中国国家版本馆CIP数据核字第20258Z4S24号

出版发行：河北大学出版社
地址：河北省保定市七一东路2666号　邮编：071000
电话：0312-5073003　0312-5073029
网址：www.hbdxcbs.com
邮箱：hbdxcbs@163.com
经　　销：全国新华书店
印　　刷：涿州市般润文化传播有限公司
幅面尺寸：150 mm × 225 mm
字　　数：150 千字
印　　张：15.5
版　　次：2025 年 3 月第 1 版
印　　次：2025 年 3 月第 1 次印刷
书　　号：ISBN 978-7-5666-2295-2
定　　价：56.00 元

前　言

唐元和十一年（816），李商隐大约三岁，随父李嗣赴浙。不到十岁，李嗣去世。李商隐只得随母还乡，过着艰苦清贫的生活。李商隐是家中长子，因此也就同时背负上了撑持门户的责任。李商隐在文章中提到自己在少年时期曾“佣书贩舂”，佣书就是给官府抄写文书，换取报酬，这是穷苦读书人维持生计的一种传统手段；贩舂就是买进谷物舂米出售，贴补家用。这些童年的悲伤经历成为李商隐诗文作品多伤主题的心理根源。李商隐“五岁诵经书，七岁弄笔砚”，回乡后师从一位精通五经和小学的堂叔受经习文，这位堂叔曾上过太学，但没有做过官，终身隐居。据李商隐回忆，这位堂叔在经学、小学、古文、书法方面均有造诣，而且对李商隐非常器重。受他的影响，李商隐“能为古文，不喜偶对”。大约在十六岁时，他写出了两篇优秀的文章，即《才论》《圣论》（今不存），因此获得一些士大夫的赞赏，这些士大夫中就有时任天平军节度使的令狐楚。令狐楚是李商隐求学生涯中的又一位重要人物，骈体文的专家，对李商隐的才华非常欣赏，不仅教授他骈体文的写作技巧，还资助他的家庭生活用度，鼓励他与自己的子弟友朋交游。在令狐楚的帮助下，李商隐的骈体文写作进步非常迅速，由此获得极大的信心，希望可以凭借这种能力展开他的仕途。但命运似乎并未眷顾李商隐，开成二年（837），李商隐考中进士，及第后再入令狐楚幕，令狐楚死后又被泾原节度使王茂元幕邀约，王茂元虽非“李党”，但他与李德裕交往甚密，因此被“牛党”视为“李党”中人。李商隐入王茂元幕府后不久，便娶王茂元之女为妻。自此陷入“牛李党争”漩涡，被“牛党”视为“背恩”“无行”，次年应“博学鸿词科”考试，已被录取却再遭刷落。会昌二年（842）应“书判拔萃试”，授秘书省正字。宣宗即位后，“牛党”得势，李商隐随即放弃京职，随“李党”郑亚远赴桂海。大中十二年（858），因病退职还乡，在郑州去世。

《论语·子路》篇中说：“子曰：‘不得中行而与之，必也狂狷乎！狂者进取，狷者有所不为也。’”这里，孔子将人分成“狂”“狷”“中行”三种类型，可理解成三种气质。“狂”与“狷”是两种对立的品质。前者进取，敢作敢为；后者退缩，不敢作为。“中行”者介于狂狷之间，不偏于狂，也不偏于狷。这或许是中国古代关于气质的较早论述。古希腊时代的医生希波克拉特在其所著《论人的本性》一书中论及人的气质差异和气质类型问题。他认为，人体有四种体液——血液、黏液、黄胆汁、黑胆汁，这四种体液的组合就“形成了人体的特质”。按照他的分析，黑胆汁占优势的人性格孤僻、行动迟缓、多愁善感。苏联心理学家依据巴甫洛夫的神经活动类型学说认为气质类型具有感受性、耐受性、敏捷性、可塑性、情绪兴奋性、外倾性和内倾性等特性，这些特性通过不同方式的组合，构成了胆汁质、多血质、黏液质、抑郁质四种传统的气质类型。从上面的分析来看，晚唐诗人李商隐既不属于“狂”“狷”之类，也非“中行”者，更像是黑胆汁抑郁型气质的一类。他的诗歌风格明显具有朦胧晦涩、低回婉转、欲说还休、欲罢不能的特点，这一点与黑胆汁抑郁型的人气质相近。

诗人的气质在很大程度上决定了诗人的风格，但诗风并不能直接等同于气质。《文心雕龙·体性》篇说：“才有庸俊，气有刚柔，学有浅深，习有雅郑，并情性所铄，陶染所凝，是以笔区云谲，文苑波诡者矣。”说的是诗人风格的形成与后天的才、气、学、习等诸多因素相关。《论语·阳货》篇说：“性相近也，习相远也。”现存的文献中，关于李商隐“博学强记”的记载是有的，这说明他富有天资，但他无疑是刻苦努力又富有诗才的那种，宋代的很多故事小说、诗话中都有记载，这里仅列一二。宋吴炯《五总志》中说：“唐李商隐为文，多检阅书史，鳞次堆集左右，时谓为獭祭鱼。”是说李商隐在写诗作文十分认真刻苦，故而对典故运用熟稔，时常像獭捕鱼后将小鱼整齐摆放那样大量铺排，因此为世人诟病，被人讥讽为“獭祭鱼”。宋姚宽《西溪丛语》中也记载唐末流传的一个关于李商隐诗才的故事：一群文人在洞庭湖中泛舟游玩，有人提议以木兰为题作诗，于是众人一边饮酒一边轮流赋诗。这时，突然出现一位贫穷书生，口占一绝《木兰花》诗云："洞庭波冷晓侵云，日日征帆送远人。几度木兰舟上望，不知元是此花身。"吟罢隐身而去。大家都感到惊奇，后来得知，这就是李商隐的鬼魂。宋李颀《古今诗话》中记载的并没有鬼魂出现，是一群诗人在长安聚会时，有人朗诵这首诗，大家才发现朗诵者就是李商隐。宋蔡居厚《蔡宽夫诗话》中还有一个关于白居易愿为李商隐儿子的说法，说的是白居易晚年非常喜爱李商隐的诗，曾经开玩笑地说：希望我死后能够投胎当你的儿子。这些关于李商隐诗才的民间小说或诗话之所以广为流传，与李商隐本人富有诗才以及世人对其诗文的偏爱有关。在清代李商隐研究的鼎盛时期，朱鹤龄《李义山诗集笺注》序引钱谦益语评李商隐诗曰"沉博绝丽"。"沉"，深沉，用意细微；"博"，博大，内容渊博；"绝丽"，文辞美妙至极。李商隐很多诗歌作品确实寄托幽深、情感内敛回旋、层层深入。刘熙载《艺概·诗概》评李商隐诗"深情绵邈"。"深情"是李商隐诗歌的特质，"绵邈"意指辽远、长久、悠远，形容含意深远或情意深长。李商隐诗歌情深词婉，能于秾丽中时带沉郁，流美中不失厚重，对后世的诗坛和词坛影响很深，这与其诗歌创作多有继承有关。其七律继承了杜甫精严顿挫的特点，又融合了齐梁诗的绮艳和六朝民歌的清丽，以及李贺诗的幻想象征手法，用词隐晦意深又深受阮籍影响；一些长篇古风如《韩碑》接近韩愈的歌行；一些抒情写景小诗淡语天成、绰约多姿，不失盛唐绝句风味。

对李商隐文章的接受，以《四库全书简明目录》评李商隐骈文的态度可见一斑："李商隐骈偶之文，婉约雅饬，于唐人为别格。"四库馆臣注意到李商隐骈文并非一味地追求句式的整饬与辞藻的华美，其中蕴含着中唐文人尤其是"古文运动"倡导者提出的恢复雅颂正声的余韵，故而评其骈文"雅饬"之称，骈文格调上远超他人。中唐古文家对骈文改其弊有余、取其长不足。他们不是把古文与骈文看成此消彼长的文体互补关系，而是自筑藩篱，拒骈文于门外。柳宗元《乞巧文》便是以否定骈文为主旨，明确站在骈文对立面。李商隐是在经过严格的古文训练的前提下转向骈文写作的，他的骈文没有完全沿袭六朝骈文的固定套路，也没有极力回避骈文的创作技巧。他在写作时并未全盘否定骈文，而是将六朝骈体美文审美特质继承下来，并将自己对古文写作雅颂正声主题的追求、对韩柳古文精髓的吸纳融于骈文写作中，这便在写作基调上远超他人，最终形成内容充实、形式精美、独具特色的骈文作品。李商隐古文思想对其骈文写作的深刻影响主要体现在融情入文、情遣辞隐，以及骈散兼行、以散济骈。所谓融情入文、情遣辞隐，是说李商隐骈文作品以"情"动人。他在《献相国京兆公启一》和《献侍郎巨鹿公启》两篇骈体公文中分别以"人禀五行之秀，备七情之动"和"属词之工，言志为最"明确阐述了其骈文创作是以"情"为主线的，这与其古文《上崔华州书》中提倡的"直挥笔为文"的情感基调是一致的，也为其骈文创作融情入文奠定了理论基础。相较韩柳古文之风范，李商隐古文中“情”的主张是不同于韩柳的说论，这份“情”既富有古文的典雅，又富有骈体美文的诗情诗意，这份诗情诗意融入文章写作，深于情，长于理，华实相扶，文质彬彬，与晚唐诸家相比，便是清代馆臣文人所说的“别格”。所谓骈散兼行、以散济骈，是说李商隐将中唐以来的骈散兼行之风持续推进，实现了散体与骈体互相融合，以散济骈，使文气俊逸洒脱。李商隐从事骈文写作前深受早期古文熏染，已具备博闻强记的遣词造句能力。因此，在写作骈文时，他并没有千篇一律地套用应用文体相对固定的体式，而是根据不同文体的需求采用不同的行文方式。对于表、状、牒等官用文字，李商隐多以典故铺排，衬之以骈俪词语，表现官用文字的典雅庄重；对于渐为私用的书、启等文体，多以说理、叙事为强，用散句穿插于文中，以使文气流畅洒脱；而对于抒情为主的祭文，则真切考虑所祭之人的年龄、身份特点，如写给恩师令狐楚的祭文，语言厚重典丽，表达对恩师的敬重之情，而写给侄女寄寄的文章，则直白晓畅，几乎都是白话，表达对侄女早夭的悲痛和怜惜。

当今流传最广的李商隐诗歌笺注版本，是刘学锴、余恕诚著并由中华书局出版的《李商隐诗歌集解》五册。该书凡例中说是以明代汲古阁刊《唐人八家诗》之《李义山集》为底本，另有八家校本，包括《四部丛刊》影印明嘉靖毗陵蒋氏刻《中唐人集十二家》之《李义山诗集》（六卷，分体），明姜道生刻《唐三家集》之《李商隐诗集》（七卷，分体），明悟言堂抄本《李商隐诗集》（三卷，不分体），明胡震亨辑、清康熙二十四年刊《唐音统签》戊签之《李商隐诗集》（十卷，分体），清影宋抄本《李商隐诗集》（三卷，不分体），清康熙四十一年席启寓刊《唐诗百名家全集》之《李商隐诗集》（三卷，不分体），清蒋斧影印钱谦益写校本《李商隐诗集》（三卷，不分体）以及清朱鹤龄《李商隐诗集笺注》本（三卷，不分体）；还有唐、宋、元三代之主要总集及选本进行校勘，包括古典文学出版社影印日本江户昌平坂学问所官版本《又玄集》、《四部丛刊》影印述古堂抄本《才调集》、中华书局影印明刊配宋残本《文苑英华》、文学古籍刊行社影印明嘉靖本《唐人万首绝句》、国家图书馆藏元刊本《瀛奎律髓》六种；十三家注释笺评，包括明钱龙惕《玉谿生诗笺》、清朱鹤龄《李义山诗集笺注》、清吴乔《西昆发微》、清陆昆曾《李义山诗解》、清徐德泓陆明皋《李义山诗疏》、清姚培谦《李义山诗集笺注》、清屈复《玉谿生诗意》、清程梦星重订《李义山诗集笺注》、清冯浩《玉谿生诗集笺注》、清沈厚塽辑《李义山诗集辑评》、清纪昀《玉谿生诗说》、清姜炳璋《选玉谿生诗补说》。

中华书局出版的《李商隐文编年校注》五册是现存使用最多的李商隐文版本，编著者也是刘学锴、余恕诚二人。该书凡例中梳理了李商隐文的辑录、补正、修改的理路，即最早由清代朱鹤龄、徐炯先后从《文苑英华》《唐文萃》

辑录一百五十篇，徐炯又从《全蜀艺文志》中补入一篇铭文，徐树谷、徐炯分任笺、注，撰成《李义山文集笺注》十卷。之后冯浩又在徐氏兄弟笺注本基础上删补、辩证、改订，并据《成都文类》补入书文一篇，撰成《樊南文集详注》八卷。其后钱振伦从《全唐文》辑录徐、冯二本所无的李商隐文二百零三篇，又从孙梅《四六丛话》所载补入记文一篇，由钱振伦、钱振常分任笺、注，撰成《樊南文集补编》十二卷。冯浩本、钱氏本共收入李商隐文三百五十篇。刘学锴、余恕诚在此基础上补入《后村诗话》中辑录的两篇赋文，并在前面众多版本基础上进一步做系年考证、校勘、笺注，合本集与补编为一编，改分体编次为编年，撰成《李商隐文编年校注》，共三百五十二篇。

本书结合已有研究以及以上关于李商隐诗集、文集版本的梳理情况，选择以刘学锴、余恕诚《李商隐诗歌集解》《李商隐文编年校注》这两套书为现行标准版本，从中选取李商隐文七篇，包含古文四篇（序文两篇、书文两篇），骈文三篇（祭文一篇、启文两篇）；诗十八首，包括《无题》诗十四首、《锦瑟》、《夜雨寄北》、《到秋》、《梦令狐学士》等。

在文章的选择上，《樊南甲集序》《樊南乙集序》两篇序文均是以古文形式写成，既阐明了其为文之宗旨、创作之缘由等，又强调其以古为宗的文体观念，所以对这两篇文章的阐述重在其崇尚古文和对骈文选择的不得已上，在实际创作中又是如何调和古文与骈文，使骈文既有其文体本身的华美，贯之以深情，又有古文的持重、高雅品格，这就在本质上与晚唐其他骈文作家有别。《上崔华州书》承接前面古文为宗的观念，进一步阐述李商隐文道观。李商隐对周公、孔子所说的“道”是持怀疑态度的，在他看来，经史隔着久远的时空，无法直接用于今世，如果直接拿来主义实施于当下，显然不符合实际需求，倒不如“行道不系今古，直挥笔为文”。这篇小文章篇幅虽短，气势上却如董乃斌《李商隐散文简论》中说的那样：“表现出韩愈式的议论纵横、言辞犀利和悲愤激越等特色。”《与陶进士书》主要围绕李商隐与令狐绹的关系展开。李商隐与令狐家族的关系是研究李商隐无法逃避的问题，令狐楚是引李商隐入骈文门径的恩师，也是给予李商隐较多关爱和提携的人。他安排李商隐入太原幕府，为他解决最让他头疼的生活问题，又引荐李商隐结识白居易、刘禹锡等当世名流圈层，极力推广他的诗才和文采，还让李商隐与其两个儿子一起读书论诗，为他营造舒适的生活环境，令狐楚之子令狐绹与李商隐可谓少年相识的老友。在李商隐参加科考入仕途的进程中，令狐绹与其父令狐楚起了关键作用，文章重点叙述了令狐绹向主持当年春闱考试的高锴举荐李商隐的过程。对于令狐父子的恩遇，李商隐是满怀感激的，但入赘王茂元幕府成了李商隐与令狐绹两人友情出现间隙的转折点，二人的关系由最初的少年相识变成了陌路，其中的真实原因大概只有当事者本人更清晰吧。《祭小侄女寄寄文》是李商隐祭文中最具代表性的一篇，也是最能体现“（商隐）博学强记，下笔不能自休，尤善为诔奠之辞”的一篇，更是能够体现李商隐祭文情深的一篇。祭文均是骈文文体，李商隐祭文呈现的不仅是骈文那些整饬的句式和华丽的辞藻，更为突出的是将家事变迁与国家乱离整合在一起，反映了小人物在乱世生存之艰难，使文章更有时代感，内容更丰富。这篇是李商隐写给众多亲人祭文中的一篇，篇幅不长，只有八百多字，全文无一处用典，无华丽词语，所用排偶以四字居多，却感情充沛，全篇充斥着哀伤的情绪，情感的融入冲淡了骈文文体的整饬，更显得古朴有力量，读来字字锥心。在《献侍郎巨鹿公启》《谢河东公和诗启》两篇文章中，李商隐较为集中地阐述了自己的诗歌创作理论，其中《献侍郎巨鹿公启》可谓其诗论纲领。《献侍郎巨鹿公启》文章主旨句是“况属词之工，言志为最”，他主张诗歌创作必须考虑其现实主义价值，强调“比兴”作为诗歌艺术手法的功能和作用，表明了自己在诗歌创作上的立场，即兼顾诗歌形式美与实用，以诗歌本身应有的特点来反映现实，也不脱离文体本身的独立的审美价值，体现在诗风上便是“沉博绝丽”“深情绵邈”。《谢河东公谢诗启》为和诗而写，主要讲诗歌的对偶与用典，对偶与用典是律诗的主要特点，李商隐诗文作品擅长对偶，更长于用典，清代孙梅称其为“金声”“玉律”。

在诗歌的选择上，以读者关注较多的《无题》诗为主要对象，因这部分诗歌最能体现李商隐诗歌绮靡朦胧、抽象哀怨、一往情深的本色特点，因此，梳理了刘学锴、余恕诚选编的十四首《无题》诗，并串讲其中八首《无题》诗意，在此基础上又对无题诗的发展脉络进行简单梳理，对李商隐作品中出现大量无题诗的原因进行探析。另选择《锦瑟》《夜雨寄北》《到秋》与《梦令狐学士》四首，前两首是大家耳熟能详却又百思不得其解的，是让人读李商隐诗就一下子会想到的，虽然本书对这两首诗的剖析仍停留在表面，但这两首诗恰好回应前面关于诗论文章的选择与论述；后两首由“秋”伤写李商隐与令狐绹的尴尬关系，回应《与陶进士书》中二人从少年伴读的友人到互相抵牾的陌路，以达到整本书框架结构的完整性以及由点及面地了解作家作品的目的。

本书在诗文文本意义阐释的基础上，有重点地进行理论的剖析。在文本意义阐释方面，尽量考虑全篇的整体结构，或者逐字逐句解析、阐释，或者以段落概述的方式逐段阐释，最后进行总括性概述全篇。在文本剖析方面，找出一个重点突出的理论观点进行肌理剖析。因此，不管是文章的阐释与解析，还是诗歌的赏析，均是先分析文本意义，再辅以相关文献梳理进行理论的剖析和阐释。尽量避免简单赏析流于浅白，也避免过多的文献堆积造成文字的艰涩古奥。全书选讲的篇目总数虽然不多，但在阐述各篇时，尽量考虑到全书的框架，把能够关联的篇目呈现在读者面前。如在讲到《樊南甲集序》《樊南乙集序》时，还特意讲了《太尉卫公会昌一品集序》，这篇序文恰好回应了甲、乙两集序文中的文体观念；《与陶进士书》中刻意提到了《别令狐拾遗书》以及诗歌《子直晋昌李花》《任弘农尉献州刺史乞假归京》《宿晋昌亭闻惊禽》《晋昌晚归马上赠》等;《祭小侄女寄寄文》篇可谓是对李商隐祭文文体的全面梳理,不仅讲了祭文的文体流变,还对李商隐二十四篇祭文分门别类地进行梳理;在讲到《献侍郎巨鹿公启》《谢河东公和诗启》两篇文章时,对“启”体文文体流变过程进行梳理,并特别强调选择此种文体进行阐释的缘由;《谢河东公谢诗启》中讲诗歌用典时,专门讲到《代彭阳公遗表》《为濮阳公陈情表》《为濮阳公与刘稹书》以及《太尉卫公会昌一品集序》;等等。《无题》十四首诗以及《到秋》《梦令狐学士》《锦瑟》《夜雨寄北》等诗歌的选讲,也基本遵循了以上原则,既有诗歌文本的鉴赏,也有诗歌理论的剖析。

本书是河北省社科基金项目《李商隐古文创作及其文体观研究》(HB20ZW013)的主要研究成果,也是笔者博士论文研究的衍生成果,已有李商隐研究成果虽很多,但仁者见仁智者见智,其中拙见,仅供参考。

台湾学者欧丽娟认为,陈子昂是勇者,王维是智者,李白是仙者,杜甫是仁者,李贺是患者,“至于李商隐,他可以说是一位弱者”。她说:“他过于感伤的性格、脆弱的心灵以及纤细的情感,处事之际往往过度夸大周遭世界的威势和压迫,以致产生浓厚的受虐意识而充满极度的自怜情绪。”“那与生命相始终的悲剧性格,使他总是看不到夜空中的星辰,而只看到满地污秽的泥泞;让他对朝气蓬勃的旭日东升视而不见，只全神贯注于绚丽却感伤的夕阳。”作家王蒙在《说“无端”》的演讲中也说“诗人李商隐，他有一种感情上的病变”“他倾向于悲观”等。总体而言，悲观，是李商隐性格特点的代名词。笔者以为，李商隐并非弱者，他也有胸怀“永忆江湖归白发，欲回天地入扁舟”、力促唐王朝中兴的志向，也有“微意何曾有一毫，空携笔砚奉龙韬”的踌躇满志，但他身处晚唐末世的社会现实，让他没有实现抱负的可能。他也并非绝对的悲观主义者，他的多伤是因为幼年“佣书贩舂”以及亲人多故的心理创伤。心理学上有一个词叫作“童年创伤”（深扎在心灵的隐痛），是指在童年时期经历的严重负面事件或经历，这些经历对儿童的心理健康和情绪状态产生了深远的影响。童年创伤不仅影响儿童时期的行为和情绪，还可能对成年后的心理健康、社交关系和生活质量产生持久影响。童年的经历是影响他一生判断与抉择的重要心理原因。古希腊先哲赫拉克利特说：“一个人的性格就是他的命运。”一个人的性格必然会对他的行为习惯、处事态度、做人风范等造成影响，有时候甚至起着决定性作用。这种说法在李商隐身上体现得尤为明显，在命运的关键时刻，他总是与机会擦肩而过。不能说李商隐遇人不淑，他每次都欣然而往，最后却败兴而归，后期十几年时间，几乎都是漂泊流离，莲慕辗转，孤苦无依，最终无可奈何地像一片随风飘落的黄叶一般凋零。

《诗·大序》有云：“诗者，志之所之也。在心为志，发言为诗。”李商隐的诗文正是他“言志”的最好呈现。一千多年来，文学包含着生命力将李商隐推向了历史的河流。这条河流流经唐末五代的李涪，宋代的杨亿，明代的胡震亨，清代的朱鹤龄、冯浩、屈复、纪昀等，还有今天的刘学锴、余恕诚、王蒙、欧丽娟等。当历史的河流流在他们身上的时候，公元九世纪李商隐的信息也留在了他们身上，即便他们中有的诟病他的“无特操”，有的认为他是弱者，有的认为他是悲观主义者，但他们仍然被李商隐的诗才文采所吸引。历史的河流从来不会因任何个人停留，所有人都将被历史的河流冲刷并向前推移，世代更迭，终成逝川，文学的魅力便在这逝川中闪亮，这就是我们研究的意义所在。

目　录

《樊南甲集序》《樊南乙集序》：古文为宗的文体观

樊南甲集序

樊南生十六能著《才论》《圣论》，以古文出诸公间。后联为郓相国、华太守所怜，居门下时，敕定奏记，始通今体。后又两为秘省房中官，恣展古集，往往咽噱于任、范、徐、庾之间。有请作文，或时得好对切事，声势物景，哀上浮壮，能感动人。十年京师寒且饿，人或目曰：韩文、杜诗、彭阳章檄，樊南穷冻人或知之。仲弟圣仆，特善古文，居会昌中进士为第一二，常表以今体规我，而未焉能休。

大中元年，被奏入岭当表记，所为亦多。冬如南郡，舟中忽复括其所藏，火燹墨污，半有坠落。因削笔衡山，洗砚湘江，以类相等色，得四百三十三件，作二十卷，唤曰《樊南四六》。四六之名，六博、格五、四数、六甲之取也，未足矜。十月十二日夜月明序。

樊南乙集序

余为桂林从事日，尝使南郡，舟中序所为四六，作二十编。明年正月，自南郡归。二月府贬。选为盩厔尉，与班县令、武公刘官人同见尹，尹即留假参军事，专章奏。属天子事边，康季荣首得七关；数月，李玭得秦州，月余，朱叔明又得长乐州，而益丞相亦寻取维州，联为章贺。时同僚有京兆韦观文、河南房鲁、乐安孙朴、京兆韦峤、天水赵璜、长乐冯颛、彭城刘允章。是数辈者，皆能文字。每著一篇，则取本去。是岁，葬牛太尉，天下设祭者百数。他日尹言："吾太尉之薨，有杜司勋之志，与子之奠文，二事为不朽。"

十月，尚书范阳公以徐戎凶悍，节度阙判官，奏入幕。故事，军中移檄牒刺，皆不关决记室，判官专掌之。其关记室者，记室假，故余亦参杂应用。明年府薨，选为博士，在国子监太学，始主事讲经，申诵古道，教太学生为文章。七月，尚书河东公守蜀东川，奏为记室。十月，得见吴郡张黯见代，改判上军。时公始陈兵新作教场，阅数军实。判官务检举条理，不暇笔砚。明年，记室请如京师，复摄其事。自桂林至是，所为已五六百篇，其间可取者四百而已。

三年以来，丧失家道，平居忽忽不乐，始克意事佛，方愿打钟扫地，为清凉山行者。于文墨意绪阔略，为置大牛箧，涂逭破裂，不复条贯。十月，弘农杨本胜始来军中，本胜贤而文，尤乐收聚笺刺，因恳索其素所有，会前四六置京师不可取者，乃强联桂林至是所可取者，以时以类，亦为二十编，名之曰《四六乙》。此事非平生所尊尚，应求备卒，不足以为名，直欲以塞本胜多爱我之意。遂书其首。是夕大中七年十一月十日夜，火尽灯暗，前无鬼鸟，一如大中元年十月十二日夜时。书罢，永明不成寐。

《樊南甲集序》《樊南乙集序》两篇文章是李商隐为骈文结集写的序文，在其四六文写作中起到了提纲挈领的指导作用。从甲、乙两集写作的时间来看，《樊南甲集序》作于大中元年（847）随郑亚远赴桂府的舟船上，《樊南乙集序》则作于大中七年（853）。这两篇文章是李商隐文集编定后的序文，均是自序，对文章编定的背景、主旨、写作过程等进行介绍。从这两篇序文来看，樊南甲、乙两集均收入了不少作品，但我们看到的现存诗文并不多，这可能与流传过程中丢失、遗漏或者缺失有关系，所以宇文所安说李涪有可能看到的就是某一类或者不全的诗文，这些有可能是流传过程中受众因喜好不同造成的某一类诗文过于艳丽，或者只是小范围私密交流时的诗歌，流传到李涪手里便成了“无一言经国”之苛责评价。我们选讲这两篇序文，主要是探讨他的文体观念及其有别于他人的地方。

在《樊南甲集序》中，李商隐简略叙述了自己的读书经历，以古文出名，又在两入秘书省时遍览群书，得到了知识的积累和学习。大中元年（847），李商隐入桂馆，写作四六骈文品类较多，故而结集，并对自己学习的古文经历进行了介绍，明确指出其文章以“哀上浮壮，能感动人”为宗旨，言下之意在写作骈文时，也受到古文学习的影响。文中仲弟圣仆“常表以今体规我”也说明了李商隐兄弟二人早期受教的古文对其后期的创作是有着深远的影响的，也说明二人对于骈体四六文的态度是基本一致的。

相对来说，《樊南乙集序》中对自己随郑亚入桂幕以及桂幕府罢的过程进行叙述，其间经历桂幕府罢、折返京师、选为盩厔尉、先入范阳公幕、选为太学博士、又入东川柳仲郢幕等事件，其写作目的与心态也在不断地发生变化。《樊南乙集序》中传递了两个信息：一是李商隐所作骈文在当时很受欢迎，同僚们十分喜爱，“每著一篇，则取本去”；二是李商隐为牛僧孺所写祭文与杜牧墓志齐名，李商隐将其写在《樊南乙集》的序文中，说明他也自认这篇祭文的水平是很高的。牛僧孺生前为政坛耆老、“牛党”领袖，为其撰写祭奠文章的人很多，唯独李商隐的祭文脱颖而出，可见此作水平之高；另一方面，李商隐一向仰慕杜牧文采，如今自己所撰祭文与杜牧所写墓志齐名，这对李商隐个人而言也是难得的肯定和鼓舞，“二事为不朽”就是最高的评价。可惜这篇祭文已散佚，否则定能从中了解李商隐骈文创作的技巧与特征。

两篇序文的叙事笔法都以简约为主，甲集中简要叙述自己的读书经历和写作四六文的经过，提出自己的四六文写作的主要特点：好对切事，声势物景，哀上浮壮，能感动人。此时的李商隐发誓要“削笔衡山，洗砚湘江”，这种豪情的现实背景是“李党”失利，李商隐原以为两党交替沉浮，很快“李党”就会卷土重来。但失意很快袭来，大中二年（848），郑亚府罢，李商隐不得不辗转返回京师，又开始了人生最后一段莲幕辗转的生涯。这期间，其妻病逝，“三年以来，丧失家道”，这对李商隐来说是致命的打击，此时的他已失去最初的豪情，克意事佛，愿为清凉山行者。“火尽灯暗，前无鬼鸟，一如大中元年十月十二日夜时。书罢，永明不成寐。”一生漂泊无依的李商隐，此时已经渐渐失去人生的希望，前路何方？火已尽，灯渐暗，人生变得愈加晦暗，一如当初随郑亚远赴桂幕时前途未卜的情景，如此境地，怎能入眠！

序文是全书的重点，其写作目的是向读者介绍文集的写作缘由、经过、意图和特点等，是全书的首篇，也是全书正文部分的引子，又称“引言”或“前言”等，所起作用为统领全集。正是在序文的指引和号召下，其骈文作品呈现的面貌与内涵均与古文相近，也满足了李商隐刻意为古文却因现实的阻隔而不能为的心理。“《尔雅》云：‘序，绪也。’序之体，始于《诗》之《大序》。……大抵序事之文，以次第其语、善叙事理为上。”吴讷《文章辨体序说》此处点明了序文写作的要旨，即“善叙事理”。

除《樊南甲集序》《樊南乙集序》以及《容州经略使元结文集后序》三篇文章外，这里要格外提一下《太尉卫公会昌一品集序》。这篇序文是李商隐受郑亚所托为李德裕文集所作序文，此篇序文整体以骈文为主，散体间行文中，形成骈散结合的形式。李德裕是力主取消“诗赋取士”的，他对骈文的态度与元结一样，都是持反对意见的，但李商隐却用骈文为他的文集作序，当是充分考虑文集作者的文体取舍的，也一定是得到他的应允的。就写作状态而言，序文创作骈散兼行的表现，足可见李商隐在文体的转换与运用上已达到十分醇熟的状态，而这份醇熟的状态显然与深厚的古文功底以及长期的骈文习作训练分不开。从文体观的角度来看，李商隐在为自己和他人的文集作序时都选择了有别于主体文体（骈文）的散文，说明李商隐有着非常敏感的文体意识，在不影响序文本意的前提下，以骈散兼行或运散于骈的方式，刻意调和骈文与散文关系，尽量发挥骈文与散文各自的文体功用，在写作实践中践行独特的文体观。

《会昌一品集》所集文章多是唐武宗时期制诰，这些制诰文书均出自李德裕手。《会昌一品集》结集之时，李德裕政治命运已经发生变化，此时宣宗已经即位，对唐武宗心有怨气的宣宗，将怒气发在李德裕身上。李德裕先是被贬为东都留守，解平章事，后又降为太子少保，分司东都，最后被贬为潮州司马。被贬过程中，李德裕将会昌年间所撰制诰结集，并委托郑亚为其文集撰序。李德裕的《与桂州郑中丞书》中，明确了结集之用心：“贞观初有颜、岑二中书，代宗朝常相，元和初某先太师忠懿公，一代盛世，皆所润色。小子词业浅近，获继家声，武宗一朝，册命典诰，军机羽檄，皆受命撰述，偶副圣情。伏恐制序之时，要知此意，伏惟详悉。”此篇书信中，李德裕希望郑亚能够将其结集之良苦用心以及会昌年间的政绩进行总结。《旧唐书·郑畋传》说郑亚“聪悟绝伦，文章秀发。李德裕在翰林，亚以文干谒，深知之。出镇浙西，辟为从事。累属家艰，人多忌嫉，久之不调”。李与郑都是“李党”重臣，又是文章知己，更是党争失败后的患难知己。因此，出于对郑亚文才的信任，以及二人的相熟程度，李德裕将此序托于郑亚。郑亚接到李德裕书信后，命府中幕僚李商隐代拟序文。李商隐存世的序文中，此篇是唯一使用骈体者，《樊南甲集》《樊南乙集》两集序文则用散体，可见在文体的选择上，李商隐是颇有用心的。《代荥阳公上李太尉状》文中就有“爰命庸虚，俾之序引。捧缄汗下，揣已魂飞”的说法，说明郑亚对撰写序文之事极其重视，对于集序所要表达的意旨，郑亚肯定是要告知李商隐的。因此，在文章内容的安排上，李商隐以李德裕与武宗之间的君臣相交、相互信任的情谊为主，赞颂李德裕为“万古良相”，这种高评实是对郑亚重视撰序之事的重视，更是对李德裕的崇拜与敬慕。郑亚与李德裕相知相交，对于序文主旨的理解更接近李德裕本意。因此，郑亚序文在李商隐序文基础上进行了内容上的删减和调整，将其与李德裕有志于修史的想法，以及对于时政的敏感度都通过序文表现了出来。

《四六法海》评论郑序与李序云：“《文苑英华》载《卫公集序》凡二，其一即是篇，其一位李商隐代荥阳公作。中间十同七八，但首尾迥异。”所谓“十同七八，首尾迥异”，是指郑亚对李商隐拟写序文修改后产生很大的差别。主要体现在以下两个方面：一是两序从行文方式以及语言风格上不同，李商隐序文主要围绕李德裕与唐武宗的君臣之义展开，因此，文中多处以君臣二人对话形式出现，采用典雅古奥之写法，用典颇多，以体现圣君贤臣之形象。文中多处李德裕与唐武宗的对话，将李德裕受唐武宗恩遇的事件一一罗列，为君臣之义列举事例，增加了文章的可信度。语言风格上，凡君臣二人对话部分，均采用古奥之语言，严肃又典雅。而郑《序》则充分考虑李德裕修史之志及一生功业，因此，在文章形式上，郑亚将李商隐所用骈体全部改为散体，以使文章读起来流畅自然，不拘泥于典故堆砌和辞藻华美，重在实现李德裕请托序文的用意，进一步肯定李德裕在会昌年间所做之贡献。二是郑《序》在删减调整李《序》基础上，将李商隐序文侧重的君臣之义，转换到更加贴近李德裕请他撰序的意旨上。郑《序》在李《序》基础上增加了对史实的记录，突出李德裕的政绩，这就给后世认识、了解和评价李德裕提供了客观公正的史实资料，从一定程度上而言，这也是李德裕请人作序的最初愿望。

这两篇序文还可以看出李商隐对于古文与骈文的关系，以及其中传递的文体观念的认知。虽然李商隐为世所重的是他的骈文章奏，但他却在序文中自言骈文“非平生所尊尚”，使他得到令狐楚青睐的古文，才是他真正喜欢、看重的文章体式。在习作骈文的过程中，他并没有忘记古文写作的初心，以古文为骈文集作序，不仅起到了提纲挈领的作用，更突出了古文在他心中的地位。为了生计仕途，李商隐不得不选择骈文写作施展才华，但他主动自觉地对骈文创作进行改造和革新：既保留六朝骈文的形式技巧之美，又去除其华而不实的颓靡之风，深于情，长于理，华实相扶，文质彬彬，其中借鉴的就是古文的创作技巧。《四库全书简明目录》评李商隐骈文曰："李商隐骈偶之文，婉约雅饬，于唐人为别格。"这说明，四库馆臣已经注意到李商隐骈文并不是一味地追求句式的整饬与辞藻的华美，中唐古文家提出的恢复雅颂正声的余韵在李商隐骈文中仍有体现，故而评其骈文"雅饬"，认为其在骈文格调上也远超他人。

此外，这两篇序文传递了李商隐作文目的是以"情"为主的，《樊南甲集序》明确指出其骈文以"哀上浮壮，能感动人"为主要目的，他试图通过骈文写作达到像散文一样自如表达个人情志的目的。最能体现李商隐骈文"能感动人"的当属其祭体骈文。祭文多为最亲近的人所作，所祭之人最能触动作者内心深处最强烈的情感。李商隐祭文不仅将这种浓烈的亲情渲染到极致，还借祭文之悲怆引发对个人身世、漂泊经历等人世慨叹，从而使文章更加感人。被称为李商隐祭体骈文"压卷之作"的《祭小侄女寄寄文》全文无一处用典，用日常浅白素朴之语言，以叙述之口吻娓娓道来，将自己对侄女寄寄的深厚感情全然体现。"正月二十五日，伯伯以果子弄物，招送寄寄体魄，归大茔之旁。哀哉！"文章开篇用散体交代写作缘由，之后的段落虽以四六句式为主，但对句较少，多是上承下接的叙述语句，严格来讲，此文从形式上已不属于完全意义上的骈文，它吸取了韩愈《祭十二郎文》散文写作的优势，用骈文形式，却以散体古文的铺陈叙述为主，实现了内容上的“散”，从而传递至真至诚的情感。《祭裴氏姊文》中，李商隐回忆“年方就傅”一段，以散体叙事方式叙家事、发悲叹，文体形式上以四六对句为主，句式却并非严整的对句结构，散体与骈体间隔出现，既实现了形式上的骈散互融，又传递了真挚情感。其他写给至亲之人的文章，或通过环境描写渲染悲戚氛围，或以回忆过去之悲伤经历更增当下之怆痛，以景衬情，怀旧伤今。悲伤往事更能激发李商隐内心郁积的情感，他利用骈文典雅的偶俪、华美的辞藻将个人强烈的情感融入其中，从而委婉地表达含蓄蕴藉、细美幽约的情愫。从以上两篇祭体文章可见，李商隐在写作骈体祭文时，没有局限于四六文固有的模式和体例，抛却官样文章的规矩与原则，以表达情感为主要目的，以真情打动人，这也是其祭体骈文动人之所在。从形式上看，这两篇文章表面上是四六文，实质上与整饬的四六文却不同，做到了四六文与散文的有效融合。

李商隐骈文在吸取前人写作优点的基础上，更加有意识地将散文与骈文进行区分，他并不局限于以单一的文体进行写作，而是尽量在骈文与散文之间做出调和。甲、乙两集文中三次提到对待“四六文”的态度，表面上对“四六文”排斥，却又以甲、乙两集结成文集，以古文形式写作集序，这也成为其文章创作观念的理论支柱。为了打破骈文固有模式的束缚，李商隐在骈文写作中有意识地进行个人改造，以骈文之“形”，营造内容上的“散”，从而传递真实动人的情感。他以敏感的文体意识为骈文结集，却以不同于骈文的散体古文为序，《樊南四六》甲、乙两集的序文全以散体写成，足可见古体散文在他心中的分量，也能够了解他并非过分倚重骈文的写作心理。孙梅《四六丛话》评论李商隐习文之经历时曾言：“李玉谿少能古文，不喜声偶。及事令狐，授以章奏，一变而为今体，卒以四六名家。”李商隐年少时先学古文，后师从令狐楚学习今体骈文，成为骈文名家。他在骈文写作上取得的成就，与其先学古文和深厚的古文功底不无关系。他的骈文深蕴散体古文的形式特点，他将散体古文的一些写作技法运用于骈体文写作中，提高了骈文的写作水平。以散体古文作序，并非只体现在樊南甲、乙两集的序文中，在《容州经略使元结文集后序》中，李商隐以散体发端，简叙元结之生平，之后又以工整的四言对句概述元结一生所历典型事迹，至“吁！不得尽其极也”则又转为散句，首尾段散体，中间部分全用骈体。元结是中唐古文运动的先驱之一，他的作品多是古文（散体），李商隐为其写序之时，定是考虑到元结作文之喜好，又结合序体写作要求，采用骈中有散、运散于骈的行文方式，将元结生平、文风特点统统写进序文中，宜骈则骈，宜散则散，使文章既有散文的灵动，又有骈文的工整。

这两篇序文给我们传递的文本信息固然重要，但其中隐含的创作观念、创作宗旨更是需要我们重视的。除此两篇序文外，李商隐古文作品总体量较少，但其中涉及记人杂记、书信、序文（包括墓志铭并序、文集序、铭文并序）、短论、志文状、传记等多种体裁，展现了较为深厚的古文功底。李商隐生于“古文运动”衰落期，父亲与叔父对他的早期教育仍以古文为主，但李商隐成年后所学所写多是“今体”骈文诗赋，故而骈文写作势必受早期古文教育影响，具体体现为：以“深情”入骈文，使骈文富有情采；骈文与散体古文互相转换，骈散兼行。李商隐对待古文之态度既有对韩柳古文的推崇与其功用观念的延纳，也有个人学“道”、体“道”以及从事骈文写作后对文体及“道”的独到见解。李商隐以古文为骈文集作序，文中委婉表达对古文的推崇以及对从事骈文写作的自嘲，这便与其一生多半时间致力于骈文的写作实践形成矛盾。产生这种矛盾的原因，既与李商隐希望通过骈文跻身仕途，却一生漂泊、理想破灭的现实窘困有关，也与骈文本身受中唐古文运动的影响体格渐衰有关。

《上崔华州书》：幅短而势横力健

上崔华州书

中丞阁下，愚生二十五年矣。五年读经书，七年弄笔砚，始闻长老言，学道必求古，为文必有师法，常悒悒不快。退自思曰：夫所谓道，岂古所谓周公、孔子者独能邪？盖愚与周、孔俱身之耳。以是有行道不系今古，直挥笔为文，不爱攘取经史，讳忌时世。百经万书，异品殊流，又岂能意分出其下哉？

凡为进士者五年。始为故贾相国所憎；明年，病不试；又明年，复为今崔宣州所不取。居五年间，未曾衣袖文章，谒人求知。必待其恐不得识其面，恐不得读其书，然后乃出。呜呼！愚之道可谓强矣，可谓穷矣，宁济其魂魄，安养其气志，成其强，拂其穷，唯阁下可望。辄尽以旧所为发露左右。恐其意犹未宣泄，故复有是说。某再拜。

这篇文章原载于《唐文粹》《全唐文》《樊南文集详注》。大和七年（833）七月，崔戎为华州刺史。但据刘学锴、余恕诚二位先生在《李商隐文编年校注》中关于“崔华州”的考证，提出“三不合”的说法，认为此处的华州刺史是崔龟从，非崔戎也。又根据《旧唐书·王质传》中崔郸被任命的说法，推测这篇文章写于开成二年（837）正月十一至二月二十四日之间。

文章开篇说“中丞阁下，愚生二十五年矣”，这句话为刘、余二人的推测提供了一个时间线索。关于李商隐的出生年，历来有三种说法，即元和六年（811）、元和七年、元和八年，按照冯浩关于李商隐年谱考订义山生于元和八年。“愚生二十五年矣”，此时应是开成二年。这种推测从理论上来说是成立的。但是关于李商隐生年也有元和七年的说法，根据李商隐《祭裴氏姊文》，“光阴迭代，三十余秋”，“然亦以灵寓殡获嘉，向经三纪”，“灵沈绵之际，殂背之时，某初解扶床，犹能记面，长成之后，岂忘迁移”可推测李商隐出生年为元和七年。“五年读经书，七年弄笔砚，始闻长老言，学道必求古，为文必有师法”是李商隐对自幼学习古文的回顾。李商隐的父亲和处士叔都是深受古文影响的，他们也把古文传统传授给李商隐兄弟二人，尤其是其父去世后，处士叔基本上承担了李商隐兄弟二人的教育任务。所谓“学道必求古，为文必有师法”是家学传授的为文理念，也说明李商隐的家庭教育是属于较为正统的古文教育，认为要学习“道”必须向古人那里去求，这里说的“道”是指作文还是指文章后面提到的科举之“道”，或者是李商隐后面从政后的官场之“道”，我们暂且不说，接着的“必有师法”一定说的是写文章，从这一点看，这个“道”大概还是以写文章为主的。这本来是非常正常的道理，接下来的一句却与我们的预料相悖，“常悒悒不快”所为何事？为什么会有“悒悒不快”之感呢？“退自思曰”的内容更有悖于常理，在李商隐看来，“古”并不为周、孔所独有，认为自己也与周、孔是一样的，言下之意，自己文章中所谓的“道”也是独一无二的，并非引经据典才是正确的。这种说法在当时的社会的确有悖于常理。

我们先从“古文运动”的“古”来分析。中唐以来，以韩愈、柳宗元为代表的一派，以提倡古文、反对骈文为特点。韩愈所说的“古文”是相对于六朝以来讲究声律、辞藻、对仗和用典等的骈文为不好的文章。这种风气一直延续到晚唐，李商隐十六岁“出于诸公间”，便是以古文闻名当世，李商隐的家学是以古文为底色的，父亲的早期教导和处士叔以古文亲授的经历，给李商隐古文创作奠定了深厚的基础。李商隐是以古文为白居易、刘禹锡所认识、接纳和推荐的，也是以古文扎实的文学功底和其中显露的才华征服了当朝的文官的，令狐楚便是其中之一。李商隐对古文的推崇可以从他的两篇序文中窥见一二，《樊南甲集序》中说道：“仲弟圣仆，特善古文，居会昌中进士为第一二，常表以今体规我，而未焉能休。”《樊南乙集序》中也有“此事非平生所尊尚，应求备卒，不足以为名，直欲以塞本胜多爱我之意，遂书其首”的说法，这两篇序文中所说的“今体”“非平生所尊尚”，均是指骈文。从这两个表述可以看出李商隐对于文章写作以骈文为主的文体选择是不情愿的，他有着清醒的文体意识和文体选择，然而现实的无奈又让他不得不选择以骈文写作谋生。即便改古文为骈文“非平生所尊尚”，李商隐为了生计和仕途还是毅然决然地改以骈文为主要写作形式。但这种选择并未让李商隐的科举仕途一帆风顺，李商隐在科举考试中并未得到主考官的青睐，前三次考试（大和五年、六年、七年三次应举）都是以失败告终。这里的“悒悒不快”“退自思”便是因科考失利引发的情绪宣泄。

其次，从李商隐应举科考的时间与史料记载来看。《上令狐相公状一》作于大和六年（832），其中说道：“自叨从岁贡，求试春官……然犹摧颓不迁，拔刺未化”，这里所说的“求试春官”“犹摧颓不迁”，说明他在写状文之前，已经不止一次参加科考，这里包括《旧唐书·李商隐传》中提到的“楚镇天平、汴州，从为巡官，岁给资装，令随计上都”的大和五年和大和六年的春闱，加上大和七年、九年以及开成二年（837）的三次应试，前后总共五次，所以才有“凡为进士者五年”的说法。结合这一说法以及《旧唐书·贾餗传》中关于贾餗典礼闱的时间可知，大和四年、五年、七年，贾餗分别“权知礼部贡举”“正拜礼部侍郎”“转兵部侍郎”，“（大和）九年四月，检校礼部尚书、润州刺史、浙西观察使”。同年十一月，李训事发，贾餗、郑注、王涯、舒元舆、王璠、郭行余、罗立言、李孝本、韩约等朝廷重要官员被宦官杀死，其家人也受到牵连而灭门，史书记载：“兵交殿廷，禁军肆掠。餗易服步行出内，潜身人间。翌日，自投神策军，与王涯等皆族诛。”这段史料的时间与事件记载都与李商隐应举求仕的时间基本一致，所以文中说道：“始为故贾相国所憎，明年病不试，又明年复为今崔宣州所不取。”按照《旧唐书·崔郸》所说：“（大和）八年，为工部侍郎、集贤殿学士、权知礼部。”那么，崔郸主持礼部春闱当为大和九年（835）。因此，“又明年复为今崔宣州所不取”所说的“又明年”当是大和九年，“明年病不试”的“明年”实为大和八年。从大和五年开始，李商隐便参加科举，这里的“始为”当是从大和五年开始，以及之后的大和六年、七年，都是贾相国贾餗典礼闱。从《旧唐书》对贾餗的评价来看，说他在“甘露之变”中“虽中立自持，然不能以身犯难，排斥奸纤，脂韦其间，遂至覆族”。也就是说，贾餗虽未参与李训、郑注的谋变，但他并没有与他们决裂，这是有失朝廷官员的职责的。李商隐前三次参加科考，都被贾餗所斥，“所憎”二字看出贾餗故意为之。

最后，从李商隐对待周孔的态度来阐释。“夫所谓道，岂古所谓周公、孔子者独能邪？盖愚与周孔俱身之耳。”以“道”为出发点，指出“道”非周公、孔子所独专。周公，即周公旦，周武王之弟，史称“元圣”“先圣”，儒学先驱。孔子，儒家学派创始人，称作“先师”。周公在儒家文化中享有崇高的地位，封于鲁地，是鲁国第一位诸侯国君，是孔子心仪的圣人之一。周公是孔子梦中频频出现的人物，周公与梦也常联系在一起，世人称“梦见周公”。孔子对周公及其治理的周朝十分向往，《论语》中就有“郁郁乎文哉，吾从周”“吾不复梦见周公矣”的记录。在本文中，李商隐将周公与孔子放在一起论“道”，其所谓“独能邪”以一句反问的句式提出质疑，这也是对周公与孔子所属的儒家学派的质疑。儒家学派自孔子创立开始，一直为历代统治阶级奉为正统思想，维护“礼治”，提倡“德治”，实行“人治”。唐朝自开国以来，李渊对儒学的推崇，李世民对儒学治国的重视，唐代出现的贞观之治、开元盛世等都是这一思想渗透、融入的结果。因此，儒学在唐代成为主流正统思想。中唐开始，韩愈、柳宗元倡导的古文运动是以“文以明道”“文以贯道”为主张的，这里的“道”与刘勰《文心雕龙·原道》中提到的“道”基本是一致的。虽然不能把韩柳关于“道”的主张与刘勰直接联系起来，但刘勰在《文心雕龙》里把先秦时期的“道”的概念引入文学领域，他把“道”与“文”联系起来，所谓“道沿圣以垂文，圣因文而明道”从理论上将道—圣—文的理论模式建立起来，确定了三者的关系。刘勰所说的“道”便是儒家之道，推崇的“圣”是以周公、孔子为代表的儒家圣人，所宗之经也便是以儒家《五经》为典范的儒家经典。刘勰虽然将道、圣、文三者联系起来，把“道”由“自然之道”转化为“圣人之道”，但并没有对“道沿圣以垂文”做出具体的理论表述。韩愈《原道》篇虽然没有直接谈文学，但是对“明道”提出了具体的说明，即“博爱之谓仁，行而宜之之谓义，由是而之焉之谓道，足乎己无待于外之谓德。仁与义为定名，道与德为虚位。故道有君子小人，而德有凶有吉”。这就把儒家的道德伦理作为具象的理论依据，使“文以明道”有了具体的内容并成为古文运动的指导思想。刘勰所说的“圣因文而明道”，“圣”在韩愈这里是从“唐虞文章”到“夫子继圣，独秀前哲”的轮廓，这基本是刘勰《征圣》篇的宗旨。李商隐这里公开对周公、孔子及其所说的“道”（即儒学）提出质疑，是与当世的主流思想相悖的，但也同时看到作为下层知识分子阶层，李商隐有着作为“士”的独立清醒的认识。在对“道”以及周公、孔子提出质疑后，具体实践中的操作层面，则以“行道不系今古，直挥笔为文，不能攘取经史，讳忌时世”来说明质疑的原因，即经史毕竟隔着时空人事的久远，直接拿来用于时世，显然是不符合实际需要，也会产生不好效果的。“百经万书，异品殊流，又岂能意分出其下哉。”经历过数百年尘世起伏，经书在流传过程中，也会因版本不同、传授讹误等问题，造成真假难辨、好坏难分的情况，到底是周公、孔子说的，还是后人附会阐释的，又如何说清楚呢？可以说，李商隐的这番论说，既有着独立文人的清醒意识，又有着鲜明的非周孔、绝圣弃智的勇猛，当然，这里还有许多因为“凡为进士者五年”的愤愤心情带来的情绪宣泄。

文章接着说道：“居五年间，未曾衣袖文章，谒人求知。必待其恐不得识其面，恐不得读其书，然后乃出。”五年科举之路，李商隐写的都是科考文章。中国的科举制度是世界上最早的文官考试选拔制度，其萌芽于南北朝，始创于隋，并在唐朝得到真正的发展推广。在唐人的补充与发展之下，科举制度在唐朝已经形成了一套结构完整并运转有序的机制，并为以后的历朝历代所延续。武则天时期，武试和殿试也被纳入科考范畴，唐玄宗时期，诗赋被作为进士主要考试内容，用以激励民间尚文作诗的风气。唐朝的科考，并不像如今的各类考试那般，只要报名就能够参与。在唐朝，要想成为科考的生源，一般有两种选择——生徒和乡贡。所谓“生徒”，便是指官办学校毕业的学生，他们不需要参加地方考试，而是直接参加“省试”；“乡贡”则是指那些通过自学或私塾学成者，他们需要先通过地方考试，合格后再到京城参加“省试”。乡贡考生需要地方政府投牒自举，先经过县考（县考之前可能还有乡考），再通过州府选拔，获得合格成绩后，方进入地方政府投牒自举的名单，随同地方贡品一起被送到京城参加科考。可想而知，这一轮轮的筛选剔除了大部分成绩不好或运气不佳者，最后能参加“省试”的并不多，为数不多的这些人最后还要参加尚书省组织的礼部殿试，而礼部殿试基本安排在春天，因此也叫作“春闱”，“闱”即是考场的意思。李商隐便是在这种一轮轮的选拔中苦苦捱了五年，所谓“未曾衣袖文章，谒人求知”便是说因为要准备这种车轱辘一样的考核，未曾由心而发地写过几篇好文章藏于衣袖，以便于碰到贵人向人拜谒。古人的衣物设计上是没有口袋的，往往是大袖口的款式，所以古人将文章等各类物品放入袖子，以便于携带拿出使用。比如唐代文人经常用到的行卷，便是藏于衣袖中，文人士子将诗文写在卷轴上，献给名公贵卿还有科举的主考官，得到他们的赏识。这在唐朝是一种风气，因为没有名贤的推荐，考科举比登天还难。这种行卷文章不像科考文章那样古板，没有固定模式，是文人展示个人文采和才能的途径之一。在《与陶进士书》中，李商隐说道："文尚不复作，况复能学人行卷耶?"将此句与"未曾衣袖文章"两者结合起来看，李商隐对于干谒朝廷显贵是不屑的。但李商隐虽有着文人的清高，却没有独立的清醒的政治判断，加上他幼时突遭家变的人生经历以及长期为生活所迫，年少时为他人誊写书卷谋生，成人后又莲幕辗转奔走各大幕府，只为求得最基本的物质生存为前提。"十年京师寒且饿"大概是他京师行卷、拜谒以及游走的真实感受，所以才有"樊南穷冻"的说法。而这种物质上的无法果腹，带给其精神上的打击，便是在遇到关键时刻需要调整自身时，总是感性的流露自己的遭遇感慨以及对时局的不理解，当现实时政与自己的理想发生矛盾时，无法用极为理性的判断做出正确的选择，往往是陷入感性的漩涡，无法自拔。

冯浩《樊南文集详注》中评论此文："幅短而势横力健，不减昌黎。"接下来的"愚之道可谓强矣，可谓穷矣。宁济其魂魄，安养其气志，成其强，拂其穷，唯阁下可望"与前面的"盖愚与周孔俱身之耳"结合起来，可能是冯浩给予此文与韩愈文等肩评价的理由。《高僧传》卷七《竺道生传》有"洞入幽微，乃说'一阐提人皆得成佛'"云云，再有《孟子·告子》说“人皆可以为尧舜”，《荀子·性恶》有“涂之人可以为禹”，李翱《复性书》有“人之性犹圣人之性”，陆九渊《与郭邦逸》有“人皆可以为尧舜”“涂之人可以为禹”，王阳明《传习录》有“人胸中各有个圣人，只自信不及，都自埋倒”。李商隐《容州经略使元结文集后序》也有“孔氏于道德仁义外有何物？百千万年圣贤相随于涂中耳”的说法。前面已经分析李商隐冒天下之大不韪的说法的客观原因，但还有其个人原因。钱锺书《管锥编》依据《高僧传》三集卷六《知玄传》记载，李商隐师事知玄，愿“削染为弟子”，玄画中写李商隐“执佛侍立”。钱锺书推断李商隐皈依释氏，己所不讳，人复共知。所以才有“愚与周孔俱身之耳”以及“愚之道可谓强矣，可谓穷矣”的说法，因此又评说道：“獭祭文人乃能直指心源，与高僧大儒共贯，不可不标而出之。”钱锺书这里的推断不无道理，李商隐没有入仕前，曾学道玉阳山，也曾追随释氏，在儒、道、佛之间的穿梭让他有着异于他人的思想理论和想法，这里说出这样的狂言，其实仍然是一种文人的清高作祟。因为文中最后有“辄尽以旧所为发露左右，恐其意犹未宣泄，故复有是说”。“旧所为”即自己的诗文旧作，与前面的“未曾衣袖文章”形成呼应。“发露”，公布的意思。前面摆了一圈大道理，最后这一句才是文章的实质内容，是向崔龟从行卷。但又恐旧文写在很久以前，无法表达自己当下心中的想法，所以才有了前面的两段论述。

李商隐出生在一个以经学治世的家族，其家庭早期教育为其日后从事文章写作打下坚实的古文基础；结识章奏大家令狐楚，日常的诗文切磋、令狐楚的十年恩遇以及崔戎对写作的指点，为李商隐日后辗转各幕锻炼了出众的骈文才能；加上个人对文章之学的用力钻研积累，以及两入秘书房的研读经历，让李商隐由羡慕郑玄、庾信之多才腰腹转变为对个人才华的自信、自负。李商隐拥有盖世之才，却总是与幸运擦肩而过。令狐楚府十年恩遇，本可以为平原幕效力之时，令狐楚却因病去世；后为华太守崔戎所怜，入幕为掌书记，无奈不到半年，崔戎也匆匆离世。之后两入秘书房，第一次被迫离京外放；第二次遭逢母丧丁忧，原本以为可以依靠岳父王茂元走上仕途，无奈王茂元很快便病死在镇压泽潞叛乱的军中。本以为可以第三次入秘书省，又赶上“牛李党争”之高潮，出于本心与道义，毅然选择追随郑亚远走桂林，原本以为李德裕、郑亚等只是一时之败，不想从此“李党”覆亡。之后又经历爱妻亡逝、离家弃子，生之多艰与心之煎熬接连而至，强烈的挫败感和生不逢时之慨愈来愈深重。庾信《哀江南赋序》曾道：“穷者欲达其言，劳者须歌其事”，这是庾信经历“侯景之乱”后的切身感受，他认为人在遭遇困顿艰难或者个人才华无法得以施展之时，应当通过写作将个人之苦闷与激愤表达出来，李商隐也的确如此。遍览其诗文作品，个人遭遇与内心不平时时展露，恣肆难收。其作品中呈现的众多带有悲剧色彩的典型历史人物，恰是个人主体意识的体现，其诗文中抒发的强烈的感慨怨愤，正是个人对现实的不满和才华无法施展的情绪体现。

总篇来看，虽然这篇小文是一篇类似行卷的文章，两小段二百八十字，却诚如冯浩《樊南文集详注》中所评："幅短而势横力健"一点儿也不输韩愈古文气势。短小的文章里既传递了自己为文之道，打破常规的将自身之道与周公、孔子并作一排，体现了年轻的李商隐虽为没落文士却有着文人清醒的自我认知，也有着文人对时局的不接纳而衍生的感性的清高，但这一切都因为"穷"限制了一切想法，"道"之"强"与"道"之"穷"在五年间未曾衣袖文章的蹉跎中，形成了鲜明对比。当文人自己意识到自己的"穷"时，一切本着生存出发而做出的努力，与出于心、本着情的书写相比，事情已经失去了最本真的面貌，这不得不说是一种无奈，事实证明，李商隐的一生经历，正是理想与现实的碰撞产生的破碎效应。可以说，这是李商隐的一生，也是天下没落文士的缩影。

《与陶进士书》：李商隐与令狐绹

与陶进士书

去一月多故，不常在，故屡辱吾子之至，皆不睹。昨又垂示《东冈记》等数篇，不惟其辞采奥大，不宜为冗慢无势者所窥见，且又厚纸谨字，如贡大诸侯卿士及前达有文章积学者，何其礼甚厚而所与之甚下耶！

始仆小时，得刘氏《六说》读之，尝得其语曰："是非系于褒贬，不系于赏罚；礼乐系于有道，不系于有司。"密记之。盖尝于《春秋》法度，圣人纲纪，久羡怀藏，不敢薄贱。联缀比次，手书口咏，非惟求以为己而已，亦祈以为后来随行者之所师禀。

已而被乡曲所荐，入来京师，久亦思前辈达者，固已有是人矣。有则吾将依之。系鞋出门，寂寞往返其间，数年，卒无所得，私怪之。而比有相亲者曰："子之书，宜贡于某氏某氏，可以为子之依归矣。"即走往贡之。出其书，乃复有置之而不暇读者；又有默而视之，不暇朗读者；又有始朗读，而中有失字坏句不见本义者。进不敢问，退不能解，默默已已，不复咨叹。故自大和七年后，虽尚应举，除吉凶书，及人凭倩作笺启铭表之外，不复作文。文尚不复作，况复能学人行卷耶？

时独令狐补阙最相厚，岁岁为写出旧文纳贡院。既得引试，会故人夏口主举人，时素重令狐贤明，一日见之于朝，揖曰："八郎之交谁最善？"绹直进曰"李商隐"者，三道而退，亦不为荐托之辞，故夏口与及第。然此时实于文章懈退，不复细意经营述作，乃命合为夏口门人之一数耳！尔后两应科目者，又以应举时与一裴生者善，复与其挽拽，不得已而入耳。前年乃为吏部上之中书，归自惊笑，又复懊恨周、李二学士以大法加我。夫所谓博学宏辞者，岂容易哉！天地之灾变尽解矣，人事之兴废尽究矣，皇王之道尽识矣，圣贤之文尽知矣，而又下及虫豸草木鬼神精魅，一物已上，莫不开会。此其可以当博学宏辞者邪？恐犹未也。设他日或朝廷或持权衡大臣宰相，问一事，诘一物，小若毛甲，而时脱有尽不能知者，则号博学宏辞者，当其罪矣。私自恐惧，忧若囚械。后幸有中书长者曰："此人不堪。"抹去之。乃大快乐，曰：此后不能知东西左右，亦不畏矣。

去年入南场作判，比于江淮选人，正得不忧长名放耳。寻复启与曹主，求尉于虢。实以太夫人年高，乐近地有山水者；而又其家穷，弟妹细累，喜得贱薪菜处相养活耳。始至官，以活狱不合人意，辄退去。将遂脱衣置笏，永夷农牧。会今太守怜之，催去复任。逐使不为升斗汲汲，疲瘁低傫耳。然至于文字章句，愈怗息不敢惊张。尝自咒愿得时人曰："此物不识字，此物不知书。"是吾生获"忠肃"之谥也。而吾子反殷勤如此者，岂不知耶？岂有意耶？不知则可，有意则已虚矣。

然所以拳拳而不能忘者，正以往年爱华山之为山，而有三得：始得其卑者朝高者，复得其揭然无附着，而又得其近而能远。思欲穷搜极讨，洒豁襟抱。始以往来番番，不遂其愿。间者得李生于华邮，为我指引岩谷，列视生植，仅得其半。又得谢生于云台观，暮留止宿，旦相与去，愈复记熟。后又复得吾子于邑中，至其所不至者，于华之山无恨矣。三人力耶？今李生已得第，而又为老贵人从事，云台生亦显然有闻于诸公间，吾子之文粲然成就如是。我不负华之山，而华之山亦将不负吾子之三人矣。以是思得聚会，话既往探历之胜。至于切磋善恶，分擘进趋，仆此世固不待学奴婢下人，指誓神佛而后已耳。吾子何所用意耶！

明日东去。既不得面，寓意惘惘。九月三日，弘农尉李某顿首。

文章题为《与陶进士书》，陶进士，何许人也？文章没有做具体交代，李商隐《纪事·华山尉》中有云："陶生，有恒人。善养，又善与人游，又善为官。会昌时，生病骨热且死。是年长安中进士为陶生诔者数十人。生在时，吾已得之矣，及既死，吾又得之。"但仅凭这几句判断"陶生"便是此文的"陶进士"未免牵强，从文中所叙之事均是李商隐个人较为私密之事来看，此人与义山私交甚厚。这篇文章可说是一篇回忆性很强的文章，是一篇标准的散文文体，也是李商隐比较熟悉的一种文章体式。从文章中提到的“前年乃为吏部上之中书”“去年入南场作判”，末尾处“九月三日”，可知此文乃是开成三年（838）九月三日所作。

文章主要讲了李商隐幼时读书经历，已而由乡贡入京师、与令狐绹的友情、弘农县尉的活人狱事件，以及穷游华山等事件，一件件罗列开来，叙述详略有序，看似非刻意为之，实则刻意为之。这里重点介绍了“八郎之交最善”，其中涉及李商隐与令狐绹的少年友情，这就不得不提一下令狐父子。

文章第一段交代了这篇书文的写作背景，作者与陶进士书信往来多以谈文章为主，从情绪上来说，情感是平和有序的，段尾是写此篇书文的目的，“何其礼甚厚而所与之甚下耶”！“礼甚厚”“所与之甚”都是从感恩、致谢的角度来写的。从文章起笔的语气、口吻来看，这位“陶进士”显然是可以称之谓李商隐倾吐心中郁闷的知己人物的。

第二段交代了幼时读书的感悟，刘氏《六说》即刘迅关于《诗》《书》《春秋》《礼》《乐》《易》六书的著述，《国史补》中说道：“刘迅著《六说》以探圣人之旨，唯说《易》不成。”可见，刘迅《六说》也是对经书的阐释。所谓“是非系于褒贬”是说“春秋笔法”，通过曲笔表达来呈现史家真正要表达的意思，这种曲笔表达对人物的评价往往褒贬系于一字。李商隐这里提到的“是非系于褒贬，不系于赏罚；礼乐系于有道，不系于有司”，以及后面对这几句话的解释，所谓“春秋法度”之类，看似读刘迅《六说》的感悟，实则为后面的“此人不堪”、屡次科考不中做好铺垫。

第三段叙述了从乡贡入京师，希望能够遇到知己或者能够依靠的高贵贤达者，但一直未能遇到，所以后面说“寂寞往返其间，数年，卒无所得”。也听了相亲者的建议，将诗文贡于某处某处，但又没有人真正出于欣赏去读，甚至还有不识字、读破句之徒，这与心中期许难免失衡，“进不敢问，退不能解，默默已已，不复咨叹”。这与曹丕当年所说的“盖文章经国之大业也”相去甚远，更与孔子说的“不学诗无以言”离题万里。“大和七年后，虽尚应举”，《上崔华州书》中也有“凡为进士者五年”，大和七年(833)、九年以及开成二年（837）李商隐均为乡贡进士，参加礼部春闱，“虽尚应举”说明大和七年前就已经开始参加科考了。“文尚不复作，况复能学人行卷耶?”“行卷”是唐代习尚，应举者在考试前把所作诗文写成卷轴，投送朝中显贵以延誉，称为行卷。《上崔华州书》中说的“衣袖文章”便是这种“行卷”类的文章。从语气上看，李商隐写这篇文章时仍不能忘记自己求取功名路上的艰辛。

第四、五两段是本文的重点内容。第四段简略记述了李商隐开成二年进士及第的过程以及之前不被录取的原因，重点是为了突出令狐绹向高锴举荐义山的过程。第五段则是讲第一次外放弘农尉因“活狱”事件辞退官职之事。这两段看似是讲科考路上的辛苦，实则是在回应前面“文尚不复作，况复能学人行卷耶?”，再有就是重提与令狐绹自幼交好的友情基础。

第六段写“以拳拳而不能忘者，正以往年爱华山之为山”，看似写山，实则写人。登山路上遇到李生指引岩谷，又得谢生于云台观暮留止宿。看似是感恩李生、谢生，实则是表达对令狐绹的感激。

从首段的表达来看，有人推测题目所说的“陶进士”是指李商隐少年时期的好友“令狐绹”。令狐绹是令狐楚二子。李商隐少年时曾以诗文“干谒”前相国令狐楚。他在《樊南甲集序》中也曾回忆道：“樊南生十六能著《才论》《圣论》，以古文出诸公间。后联为郓相国、华太守所怜，居门下时，敕定奏记，始通今体。”“郓相国、华太守”便是令狐绹之父令狐楚，“诸公”便是令狐楚的好友刘禹锡、白居易等。令狐楚十分欣赏李商隐的诗文及其才华，出于惜才爱才，他安排李商隐与自己的二儿子令狐绹一起学习，李商隐成了令狐绹的少年伴读。令狐楚对待李商隐，视同己出，亦师亦父，由此，李商隐就成了令狐家的一分子，像是令狐楚的干儿子一样。李商隐早年丧父，拥有伤痛无比的童年，令狐楚的关爱和扶助让他无处停泊的心灵得到了暂时的安歇，如果将令狐府中的十年放在李商隐跌宕一生中来考量，可说是温暖的十年。《奠相国令狐公文》中，李商隐回忆起这段温情时光，文章中每一个字流淌的都是温暖与感恩，正所谓“将军樽旁，一人衣白。十年忽然，蜩宣甲化。人誉公怜，人谮公骂”，这是超越上下级、幕主与门客的近乎亲情的一种情感。

令狐楚为唐德宗贞元七年（791）进士。唐宪宗时，擢职方员外郎、知制诰，受皇甫镈推荐，被任命为翰林学士，自此卷入党争。后出为华州刺史，升任河阳节度使。元和十四年（819），入朝任中书侍郎、同平章事，成为宰相。宪宗去世后，为山陵使，受亲吏赃污事牵连，被贬为衡州刺史，量移为郢州刺史，后升太子宾客、分司东都。唐敬宗至唐文宗时，重新得到任用，历任河南尹、宣武节度使、户部尚书、东都留守、天平节度使、吏部尚书等职，累升至检校尚书右仆射，封彭阳郡公。李商隐有一篇表文《代彭阳公遗表》就是代令狐楚所写。“甘露之变”后，因厌恶宦官擅权，遂自请解职，外授山南西道节度使。开成二年（837），令狐楚在任内病逝，享年七十二岁。令狐楚长年担任地方节度使，“长于抚理”，政绩颇为显著。又擅写诗文，才思俊丽，尤善四六骈文，李商隐由古文转骈文写作，引路人便是令狐楚。令狐楚所交好友中，便有刘禹锡、白居易等人，所以李商隐的文才才有可能被众人接受、赏识。

唐文宗大和四年（830），李商隐十八岁时，他和令狐绹两人同时参加了进士考试。那次考试，令狐绹一举及第，而李商隐却名落孙山。出现这种结果，并非令狐绹的才学一定比李商隐高，而是因为令狐绹是朝廷重臣令狐楚的儿子，在荐举方面占尽了优势，而这一年令狐楚正在天平军

（郓州）节度使任上。令狐绹登进士第后，任职于弘文馆为校书郎。这个职位也是李商隐渴慕已久的，希望能够通过校书郎这个位置跻身上层社会，但他穷其一生慕求的这个位置终不能如愿。

李商隐落第后，继续复习考试，而且一考就是四年，但依然年年落第，其中就包括此篇文章中提到的大和七年（833）、大和九年、开成二年（837）等。开成元年，令狐绹被任命为左拾遗，文中说“时独令狐补阙最相厚”，拾遗和补阙虽然品级不高，但是担任此职的人时常跟随皇帝左右，却是天子近臣，其职能不可轻视，地位远非县尉之类可比。这就与后面“弘农尉顿首”形成鲜明对比。而李商隐却依旧满怀惆怅，每天都在为下一次科考做着辛苦又无果的准备。这种鲜明对比让李商隐忘记了自己的出身，心中积攒了满腹愤懑和不满，这些负面情绪终有一天会爆发，于是他带着备考的疲倦，生无可恋地离开了长安城，头也不回地回了河南老家，甚至没有好心情去向好友令狐绹告别。到家后，他依旧无法纾解内心的憋屈和郁闷。但他需要找人倾诉，想到的第一个人就是令狐绹。于是满腔怨恨化成辞句，给令狐绹写了一封《别令狐拾遗书》。信中，李商隐首先以“卒然于稠人中相望，见其表得所以类君子者，一日相从，百年见肝胆”表白自己对令狐绹真挚的兄弟友情，并以“亲亲，无异势”做结。在做好以上铺垫后，又向这个“近世交道，几丧欲尽”的现实发出攻击与怒号，他满眼看到的都是这个不公的世道。表面光鲜的文人圈子其实就是个“市侩”圈子。圈子里的人看不到自己的不堪，却看得见别人的伤疤，令人作呕。这哪里是读圣贤之书的文人？简直就是一群市侩之徒。他憎恨这个所谓的文人圈，也不愿成为这样的人，因此发出了最强的抱怨：“真令人不爱此世，而欲往走远飏耳。”这篇文章的言辞中也变换着语气地羡慕或者说甚至嫉妒令狐绹的顺利，同样的路，两个不同的人走出了截然不同的结果，在两个不同的平行世界里，两个人虽是少年好友，也无法像往日一般常相聚谈诗论道。在文章的最后，“千百年下，生人之权，不在富贵，而在直笔者，得有此人，足下与仆，当有所用意”，李商隐对全篇进行了总结，认为在历史的长河中，真正的富贵不在于权力富贵与否，而在于能够挥笔为文者，通过做文章千古留名，也算是满腹牢骚以后，用一句可以操作的正向的话语结束了全篇。《别令狐拾遗书》虽然一边申明二人亲密兄弟关系，一边看似发牢骚埋怨世道不平，实际上是带着羡慕嫉妒的编排令狐绹，暗地里做着天上地下的对比。但总体而言，能够发牢骚也是亲近的一种表现，从字里行间，我们可以看出，李商隐与令狐绹此时的关系还是很亲密的。

唐文宗开成二年（837），这一年李商隐二十五岁（《上崔华州书》中说“愚生二十五年矣”），在令狐绹的鼓励下，李商隐准备再次冲刺进士考试。这个时候，令狐绹已经在朝中任职好几年，积攒了一些人脉。高锴便是他人脉线上比较重要的一人。这一年，礼部侍郎高锴主春闱，令狐绹得中进士后，做的是校书郎的工作，一直为高锴写文字材料，因而得到高锴的喜爱，两人关系也很好。当高锴得知自己是今年进士考试的主考官时，便问令狐绹："八郎所结交的朋友中，谁是你最相好的？""八郎"就是令狐绹。令狐绹想都没想，张口就说："李商隐！""三道而退"，反复说了三遍。还在高锴面前大大夸了李商隐一通，赞美其诗文和才华。就这样，高锴记住了李商隐这个名字。果然，等到二月末礼部南院发榜，李商隐的名字赫然出现在及第进士的金榜中。李商隐终于光荣进士及第了。对这段的回忆，可以看出，李商隐虽然多次参加科考，但终究以喜剧结局，这里无疑是得到了令狐楚和令狐绹父子的鼎力相助。接着的叙述中，以时间倒叙的方式讲了之前科考失利的原因，以"此人不堪"来回应前文所说的"春秋法度"，可想而知，在晚唐下层文士的求学入仕路途中，所谓以一字褒贬被勾掉者不在少数。

从整篇文章来看，李商隐主要说的还是对令狐绹的感恩、感谢和感激。与《别令狐拾遗书》中的牢骚满腹相比，《与陶进士书》显然语气平和中正一些。李商隐与令狐绹的友情不仅明白地显现在他的文章里，还体现在他的诗歌里，最明显的一点便是以令狐绹住所入诗表明二人友情。在李商隐的诗中，经常会出现"晋昌"这个地名。"晋昌"是什么地方？明末清初学者朱鹤龄在《长安志注》中说："晋昌（坊）为令狐绹宅所在。"唐代，晋昌坊为著名皇家寺院大慈恩寺所在地。寺内有为存放唐玄奘西天所取经书而建的大慈恩寺塔，也就是我们今天所说的大雁塔。大慈恩寺占了整个坊的东半之地，晋昌坊西南隅又有楚国寺，十字街之西北又有净住寺，因此该坊寺院密布。剩下的地方已经不多，为官民住宅区域，而令狐绹的宅子就在晋昌坊这个区内。“晋昌”频频出现在李商隐诗中，说明这里是李商隐所去频率颇高的地方。

《子直晋昌李花》诗中说道：“吴馆何时熨，秦台几夜熏？绡轻谁解卷？香异自先闻。月里谁无姊，云中亦有君。尊前见飘荡，愁极客襟分。”令狐绹字“子直”，“子直晋昌李花”就是指春天时节令狐绹晋昌坊宅内花园内盛开的李花。从这首晦涩内敛的诗中，我们大概能推测出李商隐在春风十里的季节里思春了，“李花”或许是令狐绹住所中的“某人”，又或许是令狐府中的一位美丽的姑娘，诗里所描写的地点是令狐绹的晋昌里第，但是词句之间却全是晦涩而有着温度的“情话”。

但是阴差阳错，遗憾的是朋友终成陌路。开成三年（838）的春天，李商隐又参加了吏部的选官考试，即博学宏词科考试。初试时已经通过，奈何复审中却被除名，结果遗憾落第。而这一年也是令狐楚去世的第二年。令狐楚在弥留之际，仍然将事先起草好的表文交给李商隐，由他来代写这篇遗表，可想而知，令狐楚对李商隐是像亲生儿子一样看待的。进士及第还没来得及得到令狐楚的提携，令狐楚便驾鹤西去了。按照唐朝的风俗，此时的令狐绹因父亲去世需要辞职在家为父丁忧三年。就在此时，李商隐遇到了人生的转折。按理说，令狐楚、令狐绹父子是李商隐的贵人，令狐绹又是李商隐的同窗，两人应该是一辈子的知己。但是纵观令狐绹和李商隐后来的关系，却显得没有原来那么亲热了。

令狐绹和李商隐兄弟关系的转折，发生在李商隐成婚之时。

吏部选官考试落第后的李商隐处于等待时机的状态，就在这时，或许是新进进士曲江宴上，又或许是长安街头跨马游街，又或许是李商隐的诗文才华，吸引了泾原节度使王茂元，他看上了李商隐，并将其招为幕僚。王茂元十分喜欢李商隐，其表现便是将自己的小女儿王氏嫁给李商隐。这对青春年少的李商隐可说是天大的喜事和好事，因此，李商隐没有推辞，欣然接受了。李商隐执意要娶王茂元家的小姐，却犯了一个政治大忌。公元九世纪中期以后，唐代出现了以牛僧孺、李宗闵为首的“牛党”和以李德裕、郑覃为领袖的“李党”之间的“牛李党争”。唐文宗时期是“牛李党争”最严重的时期。王茂元虽不是明确意义上的“李党”，但他与“李党”党魁李德裕交好，在李商隐为其代写的状文中，有三篇（《为濮阳公上淮南李相公状一、二、三》）是写给时任淮南节度使李德裕的，因此王茂元被认为是“李党”成员。但是，李商隐的恩师兼贵人令狐楚却是“牛党”先驱。李商隐娶了“李党”人物的女儿，这让令狐绹及其他“牛党”人员很不开心。因此，在史笔作者的笔下，《新唐书》《旧唐书》李商隐本传中关于其个人的评价不出“忘家恩，放利偷合”“俱无特操，恃才诡激，为当涂者所薄”的评论。这些评论或许是史家听到的传言，或许是嫉贤妒能者的招牌，显然，李商隐在史书上的记载会影响其死后的宣传和推广。实际上，对于李商隐这种整天想着舞文弄墨、以写诗作文寻找生活情调的人，对党争这种需要敏感紧绷的政治弦儿，他或许根本就没有这根弦儿，或者说本就不感兴趣。娶王茂元女儿为妻这件事在政治上极为迟钝的李商隐看来，似乎也并没有觉得这事做得有什么不妥。但是，这件事客观上深深影响了李商隐今后的仕途，以及他与令狐绹个人乃至整个令狐家的关系。

开成四年（839），李商隐再次参加吏部主持的选官考试，这次顺利及第，得到了秘书省校书郎的职位。“秘书省”最早出现在东汉时期，当时称作“秘书监”，属于国家机构，专门负责管理国家藏书，南北朝时期才称作“秘书省”。“秘书省”有两个职能，一是图书的制作和发行，二是出版图书的管理。而“校书郎”是真正的九品芝麻官，简单的说类似国家图书馆的低级官员。虽然俸禄不高，品级较低，但在唐代，这个位置却是备受推崇的。因为凡选做校书郎的，首要的是必须经过科考及第为进士，一般都是由进士、明经或制科考试出身的；其次是为朝廷储备人才，大部分担任此职的人都是前途光明的，白居易就是个例子，白居易进士及第后，元和年间考中“书判拔萃科”，成为秘书省校书郎，之后做过进士考官，最后为刑部侍郎。

所以，可想而知，李商隐得到这个位置的心情还是十分得意的。

但好事不久，李商隐便从秘书省校书郎位置上调任弘农县尉。虽然县尉与校书郎的品级差不多，但远离权力的中心，显然会对其以后的发展造成影响。李商隐在弘农任职期间因为替死囚减刑而受到上司陕虢观察使孙简的责难，天性敏感多思的李商隐感到非常屈辱，难以忍受，最终以请长假的方式辞职。《任弘农尉献州刺史乞假归京》便是此时所作，诗中说道："黄昏封印点刑徒，愧负荆山入座隅。却羡卞和双刖足，一生无复没阶趋。"幽怨、多思甚至有点爱抱怨的李商隐，纵有荆山之志和强烈的自尊心，但他在政治仕途上却缺乏该有的成熟和谋略。在李商隐请长假期间，孙简被调走，接任的姚合设法缓和了紧张的局面，在他的劝慰下，李商隐勉强留了下来。但他此刻显然已经没有心情继续工作。开成五年（840），李商隐再次辞职并获准。这一年唐文宗病重，宦官仇士良和鱼弘志矫诏拥立文宗的异母弟颍王李炎为皇太弟。文宗驾崩，李炎即位为帝，是为唐武宗。闲居老家荥阳的李商隐此时想起了令狐绹，这个时候令狐绹已经守孝三年期满。除服后，重新授予了本官，不久后改任左补缺、史馆修撰。

此时的令狐绹对李商隐已经早已不似从前，只是仍然保持着表面上的友好，内里已经分崩离析。但李商隐却浑然不知，还像从前那样表达自己的情绪，除了写信，还另附一首《酬别令狐补阙》诗，其中写道："惜别夏仍半，回途秋已期。那修直谏草，更赋赠行诗。锦段知无报，青萍肯见疑。人生有通塞，公等系安危。警露鹤辞侣，吸风蝉抱枝。弹冠如不问，又到扫门时。”这首诗看似是表达对令狐绹“更赋赠行诗”的感激，但又通过“青萍肯见疑”来晦涩地表达兄弟间不应该有嫌隙的看法。其实是暗示令狐绹自己又要求人举荐，但又不明说想要令狐绹帮忙，这种政治上的不成熟、多思多虑的心理特点和文人固有的清高交织在一起，大概是李商隐总是从开始的地方出发没多久又回到原来的地方的原因。很显然，令狐绹这次并未帮李商隐，或许是不想帮，也或许是令狐绹羽翼还不丰满，还没有能力帮。

唐武宗会昌二年（842），李商隐再次参加了吏部的选官考试，并以书判拔萃考试，第二次入秘书省为正字，距他上次入选秘书省校书郎，整整过了三年，这一次，他又回到了起点。但命运似乎又一次捉弄了李商隐。没多久，他的母亲病逝了，按唐代习俗，须辞职回家为母亲守孝丁忧三年。雪上加霜的是会昌三年，李商隐的岳父王茂元也病故了。这对李商隐的仕途来说无疑是再次重创。会昌五年秋，令狐绹出于礼貌，还是给李商隐写了封慰问信。此时闲居在洛阳的李商隐，看到来信，写了一首《寄令狐郎中》向令狐绹回复，诗曰：“嵩云秦树久高居，双鲤迢迢一纸书。休问梁园旧宾客，茂陵秋雨病相如。”他借梁孝王的“梁园”比附令狐父子，“梁园宾客”“茂陵秋雨病相如”是自指，即旧日宾客、多病相如自比。以自怜寂寞冷清秋气袭人的孤寂来说自己的处境，希望得到令狐绹的帮助。但是他的请求仍带着文人的清高和晦涩的氛围，极为含蓄，又让人感到消极和忧郁。大概作为读者的令狐绹，看到这封不情不愿的请求信也会心情不好。此时的令狐绹已经从担任左补阙、库部、户部员外郎到右司郎中，仕途可谓风生水起，前途光明。

但是，唐武宗朝，李德裕担任宰相，“李党”因此而得宠，“牛党”落寞。会昌五年（845），作为“牛党”人员的令狐绹被边缘化，外调为湖州刺史。同年，李商隐丁忧除服，回到了京师长安，重新在秘书省任职。这是又一次的阴差阳错，擦肩而过。此时的李商隐也处在一个十分尴尬的境地。“牛党“认为他娶了“李党”成员王茂元的女儿，忘恩负义，但是“李党”却认为李商隐是“牛党”中坚令狐楚的徒生，也不会把他当成自己人。会昌六年，唐武宗驾崩，唐宣宗即位，改年号大中。宣宗登基后，党争情况也发生了变化，“李党”失利，“牛党”得宠，朝堂内驱逐“李党”成员。其中就有“李党”重要成员郑亚。大中元年（847），郑亚被贬桂馆观察使，李商隐也稀里糊涂地被赶出了中央，受郑亚邀请到其幕下主管文书。然而，卷土重来未可知，李商隐误以为党争就是你方唱罢我登场，他天真地以为“李党”很快会卷土重来，却不知从此周旋于莲幕辗转的幕僚生活。

但作为“牛党”中坚成员、被贬湖州的令狐绹，此时却迎来了仕途大转机。大中二年（848），令狐绹被召入京，拜为考功郎中，不久就“知制诰”了。这样，他就掌握了替皇帝起草诏书公文的大权。同年，召入充翰林学士。令狐绹不但回到了长安，而且仕途通顺，直奔宰相的高位而去。《梦令狐学士》中说的便是此种情景：“山驿荒凉白竹扉，残灯向晓梦清晖。右银台路雪三尺，凤诏裁成当直归。”从此两个人便是高低分明，彻底分道扬镳了。

大中二年（848）的李商隐又辞去了湖南观察使李回的幕僚工作，回到了老家洛阳闲居。同年秋天，李商隐干脆回到了长安，直接找令狐绹帮忙，希望在中央机构找一个差事，但令狐绹还是没有帮他。李商隐无奈，只有再次参加吏部的选官考试，考试结果仍是县尉的初级职位。这一次是白居易曾做过县尉的盩厔（今西安周至）县。此时距他做弘农县尉，恰好过去了十年。十年后，李商隐又一次回到了起点。三年又十年，他的一生，就这么反反复复，仿佛永远站在起点，从未出发过，时间却从未停止过。在盩厔县待的时间不长，他又被调回了中央机构，依然是和原来的秘书省校书郎一样卑微的职位。此时的他已经不像十三年前那么满怀期待了，再加上与令狐绹的关系变得复杂，这让他觉得前途渺茫。

大中三年（849），令狐绹拜为中书舍人，并袭封彭阳男爵，获食邑三百户。过了不久，又被拜为御史中丞。这年重阳节，李商隐去拜访令狐绹，恰好他不在家。在此之前，李商隐已经多次向身居高位的令狐绹陈诉旧情，希望得到提携，均遭到对方的冷遇。李商隐感慨之余，就题了

《九日》墙壁诗在令狐绹家，这首诗把二人友情送到了最后的边缘。“曾共山翁把酒时，霜天白菊绕阶墀。十年泉下无人问，九日樽前有所思。不学汉臣栽苜蓿，空教楚客咏江蓠。郎君官贵施行马，东阁无因再得窥。”李商隐本是寻令狐绹而来，无奈令狐绹不在家，他便在墙壁上写下了这首“诀别诗”。这首诗虽然并没有张嘴说诀别，却每一个字里都是埋怨和怨愤。前面既有追思又兼切重阳节，与后面的指责埋怨形成对比，昔日礼遇与今日拒之门外形成巨大落差，但其实内心又渴望被再次恩遇和赏识，这就与诗人的矛盾心理吻合了。

大中四年（850），令狐绹转为户部侍郎，判本司事。同一年，改任兵部侍郎、同中书门下平章事，于是令狐绹带着尚书省的官职，拜为宰相。令狐绹之所以能够升任宰相，据说还是因为唐宣宗感动于其父令狐楚当年对宪宗的忠诚。

而大中三年九月，李商隐得到了武宁军节度使卢弘正的邀请，前往徐州担任其幕僚。卢弘正是一位很有能力的官员，李商隐似乎这回跟对人了，突然感觉前途一片光明。但命运却没有垂青李商隐，又一次捉弄了他，大中五年春天，卢弘正却突然病故了。李商隐的仕途之星再次黯淡。祸不单行，同年春夏之交，李商隐的妻子王氏也病故了。李商隐的人生再次跌入低潮期。这一年秋天，新任命的东川节度使柳仲郢向李商隐抛来了橄榄枝，希望李商隐担任其幕僚。心灰意冷的李商隐也只能接受柳仲郢的邀请，否则干什么呢？

在前往四川任职途中，路过京师，他又在长安小住了一段时间。在此期间，他还是去看望了少年时的同伴，如今已经贵为宰相的令狐绹。深秋时节，李商隐留下了《宿晋昌亭闻惊禽》和《晋昌晚归马上赠》两首诗。两首诗都是写给令狐绹的，“晋昌”仍是指令狐绹晋昌坊宅。前一首写留宿令狐绹晋昌宅子，夜半看到惊飞的鸟兽，说道：“羁绪鳏鳏夜景侵，高窗不掩见惊禽。飞来曲渚烟方合，过尽南塘树更深。胡马嘶和榆塞笛，楚猿吟杂橘村砧。失群挂木知何限，远隔天涯共此心。”这大概是李商隐借物赋诗的主要目的，却又说得穷酸自怜。而另一首《晋昌晚归马上赠》写马背上临别写诗赠予令狐绹，对前路漫漫、不知归期的迷茫，弥漫在诗歌的字里行间，正所谓“征南予更远，吟断望乡台”是也。

大中五年（851）十一月，李商隐入川，在柳仲郢梓州幕府中工作了四年。这四年间，李商隐整日郁郁寡欢，貌似看破了红尘。少年时期曾做过道士的李商隐，此时却愿青灯古佛，想要出家，就像《樊南乙集序》文末说的那样：“是夕大中七年十一月十日夜，火尽灯暗，前无鬼鸟，一如大中元年十月十二日夜时。书罢，永明不成寐。”此时的李商隐陷入了一片绝望之中。

大中九年，东川节度使柳仲郢回京任职，也将李商隐一同带回了长安，还给李商隐安排了一个待遇丰厚但是官品不高的实惠官职，即盐铁推官。但是清高的李商隐又怎会满意这个职位？李商隐在盐铁推官这个职位上工作了两到三年，他忍受不了这个税务官的俗气，再次提出了辞职，并回乡闲居。此后，李商隐彻底隐退。

大中十二年（858），李商隐在郑州病故，匆匆走完了他四十六年的生命之路。而此时的令狐绹，却已经做了十多年的宰相。

两唐书里说李商隐“凉薄无行”，对令狐绹的评价则是“懦弱无能”。两人的性格里都缺乏豪迈与豪情，也缺乏对时事、社会的人文关怀，即便李商隐写出了很多激愤的诗文，书写了自己的不满，但多数是下层文人的牢骚满腹，以他的政治判断与认知水平，并不能提出具体的解决办法。但我们可以肯定的一点是，李商隐的诗才文才确非虚名。因此，他与令狐绹的交往，都写在了他那些晦涩难懂、意境深远的诗歌里。

《祭小侄女寄寄文》：过礼之深情

祭小侄女寄寄文

正月二十五日，伯伯以果子弄物，招送寄寄体魄，归大茔之旁。哀哉！

尔生四年，方复本族，既复数月，奄然归无。于鞠育而未申，结悲伤而何极！来也何故，去也何缘？念当稚戏之辰，孰测死生之位？

时吾赴调京下，移家关中。事故纷纶，光阴迁贸。寄瘗尔骨，五年于兹。白草枯荄，荒途古陌。朝饥谁抱，夜渴谁怜？尔之栖栖，吾有罪矣。

今我仲姊，返葬有期。遂迁尔灵，来复先域。平原卜穴，刊石书铭。明知过礼之文，何忍深情所属！

自尔殁后，侄辈数人，竹马玉环，绣襜文褓，堂前阶下，日里风中，弄药争花，纷吾左右。独尔精诚，不知何之。况吾别娶已来，胤绪未立。犹子之谊，倍切他人。念往抚存，五情空热。

呜呼！荥水之上，檀山之侧，汝乃曾乃祖，松槚森行。伯姑仲姑，冢坟相接。汝来往于此，勿怖勿惊。华彩衣裳，甘香饮食，汝来受此，无少无多。汝伯祭汝，汝父哭汝，哀哀寄寄，汝知之耶？

刘勰《文心雕龙·祝盟》曰：“若乃礼之祭祀，事止告飨；而中代祭文，兼赞言行。祭而兼赞，盖引申而作也。”依此所述，则祭文由祭祝文引申而来，有祝告之意，后参入所祭之人的言行，表达对逝者的怀念。徐师曾《文体明辨》关于祭文源流演变的观点与刘勰大致相类，二人区别在于，刘勰将“祭文”置于《祝盟》篇中作为祝文的一部分予以阐发，徐师曾则将“祭文”从“祭祝文”中剥离出来，作为一个独立的文体进行论述。郎瑛《七修类稿》中说：“诔辞、哀辞、祭文，亦一类也，皆生者悼惜死者之情，随作者起义而已。”可见，祭文是用于哀悼亲友，内容多为追念死者生平、记述死者言行、盛赞死者功德，目的是寄哀思、抒情感，已成共识。

《旧唐书·李商隐传》云：“（商隐）博学强记，下笔不能自休，尤善为诔奠之辞。”清代孙梅《四六丛话》说：“魏晋哀章，尤尊潘令；晚唐奠醊，最重樊南。潘情深而文之绮靡尤工，李文丽而情之凄怆自见。……李商隐俪偶繁缛，旨能感人，人谓其横绝前后无俦者。”李商隐是唐代祭文写作高手，其祭文也是所有骈文作品中最精彩、最能代表创作水平的篇章，还最能体现李商隐诗文“消息相通”的特征。李商隐祭文最大的特点是以应用文体抒发真情实感、以华美文辞渲染伤感悲戚、以自然流露的真挚引发读者共鸣，在文章的形式与内容上，实现了完美的结合与统一。

李商隐祭文共二十四篇，其中写给恩师令狐楚、韩氏老姑、妻姐夫张审礼、徐姊夫、徐氏姊、裴氏姊、处士叔、侄女寄寄、岳父王茂元（两篇）等人共十篇。写给亲属的祭文，多集中在会昌三年至四年（843—844），李商隐因母亲去世丁忧居住永乐，为家中已故亲人迁坟移葬，《祭徐姊夫文》《祭徐氏姊文》《祭处士房叔父文》《祭裴氏姊文》以及著名的《祭小侄女寄寄文》都作于此时。一家三代同时受祭，再加上恩师令狐楚和岳父王茂元的祭文，形成一组展现李商隐家道变迁之苦楚、科场仕途奋斗之艰辛的连幅画卷。写给侄女寄寄的祭文，被誉为李商隐祭文的压卷之作。

唐武宗会昌二年（842）冬天，李商隐因母亲病逝移居永乐，丁忧守丧期间（843—844），他精心筹办的一件大事，便是为家族中去世的亲人迁葬，其中包括：曾祖母的灵柩从郑州荥阳迁往怀州祖籍，与曾祖父合葬；寓殡于获嘉的裴氏姊、暂葬于济源的小侄女寄寄迁回荥阳坛山祖坟；同时将原已葬于坛山，因“风水为患”而需另择新坟穴的处士叔就地移穴改葬。为营葬侄女寄寄归祖坟，李商隐于会昌四年正月特意写下《祭小侄女寄寄文》。

《礼记·丧服》规定“不满八岁以下，皆为无服之殇”，是说孩童未满八岁而夭折，故而无丧服之礼，因此称“无服之殇”。至于刻墓碑、写铭文更是超越礼制规定的，但此篇祭文中，李商隐偏要“平原卜穴，刊石书铭”，还像对待成人一样撰写了一篇祭文。“明知过礼之文，何忍深情所属!”“明知”“何忍”两个词既打消了读者的疑虑，又表达了不能自已的沉悲和深情，这正是“发乎情”却又未“止乎礼义”的至亲之情。

文章开篇写道：

> 正月二十五日，伯伯以果子弄物，招送寄寄体魂，归大茔之旁。哀哉！
>
> 尔生四年，方复本族，既复数月，奄然归无。于鞠育而未申，结悲伤而何极！来也何故，去也何缘？念当稚戏之辰，孰测死生之位？

宋代孟元老《东京梦华录》记载，“正月二十五日”为“填仓”节；一些地方县志，如山西《介休县志》《大同志》、河北《固安县志》等也有此说。“填”与“天”音同，故又称“天仓节”。每年正月二十五日，为了纪念仓官，古代北方都要过“天仓节”。这一天，北方家家蒸制食品、打扫院落、点灯祀神等，其乐融融，欢乐祥和气氛可想而知。李商隐选择在这个节日里纪念侄女寄寄，是以节日的欢乐衬托内心的沉悲，伤痛与哀思之情更进一层。以“果子弄物”招寄寄之灵，归于祖坟，此情此景，可谓“悲伤何极”！“尔生四年，方复本族。”可知寄寄一生仅四年时光，生命极其短暂。生下后便寄养别家，长到四岁才复归本族，

“复本族”即回到李姓本族。《补注》云：“寄寄出生后不久，即寄养于外姓，故名曰‘寄寄’，四岁方接回本家抚养。”这短暂的成长经历与李商隐幼年时期随父远赴浙江、就傅之年扶柩返乡之心理记忆颇为相仿。审慎推测，寄寄寄居别家，所受关爱可能远不如李商隐十岁以前的温暖生活，这让李商隐想起当年扶柩返归之时，“四海无可归之地，九族无可倚之亲”（《祭裴氏姊文》）的孤苦荒凉，与“朝饥谁饱，夜渴谁怜”的寄寄似乎是穿越时空的相似，以己之心度他人之感，心中愧意自然难以言表。“既复数月，奄然归无。”寄寄复归本族没几个月，便不幸夭折。看似简单明了的十六个字，却把寄寄简短仓促、未得家中父母亲族关爱的一生写尽。接着以“于鞠育而未深，结悲伤而何极”为段落主旨句，为后面“明知过礼之文，何忍深情所属”埋下伏笔，做好铺垫。“鞠育”二字出自《诗经·小雅·蓼莪》，诗云：“父兮生我，母兮鞠我，拊我畜我，长我育我。”意思是说，父亲母亲生我，养我，抚爱我，庇护我，培育我。“鞠育”本是用于子女赞颂父母养育之恩的。李商隐用这个词，可知对寄寄的感情已非同一般，这是超越了伯侄关系的父女一样的情感。正是这样才使得李商隐内心无法接受或者不愿接受寄寄夭折死亡的事实，这让原本便因“鞠育未深”而感到内心愧疚的作者本人更添生命倏忽而逝的感慨，不禁发出“来也何故？去也何缘”的悲叹。“念当稚戏之辰，孰测死生之位？”本该是儿童嬉戏耍闹的时候，何曾想会发生死生换位之事？

对于生死，儒家的态度是“未知生，焉知死?”《论语·先进》中季路向孔子问鬼神之事，子曰：“未能事人，焉能事鬼?”季路又问：“敢问死。”孔子曰：“未知生，焉知死?”《礼记》中记载子贡与孔子的一次关于生死问题的探讨则更为明了，子贡问：“死者有知乎？将无知乎?”子曰：“吾欲言死之有知，将恐孝子顺孙妨生以送死；吾欲言死之无知，将恐不孝之子弃其亲而不葬。赐不欲知死者有知与无知，非今之急，后自知之。”儒家思想的出发点是现实生活，是活着的世界，活着的人尚未侍奉好，谈什么鬼神？谈什么生死？若活着的意义没有弄明白，探究死亡还有何意义？泛言之，生者当以生命之不息而奋斗不止，“发愤忘食，乐以忘忧，不知老之将至”。（《论语·述而篇》）李商隐年轻时虽曾学道玉阳山，灰心时也曾许身清凉寺，但他自幼受教的家学渊源仍是以儒教为宗的，因此，对于生死，虽有超然的庄老哲学让他羡慕自然消散的人生，但他依然是血肉情深，无法释怀。

时吾赴调京下，移家关中。事故纷纶，光阴迁贸。寄瘗尔骨，五年于兹。白草枯荄，荒涂古陌。朝饥谁抱，夜渴谁怜？尔之栖栖，吾有罪矣。

此段开头便以“时吾赴调京下，移家关中”为由将“鞠育而未深”的沉悲推进一步，即死亦未能及时归葬的负疚感。开成二年，李商隐进士及第后，应博学宏辞试不取。

之后经历了恩师令狐楚亡故、入王茂元泾原幕府、婚娶王氏、卷入党争；因党争牵扯授官初选中被除名，二次春选通过入秘书省，接着调任弘农县尉；因替犯人减刑得罪上司，故而请辞弘农尉，不得不再次参加授官选拔，以书判拔萃再入秘书省为正字，旋即母丧居家丁忧三年。开成二年至会昌四年（844）前后近八年，李商隐经历了三次授官选拔，两入秘书省，其间还外调任弘农尉，入泾原幕府，浑浑噩噩卷入党争。从寄寄夭亡到归葬的时间可以推知，寄寄在大和九年（835）至开成元年前后出生，李商隐“移家关中”当是开成四年从弘农尉请长假辞职前后，其间经历了一系列世情变故，所谓“事故纷纶，光阴迁贸”八个字看似简单明了，实际上隐含了作者内心对世事多艰、人事难料的无奈，以及卑辞请荐势要之门的辛酸，这份无奈和辛酸又怎能让四岁的孩童明白？“寄瘗尔骨，五年于兹。”从移家关中到居丧迁坟，又是五年。与前面枉费时日周旋于仕途却徒劳无获相比，对家中亲人迁坟一事的耽搁，对侄女寄寄身处“白草枯荄，荒途古陌”的凄凉和悲伤，更让作者尤感负疚。作者感同身受，想到寄寄幼小的身躯在荒草连坡、枯竹作响的异乡他地，不禁连问：“朝饥谁饱，夜渴谁怜？”在这样的情感渲染中，多情伤感的李商隐又做了一个过情的自责：“尔之栖栖，吾有罪矣。”末句“吾有罪矣”一直是学者研究的主题，以李商隐与寄寄的伯侄关系，原本不该如此表达。这种表达与韩愈写给夭亡女儿的祭文表达一致。韩愈在《祭女挐女文》文中说道：“不能食饮，又使渴饥。死于穷山，实非其命。不免水火，父母之罪。使汝至此，岂不缘我!”元和十四年（819）春，韩愈因反对唐宪宗迎佛骨遭贬潮州。在赴潮任职的途中，他的女儿挐因患病不敌路途颠簸劳顿而亡。由于自己被贬才致使女儿夭折，故有“使汝至此，岂不缘我”的内疚和苦痛。有学者以此处表达推测，寄寄有可能是李商隐开成元年（836）左右学仙玉阳山时与宋华阳之女（苏雪林《玉谿诗谜》）。与韩愈因贬职失去女儿的痛苦相比，李商隐对侄女寄寄的真情可见一斑。笔者认为，李商隐作为家中长子，对整个家族有长子应尽之责，自觉应当担负寄寄养育义务。这一点可从李商隐早年接受的家庭教育中寻找原因。《上崔华州书》中，李商隐曾自述“五岁读经书，七年弄笔砚”，其父早年授其经书要旨，使其自幼便深受儒家“齐家”思想影响。举家返归故乡后，处士叔继续以儒家经典授于义山兄弟。父亲和叔父的教育，使李商隐家庭观念、家族意识深刻于心。身为家中长子，作为义叟的兄长、寄寄的伯父，李商隐从心底里觉得理应将寄寄之坟冢早点迁到祖宗坟地。“五服之内，更无流寓之魂；一门之中，悉共归全之地。”（《祭仲氏姊文》）然而，人生慌乱辗转，五年转瞬即逝，侄女寄寄的坟冢一直没有归入祖坟，寄寄坟旁已是“白草枯荄，荒途古陌”，直言“吾有罪矣”毫不过分，情感的喷薄欲出与迁坟的万般思绪汇在一起，直接将这篇小文推向了高潮。

今我仲姊，返葬有期。遂迁尔灵，来复先域。平原卜穴，刊石书铭。明知过礼之文，何忍深情所属！

与上段相比，这一段情感安排上趋于平缓，交代了二姐裴氏、侄女寄寄迁坟的具体安排，而且特别指出既要为寄寄安排像成人一样的墓穴，还要为她立石碑刊刻铭文，并明确点名全文主旨：“明知过礼之文，何忍深情所属!”这句话既是对前文所说的“於鞠育而未深，结悲伤而何极”和“尔之栖栖，吾有罪矣”的有力回应，同时，也为接下来的情感高潮做好情绪铺垫。

自尔殁后，侄辈数人。竹马玉环，绣襜文褓，堂前阶下，日里风中，弄药争花，纷吾左右。独尔精诚，不知何之。况吾别娶已来，胤绪未立。犹子之谊，倍切他人。念往抚存，五情空热。

此段转换悲伤的角度，以侄辈们堂前阶下嬉戏打闹带给作者直观的亲情感受，反衬寄寄只身野草横生的孤坟荒冢带给作者无尽哀伤和思念，以乐景衬哀情，以侄辈们欢乐热闹的景象反衬内心伤痛。与寄寄朝饥夜渴、无人问津的阴世相比，侄辈们享受的是“竹马玉环，绣襜文褓，堂前阶下，日里风中，弄药争花，纷吾左右”，这一静一动的对比让人触目惊心。阳世画面越生动活泼，便越发反衬阴间寄寄的寂寞无助。加上李商隐续娶王氏以来，膝下尚未有子，对寄寄的感情就如同自己亲生一般。想到这里，又怎能不“五情空热”？在“吾有罪矣”的情感基调下，这些文字字字锥心、句句泣血，读来让人肝胆俱摧、声泪俱下。

> 呜呼！荥水之上，檀山之侧。汝乃曾乃祖，松檟森行。伯姑仲姑，冢坟相接。汝来往于此，勿怖勿惊。华彩衣裳，甘香饮食，汝来受此，无少无多。汝伯祭汝，汝父哭汝，哀哀寄寄，汝知之耶！

祭文最后一段，是作者对寄寄的深情嘱托。在坟冢的安排上，李商隐特意将寄寄的坟茔与自己至亲的裴氏姊埋在一起，两个在李商隐心里都有着特殊分量的至亲之人坟冢相依，对死者而言是相伴，对生者来说则是一种慰藉。考虑到寄寄长期寄养别家的特殊经历，李商隐特别交待寄寄，以后身边曾祖、祖父，姑姑们围坐两旁，寄寄可以像侄辈们“弄药争花，纷吾左右”那样，得到家中众亲人的关爱，享受精美的食物，再也不用寄人篱下，更不用担心朝饥夜渴、食不果腹。这里似乎是伯父与侄女面对面的交谈，既抛开了阴阳两隔的现实，又拉近了长辈与晚辈的辈分距离。像是喃喃细语，又像是殷殷嘱托，一派祥和与柔情都揉进只言片语里。文末用“汝伯祭汝，汝父哭汝，哀哀寄寄，汝知之耶”收尾，这是将自己从想象的梦幻中拉回寄寄已经亡逝的现实，内心的巨大悲痛再次袭来，最后戛然而止，留下耐人寻味的余韵。

除此篇祭文外，唐代还有两篇知名祭侄文，可与之媲美，即颜真卿《祭侄文稿》与韩愈《祭十二郎文》。三篇文章各有特点，各见作者本色。颜真卿《祭侄文稿》出于战争的正义而写。“安史之乱”爆发后，颜氏家族奋勇抗敌，颜真卿兄长颜杲卿与其子颜季明战死疆场，颜真卿将国恨家仇融进一篇祭文中，以祭奠兄长和侄儿。另外，此篇祭文还是颜真卿行书代表作，祭文是颜真卿手书，虽是草稿，其中删修涂抹足可见祭文为作者急就之作，与听闻兄长和侄儿战死沙场的悲愤情感恰好吻合，其中悲愤在笔墨勾画的停顿与牵带中喷薄而出，虽相隔千年，依然能透过点顿体味作者内心的情感。韩愈的《祭十二郎文》虽是为祭奠侄子韩老成而作，但韩愈与韩老成自幼一起长大，年岁相近，说是叔侄，更像是兄弟，故而文章在情感的表达上更直接。韩愈以宣扬古道、倡导古文创作为平生所好，这篇文章以古文写成。全篇散句单行，其中既有对幼年孤苦、长嫂含辛茹苦哺育的片段回忆，也有对韩愈成年离家后仕宦求进、宦海浮沉的勾勒。文章没有传统祭文的赞颂，只有雄健浑厚的韩式语言一泻千里，叙家事，道情谊，虽细琐零碎，却不失韩式风范。

刘勰《文心雕龙·序志》篇有云：“夫‘文心’者，言为文之用心也。”李商隐此篇祭文可谓用心之作。《祭小侄女寄寄文》所用文体与前面两篇不同，是晚唐较为程式化的骈文形式，也是六朝至初盛唐风行的四六文形式，这种文体经六朝徐陵、庾信之手登峰造极，至初唐四杰时期渐趋清雅隽秀，但相对来说较为程式化，晚唐时期的骈文文体形式与内容安排上已十分固定。李商隐骈文是在深厚的古文功底上进行的革新创作，在骈文这种较为固定的文体运用与文章内容的选择上，凸显了高超的写作水平。文体上，他没有被骈文程式化的写作模式束缚，全篇四字居多，句句相对，合辙押韵，通篇无典故；文式上，白描的写作手法丝毫不输整饬辞藻带来的情感抒发，以简白的文字表达深挚的情感，以琐碎生活的朴素诉说叔侄间的亲密。诚如刘学锴先生在《白描胜境画玉谿》一文中提到李商隐诗歌的“典丽精工”与“绚中有素”所说：“如果说典丽精工型作品是以‘借色’表现‘真色’，那么白描型作品便是以朴素的白描手段直露本色。”与前两篇祭文相比，此篇祭文篇幅短小精悍，却句句斟酌，全篇无绚烂辞藻，却字字珠玑，足可见李商隐为文用心，更可见李商隐为文之本色。

祭文由祭祝文发展而来，故其创作首要原则是言辞要出于真情实意，不能谀辞连篇，内容空洞，情意虚假。徐师曾《文体明辨》云：“刘勰说：‘祭奠之楷，宜恭且哀；若夫辞华而靡实，情郁而不宣，皆非工于此者也。’作者宜详审之。”徐师曾借刘勰之语认为祭文言辞不能过于华艳绮靡，显得华而不实，影响祭文情感的表达，无法引发读者的情感共鸣，更无法达到追怀逝者的目的。明代吴讷《文章辨体》对祭文写作中语言的运用提出以下要求：“大抵祷神悔过迁善为主，祭故旧以道达情意为尚。”因此，写作祭文时一定要出于真心实意，这样才能传达出作者与所祭之人的真挚情感，才能感动人心。

祭文的写作形式，开篇一般以“维”或“哀维”开头，“维”是助词，并无意义，只是引起文章哀悼之势；紧接说明祭文时间以及所祭何人、何人为祭等。正文部分语言要精练，以极其简单明了的语言表达内心的无限悲伤、哀恸之心情。文末常以“伏维尚飨”结尾，表达对祭奠之人的敬畏。

向神灵祈祷、悔过、迁善，记述逝者行迹是祭文的主要内容，祭拜故旧传递感情是祭文的情感特点。“兼赞言行，以寓哀伤”，“祭奠之楷，宜恭且哀”，中古时期，写作祭文除寄托哀思外，还要将逝者生平品德功业写进祭文，以赞其德行。史载最早以“祭某某文”为题的祭文是任昉《文章缘起》中提到的“后汉车骑郎杜笃《祭延钟文》”，但此文已散佚无考。后又有东汉滕辅《祭牙文》，也仅存残句而无全篇。现存较为完整的祭文，是曹操的《祀故太尉桥玄文》。《文心雕龙·时序》评论以三曹为代表的建安文学时说：“观其时文，雅好慷慨，良由世积乱离，风衰俗怨，并志深而笔长，故梗概而多气也。”曹操诗文慷慨，连祭文也是如此风格。“祀”，《说文解字》云“祭无已也”，本意是祭祀天神。曹操这里用“祀”说明故太尉桥公在其心中地位十分尊贵。与其他祭文充溢低回婉转哀伤之气不同，曹操此篇祭文率性任气、直抒胸臆，语言真率朴素、情感真诚实在，实现了“情与气偕，辞共体并”的写作目标。此文首段赞桥玄德行，中段回忆年少时受桥玄礼遇点拨提携之往事，接着以戏言写桥玄幽默风趣之性格，末段以笑语写哭情。全文一百七十余字，主旨与内涵表达恰到好处，爽利通脱，践行了祭文“赞言行”“寓哀伤”的写作宗旨。

《文选》收录谢惠连、颜延之、王僧达祭文三篇，谢惠连《祭古冢文》和颜延之《祭屈原文》正文前都有一小段序言，其后是正文，说明魏晋时期祭文已经基本定型。据《宋书》记载，谢惠连写此文时，为司徒彭城王刘义康法曹参军。刘义康修东府城时，发现古冢，为之改葬，命谢惠连撰写祭文，留信待成。序文交代了祭文撰写的缘起，正文以散体交代祭奠的时间、所祭者何人、祭品为何物、祭文作者是谁等。祭文句式整饬、均为四字骈文，用语典雅，格调低回，情绪婉转，“追唯夫子”以下，连用八个问句，叩问死者亡灵，音调铿锵，意绪哀凄，颇具悲凉忧伤凄美之韵。中唐柳宗元《祭吕衡州温文》也采用了这种连问句形式，以十四个长问句追问吕温魂归何处，将难以表现的凄怆情感表达得淋漓尽致。擅长写哀诔文的潘岳在其《为诸妇祭庾新妇文》和《哭弟文》中也延续了汉魏以来祭文的写作模式，基本是前面叙逝者旧事，彰其德行，随后尽情表达哀伤与怀念。

祭文写作发展至唐代，已经十分成熟稳定，在祭祖思亲、感叹生命转瞬即逝的哀伤的同时，作者们也在思考生命缘起泯灭之轮回过程，让祭文内容变得越来越丰富；在丰富内容的同时，作者们也在尝试创新这种文体的写作模式，使文章格式更为工整成熟，与日益丰富深刻的内容更加和谐，达到内容与形式的完美统一。初唐陈子昂，盛唐独孤及，中唐白居易、韩愈、柳宗元、刘禹锡，晚唐李商隐、杜牧都是祭文写作高手，名篇甚多。初、盛唐时期，陈子昂、独孤及、张说等均有祭文写作。唐朝初期，反对骈体工于对仗、精于辞藻等的行动就已开始，但六朝文风流波所及，初盛唐文人写作祭文时仍习惯性沿用骈文体式。张说祭文共十八篇，在四言句为主的基础上，偶有杂言穿插，这种以四言、杂言撰写的韵文占半数以上。陈子昂共有祭文十篇，以骈文体式写作的有三篇，以杂言韵文写作的就有六篇，其中《祭韦府君文》就是以杂言韵文形式进行文体创新的尝试。独孤及祭文作品最多，大部分采用骈文体式，但也有少部分尝试运用散体单行的模式进行写作，散体祭文数量开始增多。如《祭寿州张使君文》云："唯公贞亮温毅，强学好古，人皆窒而盈、曲而全，公独以峭直接物，虽悔吝不改其度。人多求田问舍，公独以百家言为宝，藏书至八千卷而不止。"文章采用散体，体现出由骈体向散体的过渡，读来虽不如韵文之节奏严整、音调铿锵，却朗朗上口，别有一番流畅自然之美，其遣词造句亦极用心，却不着痕迹。中唐韩愈、柳宗元、白居易祭文作品不在少数，他们虽然力倡散体古文，但祭文写作仍多沿用骈文形式。柳宗元《祭杨凭詹事文》、刘禹锡《代诸郎中祭王相国文》都以四言句为主，盛赞逝者乃天地英才，秉造化而生。前面提到的韩愈《祭十二郎文》开始进行内容上的拓展和尝试，除叙情谊、述哀思外，还将个人际遇、宦海浮沉以及半生艰辛融进祭文里，丰富了祭文的内涵内容，提升了情感内涵，因为有强烈真挚的情感作为基础，更使这篇祭文产生强大的动人力量，遂成流传千载的名篇。刘禹锡《祭韩吏部文》在韩愈祭文基础上，进一步大胆尝试，其文以论说见长，故于祭文之中，也加入说理议论成分，使祭文在充分宣泄情感的基础上，也体现出难得的理性思维。在对比韩愈与自己的文章时，刘禹锡自己也说："子长在笔，予长在论。"

在不断吸取、借鉴前人祭文写作经验的基础上，李商隐最大限度地提升了祭文内涵，大胆尝试格式的革新，将丰富的社会历史、人生百态与哀伤悲凄的祭文融合，以祭文侧面反映社会现实和历史现状，展示个人际遇和心路历程，将应用文体的实用性和抒情性进行了大幅度的扩展和充实。

祭文多以骈文写成，而骈文是中国古代各类文体中最为讲究形式的一种美文，以隶事用典、辞藻华美、讲究声律、对仗排偶为形式特点，吸收了诗歌、辞赋的语言特点融汇而成。《樊南甲集序》中，李商隐说自己的骈文"好对切事，声势物景"，便是形式上讲究对偶、隶事，内容上以声势、状物为主，既点明了骈文写作特点，也道出了自己骈文的内涵。与晚唐诸家骈文只注重形式美、忽略骈文美文本质以及文章情感流露相比，李商隐骈文的特点在于其骈文"哀上浮壮，能感动人"。四库馆臣在《四库全书总目提要》中也说：“李商隐骈偶之文婉约雅饬，与唐人为别格。”所谓“雅饬”是说李商隐骈文有着中晚唐“古文运动”推崇雅颂正声的余韵，也有骈文重形式、过于整饬的特点；所谓“别格”则是与晚唐诸家不同、别有格调的地方。在萧颖士、李华先后提出取消诗赋取士、恢复古文雅颂正声后，中唐韩愈、柳宗元倡导文以载道、文以明道，举起“古文运动”旗帜，抵制初盛唐以来诗赋取士制度造成的文章过于讲究形式，以更新儒道内涵的角度来推行一种有条理、有规律、可模仿、可操作的适用于议论、叙事、抒情的新散文。贞元、元和年间的文学复古思潮，促使“古文运动”得以风行，也使骈文题材内容方面得以扩大延展。李商隐从事骈文写作前，以古文“出于诸公间”，这里的“诸公”既有元和年间倡导“新乐府运动”的白居易，也有贞元年间被誉为“诗豪”的刘禹锡，这些人对他的认知和赞誉也是从古文开始的。李商隐对古文有着特别的感情，他幼年从父学习古文，早年受教的处士叔亦是坚持古道古风，深厚的家学渊源以及中唐“古文运动”余韵的浸染，让他对古文有着特别的情感，这种充满情感力量的文字融入骈文创作，冲淡了骈文整体上形式整饬带来的桎梏，从而有别于其他骈文作家，为世人所重。孙梅《四六丛话》所说的“唯《樊南甲乙》，则今体之金绳，章奏之玉律也”相对来说，这里多是指李商隐那些代幕主所写的状表书启等应制官文等作品，即“整饬”的部分。而最能体现李商隐骈文“雅”与“格”的则是一些哀诔祭奠、书信启体等文章，刘学锴《樊南文的诗情诗境》中明确指出：“樊南文中，真正具有文艺性的，是哀祭诔奠之文和一部分抒情书启。”这篇《祭小侄女寄寄文》便是李商隐祭体骈文中情感最真挚、文字最简白的一篇，姜书阁《骈文史论》中评此文便说：“义山骈文，断以此篇为压卷之作。”

除了写给亲人的祭文情感真切以外，《奠令狐相国文》一篇也写得尤为哀婉恳切。这篇祭文写于开成三年（838）六月。李商隐自开成二年进士及第，内心喜不自胜。按照惯例，上榜进士要骑马游行以示荣耀，之后还要参加吏部的选拔（即关试），通过选拔的方可做官。关试以后，新进士们还要参加雁塔题名、曲江宴饮等一系列活动。李商隐进士及第后，例行参加这些活动，或许长安城骑马游行时，又或许曲江边宴饮之际，被王茂元择为女婿，人生开启新篇章，一片风光喜乐景象。而此时，恩师令狐楚却病重垂危于山南西道节度使任上，李商隐因一系列及第后烦琐事宜缠身，无法榻前伺候，直至令狐楚病逝，李商隐未能亲侍汤药，所以在祭文里，“叩头哭奠”“呜呼”“奈何”“呜呼哀哉”等叹词多处出现，可见李商隐对令狐楚的病逝有太多的遗憾。全篇以四言韵文为主，这是李商隐二十四篇祭文中唯一一篇以四言韵文为主的祭文，也是祭文中篇幅字数最少的。此文篇幅虽短，但情感却深，句式整饬，语势铺排而下，情感也汹涌而来。祭文中并未一一列举令狐楚生前荣耀与功业，而是以令狐楚对自己的关切和爱护为唯一主题，以切身之感受表达对令狐楚病逝的哀恸。所以，

《樊南甲集序》云："声势物景，哀上浮壮，能感动人。"此篇祭文感人之处是令狐楚生前与死后李商隐个人感受的不同，生前，"天平之年，大刀长戟，将军樽旁，一人衣白。十年忽然，蜩宣甲化。人誉公怜，人谮公骂。公高如天，愚卑如地"。大和三年（829）三月，处士叔病逝，同年十一月，令狐楚升为检校右仆射、天平军节度使，任所在梁山附近的郓城。李商隐从荥阳奔丧回到郑州，被令狐楚辟为天平军幕府巡官，成为令狐楚的幕僚。"将军樽旁，一人衣白"说的就是此时。"十年忽然"，经过令狐楚多年的指点，李商隐四六文写作水平突飞猛进，像蝉蜕去了外壳获得新生一样。十年间，令狐楚不仅教授了李商隐四六文的写作技巧和要领，还给予其物质上的帮助和精神上的支持，因此，他感叹"公高如天，愚卑如地"。当令狐绹将令狐楚病危之事告知参加春选的李商隐时，"愚调京下，公病梁山。绝崖飞梁，山行一千"。短短十六个字，写了开成三年（838）参加博学宏词科之试选、令狐楚病重的两件大事，又以"山行一千"表达自己急速奔回却没能及时探望的恳切心情。"草奏天子，镌辞墓门"，此句是说令狐楚在请李商隐代写遗表前，已经草拟了文稿。《旧唐书·令狐楚传》载："楚疾甚，召从事李商隐曰：'吾气魄已殚，然所怀未已，强欲自写闻天，恐辞语乖舛，子当助我成之。'"临终前叮咛嘱托者，最是悬心之事，令狐楚以遗表相托，可见二人师徒情谊之深厚。"凤栖原上，新旧衮衣"，指令狐楚与其父都是死后赠司空，故曰新旧衮衣。"有泉者路，有夜者台”，出自阮瑀《七哀诗》，描绘的是黄泉路上孤单寂寞，长夜台上灯残蜡尽，一派孤寂惨淡之景象。“送公而归，一世蒿蓬”，与前面“将军樽旁，一人衣白”的情景形成鲜明对比，失去令狐楚的庇佑、呵护和支持，前景便如蓬蒿之脆弱无助，无人可依，无处可避，前路漫漫，一切未知，忧惧之心犹如幼年之遭际，又一次向李商隐袭来，思前想后，感昔抚今，此篇祭文伤痛难言，自在情理之中。

王茂元在李商隐心中的地位不亚于令狐楚。故王茂元死后，李商隐连续写了两篇祭奠岳父的祭文，另又代王茂元侄媳和外甥女各写了一篇，所以，共四篇祭奠王茂元的文章出自李商隐之手，分别为《为王从事妻万俟氏祭先舅司徒文》《为王秀才妻苏氏祭先舅司徒文》《祭外舅赠司徒公文》和《重祭外舅司徒公文》。除《重祭外舅司徒公文》写于会昌四年八月，其余三篇都写于会昌四年二月。王茂元病逝于会昌三年九月讨伐叛军刘稹的军中，前三篇祭文在王茂元逝世后半年连续出现，可见这半年王家定是笼罩在一片哀伤之中。而会昌四年八月的《重祭外舅司徒公文》则是平定刘稹叛乱后再一次祭奠，以告慰逝者灵魂。

除以上作品外，李商隐现存祭文作品中还有十四篇代笔之作，占了祭文总数的半数以上。按写作时间排序，现存第一篇祭文是李商隐代李玄为崔京兆写给萧瀚的祭文。与别的代笔文不同的是，此篇代笔祭文隔着三层关系，李玄并非所代之人，他是受京兆尹崔珙所托，所祭之人是遂州萧侍郎萧瀚，形成李商隐代李玄代崔珙祭萧瀚之关系。

人物关系如此辗转，似乎可以推测：其一，李玄是善于写祭文的，所以才为崔珙所托；其二，李玄将此文转托李商隐代笔，若转托之举是征得崔珙同意的，则李玄、崔珙二人对李商隐祭文写作能力都是十分肯定的；其三，李商隐善作“哀诔之文”名声久矣。此篇祭文是李商隐现存祭文中写作时间最早的，且为李玄转托而作，由此推断，在此之前，李商隐肯定有不少祭文作品，且为众人肯定和赞赏，可惜均已散佚。李商隐与萧瀚为故交，李商隐赴兖海崔戎幕，萧瀚举荐之功功不可没。大和八年（834）六月，李商隐兖海幕罢，经郑州赴京之时，有《上郑州萧给事状》，状文言道：“给事又曲赐褒称，便垂延纳。”可见对萧瀚当初的力荐十分感激，萧瀚去世，李商隐作《哭遂州萧侍郎二十四韵》云：“遥作时多难，先令祸有源。初惊逐客议，旋骇党人冤。”诗中所说党羽连带关系，是指萧瀚因党争被贬遂州，“二十四韵”中有“遗音和蜀魄，易箦对巴猿”之句，可知萧瀚至遂州后去世。据张采田《玉谿生年谱会笺》所考，萧瀚死于开成元年（836），而此文写于开成二年秋，可知崔珙已从大和九年的党争中脱离出来，可惜此时萧瀚已撒手人寰，此文当是崔珙为怀念萧瀚所作。崔珙与萧瀚，政治观点相同，私人关系也当十分亲近；李商隐与萧瀚，颇有知遇之恩。李玄受崔珙所托，转而将此托付转嘱转交李商隐，一则李商隐祭文写作名声在外，二则李商隐、崔珙二人对萧瀚的认识与思念之情是相近相通的。

除此之外，李商隐代笔祭文还有代岳父王茂元写给任岭南节度使时幕佐崔珰、任陈许节度使时押衙张士隐的；代李兵曹写给其兄长濠州刺史李从简的；代李郎中写给窦端州的；代王从事之妻万俟氏写给她舅父的；代王秀才妻苏氏写给其舅父的；代冯从事之妻写给其从父的；代裴懿写给薛衮的；代舍人李褒写给王彦威的；代岳母写给张审礼之妻的，即母亲祭奠女儿；代郑亚写给吕商州和杨虞卿的；代韩城门丈子侄写给其岳母的；等等。这里代王从事妻、王秀才妻两篇，实为代王茂元两个侄媳妇写给王茂元的祭文，万俟氏为外甥女，苏氏则为王茂元妹之女，故称舅父。与其他文体相比，代笔祭文的公文性质相对弱一些，其情感表现力和文学魅力则更强一些。

董乃斌《论樊南文》中说，李商隐“向来是以一个风格卓异的诗人被载入文学史的”。世人听闻李商隐，了解和熟知李商隐，多源于世代对其秾丽绮靡、悱恻缠绵的诗歌的传诵，很少有人关注他的文章。除六百多首诗歌外，现存李商隐文章三百五十多篇，这些文章无论数量还是质量都不低于其诗歌成就，别有特点，自成一家。后世对其文章的研究成果相对较少是有诸多原因的，较为学者认同的便是以下两点：一是两唐书关于李商隐个人评论的影响。《旧唐书》中有“俱无特操，恃才诡激”的偏论，《新唐书》中有“忘家恩，放利偷合”的负评，这两种评价都是针对李商隐师从令狐楚，登科后反娶王茂元之女为妻从而陷入晚唐党争而论。所谓“俱无特操”“忘家恩”实是史书站在令狐楚一方，认为李商隐师从令狐楚学习研文，应为令狐楚站队的“牛党”即牛僧孺一派效力，然而事与愿违，李商隐进士及第后，被王茂元招为女婿，王茂元虽不是“李党”中人，却与“李党”重臣李德裕交好，因此被归为“李党”。李商隐糊里糊涂、昏昏沉沉地卷入党争，从此仕宦生涯为党争所困，为历史所诟病。两部史书的评价等于对李商隐品行进行了官方公开批评，直接影响后世文人士子对李商隐其人及其文章的看法。二是李涪在《刊误·释怪》中评论李商隐诗文“无一言经国，无纤意奖善，惟逞章句”。李涪是唐五代末年、宋初文人，他代表的民间评论对李商隐的负面影响可想而知。美国人宇文所安从文献学的角度对李涪的负面评论进行解释，正面肯定宋初杨亿等人对李商隐诗歌推广的积极意义。他说：“宋前别集之传世者，大多只是小集，经过抄写者出于个人动机所作的删选。……李涪这么说，大概是因为他看到的只是一个李商隐小集，其中收录的恰恰是‘逞章句’才入选的诗。只有在杨亿经过多年搜求拼凑出一个相对完整的李商隐集之后，我们才看到那个我们今天所熟知的李商隐。”（《晚唐：一九世纪中叶的中国诗歌（827—860）》）莎士比亚说：“一千个读者就有一千个哈姆雷特。”千人千面，从不同角度出发得出的结论固然不同。不论是两唐书的负评还是民间评论的误传，这里都从反面进一步推动了李商隐诗文在后代的传播和接受。

元代末年、明清两朝的文学复古，尤其是清代骈文复兴，尊唐称宋成为一种时尚，李商隐作为晚唐著名诗人，便在这种风尚中逐渐奠定了文学史地位。清代文人笺注李商隐诗文者众多，其中较为知名的便有朱鹤龄、叶燮、吴乔、朱彝尊、何焯、程梦星、冯浩、纪昀等，贡献最大的当数朱鹤龄和叶燮。朱鹤龄《李义山诗集笺注》从政治思想、艺术道德等各方面高度评价李商隐，为其在清代被广泛接受奠定了基础。叶燮在辨析晚唐诗美的基础上称颂李商隐，为义山诗歌美学奠定了时代基础的高度，有利于后人在更广阔的时空背景下阐释、研究、接受李商隐诗作。随着李商隐诗作被广泛接受和推广，其文章也在骈文复兴的清代得以发扬，清中期骈文理论专著《四六丛话》中，作者孙梅在谈及唐宋骈文作家时多次称颂义山骈文，原因在于孙梅不仅看到了李商隐骈体章奏的“金绳”“玉律”，也体察到李商隐骈文渗透的情感力量，这与孙梅倡导文章“以意为宗”的主题是一致的。《四库全书总目提要》中关于李商隐骈文“雅饬”“别格”的评价，既肯定了李商隐骈文的审美艺术和雅颂内涵，又将李商隐及其骈文与晚唐诸家撇开，提高了李商隐及其骈文的文学史地位。

《献侍郎巨鹿公启》：沉博与情深

献侍郎巨鹿公启

某启：今月某日，舍弟新及第进士义叟处，伏见侍郎所制《春闱放榜后寄呈在朝同年兼简新及第诸先辈》五言四韵诗一首。夫玄黄备采者绣之用，清越为乐者玉之奇。固以虑合玄机，运清俗累，陟降于四始之际，优游于六义之中。窃计前时，承荣内署，柏台侍宴，熊馆从畋，式以《风》《骚》，仰陪天籁，动沛中之旧老，骇汾水之佳人。非首义于论思，实终篇于润色。光传《乐录》，道焕诗家。

况属词之工，言志为最。自鲁毛兆轨，苏、李扬声，代有遗音，时无绝响。虽古今异制，而律吕同归。我朝以来，此道尤盛。皆陷于偏巧，罕或兼材。枕石漱流，则尚于枯槁寂寥之句；攀鳞附翼，则先于骄奢艳佚之篇。推李、杜则怨刺居多，效沈、宋则绮靡为甚。至于秉无私之刀尺，立莫测之门墙，自非托于降神，安可定夫众制？伏惟阁下，比其余力，廓此大中，足使同僚，尽怀博我。不知学者，谁可起予？

某比兴非工，颛蒙有素。然早闻长者之论，夙托词人之末。淹翔下位，欣托知音，抃贺之诚，翰墨无寄。况乎仲氏，实预诸生，荣沾洙、泗之风，高列偃、商之位。仰惟厚德，愿沐余辉。辄罄鄙词，上攀清唱。闻郢中之《白雪》，愧列千人；比齐日之黄门，惭非八米。干冒尊重，伏用兢惶。其诗五言四首，谨封如别。

《文心雕龙·奏启第二十二》云："启者，开也。高宗云'启乃心，沃朕心'，取其义也。孝景讳启，故两汉无称。至魏国笔记，始云'启闻'。奏事之末，或云'谨启'。自晋来盛启，用兼表奏。陈政言事，既奏之异条；让爵谢恩，亦表之别干。""启"在两汉时就有，只是因为避汉孝景帝名讳，所以两汉的奏没有称"启"的。三国魏时的书信里开始称"启闻"，奏事末尾则有"谨启"字样。西晋、东晋时期，大量启体文作品产生，一种以"奏请"形式展现，主要用于陈述政治见解，另一种以"表"的形式展现，主要用于辞让封爵，感谢恩典。刘勰将"启"与"奏"合在一起，以韵文叙笔区分"文"和"笔"，认为"奏""启"均是"笔"；两汉时期，虽然有启文，但并无具体的文体记载，基本上与"表""奏"一样都是上行文。按照刘勰的记载，"启"体在两汉时期没有具体的称呼，到三国魏时期也并没有专门的体式，仅作为笔记或奏事的开头或结尾出现"启"字样，并不像表、奏一类较早定型，成为专门的文体类型。

"启"真正成为一种文体，是在两晋时期，较早的文献记载出自《文选》。《文选》卷三九有“上书”和“启”两种文体。其中“启”体录任昉启文三篇。从内容上来看，启文与表、奏不同，表、奏只能写给君王，而启文除了呈给君王外，还扩大为呈给上级官员。《文体明辨序说》“书记类”子目下就有奏记、启、状等六类，徐师曾认为，以上六类文体，“秦汉以来，皆用于亲知往来问答之间”。两晋以降，“启”体逐渐成为一种正式的文体，至六朝时大盛，《骈体文钞》录六朝启文四十多篇，除仅有的几篇体现“陈政言事、让爵谢恩”的功用外，其余则较多用于日常往来，可见，“启”体在六朝时期已有从朝堂公文体式逐渐扩展到日常往来的文体趋势。发展至唐宋两代，启文除了少量用于呈送君王外，还可以写给地位高于自己的德高望重之人。启文内容也逐渐扩大，诸如谏议、祝贺、致谢（谢官、谢物等）、推荐、诗文唱和等均可使用启体文。启体文由最初的“用兼表奏”的上行文，变为既可以上行写给君王及皇亲国戚，也可以平行写给亲朋故交的应用文体。随着文体内容发生变化，其写作要求也随之发生相应变化，但万变不离其宗，启文“启乃心，沃朕心”的初始意义并未发生改变。

关于“启”的写作要领，刘勰将其概括为“必敛饬入规，促其音节，辨要轻清，文而不侈，亦启之大略也”。意思即文字上避免整饬，写作上合乎规范，音节上短促，论辩简明，文辞轻丽，既要有文采又要不华丽，这就是“启”的大致要求。《文体明辨序说》云：“盖尝总而论之，书记

（书、奏记、启、简、状、疏）之体，本在尽言，故宜条畅以宣意，优柔以怿情，乃心声之献酬也。若夫尊卑有序，亲疏得宜，是又存乎节文之间。”大体与刘勰看法一致，前提是“本在尽言”，条理清晰明白晓畅，在尊卑亲疏问题上，强调“存乎节文之间”，即文字要合乎礼仪，不能毫无节制，也不能没有文采。从《文选》所录任昉三篇启文来看，两晋至六朝时期，“启”文较注重文采，基本是整饬的四六句式。而唐宋两代，尤其是宋代《文苑英华》所录李商隐、杜牧等启文篇数较多，句式则愈发工整，语词使用遵循“节”和“文”之间，由于古文运动的影响，文章呈现骈散结合的态势。李商隐启文写作就是其中较为典型的代表。

作为晚唐最具代表性的诗人，李商隐对诗歌“兴寄”既有继承又有发展，并将“兴寄”深入贯穿于诗歌创作之始终，进而形成了其“沉博绝丽”“深情绵渺”“绮靡朦胧”的独特诗歌风格。所谓“兴寄”，最早出现在陈子昂《修竹篇序》中：“观齐梁间诗，彩丽竞繁，而兴寄都绝。”兴，指诗歌的审美意象对人所产生的感发作用；寄，是诗歌中流露的思想感情所具有的社会内容。“兴寄”，就是要求诗歌具有深刻的现实意义。总体而言，这是初唐有为文人为反对齐梁诗歌中辞藻华艳、繁缛所作的努力，“兴寄”说理论为后人继承，成为他们反对形式主义颓靡诗风的理论武器。而李商隐“兴寄”理论比较集中的论述主要出现在《献侍郎巨鹿公启》《上崔华州书》《与陶进士书》《谢东河公和诗启》等篇中。这篇《献侍郎巨鹿公启》可谓其诗论纲领。下面，我们分段分层次进行阐述。

“献”是进献、献给，有尊崇、推崇之意。侍郎巨鹿公，即魏扶。《宰相世系表》记载：“汉魏歆，巨鹿太守，初居下曲阳，故以为郡望。魏徵、暮、魏少游，史皆书巨鹿人。扶无传，然既为相，必有封号矣。”《旧唐书·纪》提到：“大中元年三月，礼部侍郎奏放进士三十三人。”张彩田《李商隐年谱汇笺》中提到：“大中元年，三月丁酉，礼部侍郎魏扶奏放进士三十三人。”不管是旧书，还是年谱，都可推知此“侍郎巨鹿公”便是魏扶。大中元年（847）三月七日，李商隐随郑亚远赴桂林，这篇文章大概是写在李商隐离开京都远去桂林之前。文章开门见山便说，是因“舍弟新及第进士义叟处，伏见侍郎所制《春闱于榜后寄呈在朝童年兼简新及第诸先辈》五言四韵诗一首”。春闱放榜一般在春季，李商隐在看到魏扶的这首五言四韵诗后才写了这篇文章，还写了两首和诗，其一为《喜舍弟义叟及第上礼部魏公》，诗曰：“国以斯文重，公仍内署来。风标森太华，星象逼中台。朝满迁莺侣，门多吐凤才。宁同鲁司寇，唯铸一颜回。”这俨然是一首溜须拍马的诗，诗中多是吹捧之辞。但是魏扶的五律诗已佚，只有李商隐这首诗还在。以下便是李商隐由魏扶这首五言四韵诗出发，对唐代诗歌韵律的综合评价。

“夫玄黄备采者绣之用，清越为乐者玉之奇。”所谓“玄黄备采者”“清越为乐者”分别从“文采”“声律”的角度出发讲诗歌创作。“采”者，本意是采摘，如《诗经·周南·关雎》中所说的：“参差荇菜，左右采之。”这里的“采”就是“采摘”“摘取”的意思。采摘的结果是摘到的东西汇聚在一起，因此“采”引申义是收集的意思。《汉书·艺文志》上说：“古有采诗之官，王者所以观风俗、知得失、自考正也。”这里是说古代有专门到民间收集诗歌的习俗，称为“采诗”，由此还专门设置了采诗官。“采诗”是周朝的一种政治制度或者说是文化制度。周朝统治者非常重视民情，认为诗歌能够真实地反映社会政治和道德风尚状况，因而能让人从中观察出政治的得失和风俗的盛衰，能起到“上刺政治”的目的。在“采诗”的过程中，因为收集起来的诗歌要进行选择甄别，于是就引申出选择、选取的意思，例如“采纳”“采取”“博采众长”等中的“采”就是这个意思。选择的东西一旦多起来，就会出现很多颜色，因此，“采”又引申为“五彩”“彩色”。《孟子·梁惠王上》有云：“抑为采色不足视于目与?”意思是说：还是您认为色彩不够您的眼睛看呢？后来在这个意义上增其右边一个“彡（shān）”旁，“彡”作为部首表示的意义便与修饰有关，这便是新的形声字“彩”。《汉书·货殖传》中“文采千匹”的“采”就有着“有彩色花纹的丝织品”之意。由“彩色”又引申为文章的辞藻，即今人所谓的“文采”。屈原《九章·怀沙》：“众不知余之异采。”王逸《楚辞章句注》解释为：“采，文采也。”这句话的意思便是：“众人不知道我奇异的文采。”综合以上关于“采”的解释可知，李商隐这里从形式、色彩出发，这些都是首先映入读者眼帘的表象的东西。所以这一句落脚点在“绣”字上，“绣”者，一则指用彩色丝线在绸、布等上面做成花纹、图案或文字，一则指实际绣成的物品。这里显然是指诗歌创作所展现的色彩、雕饰等。“清越为乐者玉之奇”是从声音的角度，“清越”是指声音悠扬动听，“清”者，透明没有杂质，“越”者，超过、超越的意思，两个字合在一起则有高超出众之意。宋戴复古《题郑宁夫》诗云：“玉声贵清越，玉色爱纯粹。”唐刘禹锡《明贽论》中说道：“清越而瑕不自掩，洁白而物莫能污。”前者说美玉发出的声音清越便是高贵的，后者则说瑕不掩瑜，品德高尚、操守出众者，并不掩饰自己的缺点；纯净洁白者，外物并不能将其污染。正如《礼记·聘义》上说：“叩之，其声清越以长。”这里将玉声“清越”用于诗歌创作也是一种引申义，李商隐这里将“清越”之玉声作为衡量诗歌韵律的最高标准，也是一种诗歌创作的理想追求了。

“固以虑合玄机，运清俗累，陟降于四始之际，优游于六义之中。”所谓“虑和玄机”，“玄机”用在佛家、道家较多，指一种不可言说的奥妙道理，暗指一种天意，《庄子·天道》篇有云：“不徐不疾，得之于手而应于心。”这里说的“得之于手而应于心”便是“玄机”，后来苏轼将庄子的“得手应心”应用于诗文创作，即“得心应手”，但“得心应手”显然与“得手应心”是不同的。“玄机”的另一个意思是指神秘的机宜，或者说是计策，引申为阴谋或灵感。

李商隐这里使用“玄机”可解作一种无法言表的写作的“奥妙道理”，也可解作创作的“灵感”，是一种不可言说、无法描述的神秘。然后才有“运清俗累”，免去世俗事务的拖累，“陟降于四始之际，优游于六义之中”，“四始”即《诗经》中《风》《大雅》《小雅》《颂》，《史记·孔子世家》云：“《关雎》为《风》之始，《鹿鸣》为《小雅》始，《文王》为《大雅》始，《清庙》为《颂》之始。”“六义”即风、雅、颂、赋、比、兴，《周礼》记载：“大师教六诗，曰风，曰赋，曰比，曰兴，曰雅，曰颂。”“四始”“六义”是从诗歌创作的源头说起，李商隐在这里引入《诗经》典故，是为了抬高魏扶的那首五言四韵诗，也是为了说明弟弟义叟的才华。

接着说“窃计前时，承荣内署，柏台侍宴，熊馆从畋”，魏扶会昌二年（842）八月充翰林学士，会昌三年五月加知制诰，大概是那个时候李商隐就与魏扶相识，曾得到魏扶的赏识，这里引入“柏台侍宴，熊馆从畋”两个典故，这两个典故都与汉武帝有关。前者是以柏梁台君臣和诗典故赞誉魏扶所作诗文，《三辅黄图·台榭》记载：“柏梁台，武帝元鼎二年春起此台，在长安城中北门内。”《三辅旧事》云：以香柏为梁也，帝尝置酒其上，诏群臣和诗，能七言者乃得上。太初中台灾。”后者以秦昭襄王所建的射熊馆为典，该馆在汉成帝在位时，曾观胡人在此斗兽，汉成帝向胡人夸耀中国禽兽众多，征发百姓去终南山捉回各种野兽，放到射熊馆中让胡人徒手与之搏斗。这里借用这个典故与前面的柏梁台君臣和诗相类，是对魏扶慧眼识人的赞誉，还暗含着一种感恩，或者是一种拍马屁，因为这里以汉武帝和秦昭襄王入文，来夸耀魏扶识人，未免浮夸。汉扬雄《长杨赋序》中有云："雄从至射熊馆还，上《长杨赋》以讽。"实际上，扬雄对射熊馆这种捕猎百兽以胡人斗兽取乐的行为是极其反对的。李商隐这里显然是借了典故的形式，为魏扶吹嘘。

"式以《风》《骚》"，《风》《骚》以文学特点、单篇或一种写作体式代全貌，代指《诗经》《楚辞》；"仰陪天籁"，"天籁"出自《庄子·齐物论》，指放空自我，才能听到天然的声音、自然的声音，冯浩注解为"御制"；"动沛中之旧老"，汉高祖刘邦（因起兵于沛，群众立他为沛公）《大风歌》云："大风起兮云飞扬，威加海内兮归故乡，安得猛士兮守四方！"游子思故乡，自古有之，即便是千秋万代，死后魂魄也要思乡。《汉书·高帝纪》云："游子悲故乡，吾虽都关中，万岁之后，吾魂魄尤思家沛。""骇汾水之佳人。"汉武帝《秋风辞》云："兰有秀兮菊有芳，怀佳人兮不能忘。泛楼船兮济汾河，横中流兮扬素波。""式以《风》《骚》"这四句中分别用了《诗经》《楚辞》《秋风辞》及沛公刘邦等文典、事典，目的是为了说明魏扶创作诗歌是精于用心并有着丰富的文学储备的，所以才有"非首义于论思，实终篇于润色"。一面说"论思"，一面又说"润色"。所谓"论思"，是指皇帝与臣子、学士讨论学问；所谓"润色"，便是指文采。虽说"非首义于论思"，实指只有"论思”的才华，才能达到“润色”的文采。“光传乐录，道焕诗家”从诗歌的现实主义价值出发，像过片词一样为下一句的出现“况属词之工，言志为最”做好了铺垫。这一段从总体上来说，是基于“六义”创作手法不拘泥于“讽喻美刺”政教内容的观点，并从诗歌艺术的角度对“比兴”进行了论述，强调“比兴”作为艺术手法的功能和作用，这是对中唐以白居易为代表的片面强调“讽喻美刺”思想内容的现实主义诗论的一次有力反驳。诗人一方面肯定了诗歌必须具有现实主义价值内容，“光传乐录，道焕诗家。况属词之工，言志为最”。

第二段开宗明义，点出诗歌创作必须具有现实主义价值。“况属词之工，言志为最。自鲁毛兆轨，苏李扬声，代有遗音，时无绝响。虽古今异制，而律吕同归。我朝以来，此道尤盛。”这段话对唐前诗歌风貌进行了一个简单的概括。“况属词之工，言志为最。”“言志”是说用诗歌来表达个人的意向和决心，中国传统美文学自古有“诗言志”“文以载道”的说法，《诗经》中关于作诗目的的叙述中就有“诗言志”这种观念的萌芽，最早大约是在《左传·襄公二十七年》记赵文子对叔向所说的“诗以言志”。《尚书·尧典》中说：“诗言志，歌永言，声依永，律和声。”《庄子·天下篇》说：“诗以道志。”《荀子·儒效》篇云：“《诗》言是其志也。”接着说的“鲁毛兆轨”便是对诗“言志为最”进行论述的，说的是鲁《诗》和毛《诗》，《汉书·艺文志》中说：“《诗经》二十八卷，鲁、齐、韩三家。鲁申公为

《诗》训故，而齐辕固、燕韩生皆为之传。鲁最为近之。又有毛工之学，自谓子夏所传，而河间献王好之。”这里以《诗经》的传播为例，是说《诗经》在创作初期就是以“讽喻美刺”为主的，为下面的论述树立了一个标准。接着提到苏武、李陵的诗，《文选》收录了苏李二人的赠答诗，可谓“代有遗音，时无绝响”，即无人能够超越，成为一种典范。虽然古今不同，但从律吕的角度出发，即声音的标准来看，基本是一致的，因此，以古说今，就有了标准和尺度。唐代自建立以来，就是反对齐梁诗风文貌的，所以对以物起兴又寄予个人意向的诗歌表达是极其赞成的。陈子昂在《修竹篇序》中已经讲明了风骨的为文宗旨。李商隐在这一段里的表述也是表明了自己诗歌创作的立场，“皆陷于偏巧，罕或兼材”，“偏巧”就是片面之工巧，《庄子·人间世》说：“故忿设无由，巧言偏辞。”《论语·学而》中有云：“巧言令色，鲜以仁。”都是指花言巧语。李商隐用“偏巧”就是在说过分追求诗歌的形式，辞藻的华丽等。“罕或兼材”，是指很少有既能做到形式美又能兼顾实用。往往都是“枕石漱流，则尚于枯槁寂寥之句；攀鳞附翼，则先于骄奢艳佚之篇”。前者虽然诗风朴素恬淡、境界幽寂，像山间隐逸生活一般枯燥乏味；后者虽然诗风华美艳丽，却必须依靠华美的辞藻或漂亮的颜色，过于重形式而失去了古朴之意。“推李、杜则怨刺居多，效沈、宋则绮靡为甚”这一句以实际的诗人为例，对前一句进行补充，说李杜是从诗歌的现实主义价值出发，反对过于偏重诗歌内容，而丧失了诗歌的基本审美价值，而沈宋的写法又落入重形式"偏巧"而失去了现实意义，《新唐书文艺传》对沈宋二人的诗歌评价也强调了其"靡丽"的特点："及宋之问、沈佺期，又加靡丽。"

但李商隐并不是像初唐陈子昂或者中唐白居易那样一个提倡风骨，一个倡导浅近简白，他更在乎以文体本身应有的特点来反映现实，不脱离文体本身的独立的艺术价值，也通过文体固有的本事来反应现实，所以他在前面说"非首义于论思，实终篇于润色"，后面又说"某比兴非工，颛蒙有素"。他主张"兼材"，希望将"比兴"讽喻怨刺的内容与委婉曲折的形式结合起来，即兼顾李杜和沈宋诗歌的特点，兼顾"枯槁寂寥"与"骄奢淫逸"。在另一篇诗论文《谢河东公和诗启》中，他也提到相同的观点："为芳草以怨王孙，借美人以喻君子"；《梓州罢吟寄同舍》诗中说道："楚雨含情皆有托"，《流莺》中也有"巧啭岂能无本意"的写法，这与"兴寄"说的本质内涵特征既强调诗歌的思想性和现实主义价值，又强调艺术性审美价值是完全一致的，所以说李商隐对"兴寄"说的认识，是晚唐诗人中较为全面且真实反映诗歌本质规律的。"至于秉无私之刀尺，立莫测之门墙，自非托于降神，安可定夫众制?"这里指前面"兼材"的理想无法有统一的标准，或者说无法实现公正的才度标准，大概只有神的降临，才能实现，暗指魏扶就像是神的降临。"伏惟阁下"以下四句都是对魏扶的吹捧，将大中、博我之能都赋予了魏扶，仿佛魏扶是再造孔子一般。

“然早闻长者之论，夙托词人之末”句开始的以下四句也是对魏扶能够在礼部春闱中录取弟弟义叟的感恩抃贺。对弟弟义叟学问的赞誉接踵而来，“荣沾洙、泗之风，高列偃、商之位”说义叟深受传统儒家治学之教诲浸染，又有着子游、子夏之文学才华。后面几句便是希望魏扶多关照、多照应，称赞魏扶之文辞为“阳春白雪”等，结尾处提到奉上自己五言诗二首，与魏扶诗唱和。

总体而言，这篇文章虽是以骈体公文启体形式写成，但整篇文章除了对魏扶的吹捧之词外，多是从诗歌创作的角度出发，提出自己的诗论主张。

清朱鹤龄《笺注李义山诗集序》中评李商隐诗歌风格为“沉博绝丽”。“沉博”最容易让人想到杜甫诗风的“沉郁顿挫”，其实李商隐与杜牧之所以被称为晚唐“小李杜”，也与其诗歌效仿杜甫诗风有关，其《行次西郊一百韵》与杜甫《自京赴奉贤县咏怀五百字》《北征》相比，俨然是模仿杜甫诗而作。对前人的学习与模仿，是李商隐刻苦用功的体现，除了杜甫，上及屈原、宋玉，中接徐陵、庾信，唐代韩愈、李贺等都是他诗歌创作的典范作家，其七古诗《韩碑》就是仿韩愈七古而作。后代对李商隐诗歌的评论也使其“沉博”诗风更具特色。宋《蔡宽夫诗话》称：“王荆公晚年亦喜称义山诗，以为唐人知学老杜而得其藩篱者，惟义山一人而已。”清人薛雪《一瓢诗话》也说：“李玉谿无疵可议，要知有少陵，后有玉谿，更无有他人可任鼓吹，有唐唯此二公而已。”清沈德潜《说诗晬语卷上》云：“义山近体，襞绩重重，长于讽谕。中多借题摅抱，遭时之变，不得不隐也。咏史十数章，得杜陵一体。”从这些诗话评论来看，大家围绕的重点依然是李商隐的“沉博”诗风。所谓“沉博”，主要指李商隐诗歌具有深刻的思想内容，指的是思想深沉、厚重、渊博、深长。“风格即人”，这种诗风的形成与其所处的特殊政治环境和其心理特征密切相关。

李商隐一生陷于“牛李党争”的政治旋涡中，在夹缝中寻求生存，一方面有着治国的政治理想和抱负，另一方面个人命运不济、生活潦倒；一方面希望有所作为，另一方面个性软弱、内向、敏感、忧郁。这些现实的因素使得积极的政治情绪与消极的个人心理因素交织在一起，并郁结于心中难以消解，勇于担负历史使命的士大夫精神气质、社会责任感与懦弱的性格之间相互斗争，各有消长，最终难以在诗歌中完成彻底、鲜明、直露的表达。因此，在创作批判社会现实的诗歌作品时，他往往借助《诗经》“比兴”手法以寄托其主题思想，而这种“比兴”手法中的所兴之物与所咏之事的链接受物与情的阻隔，从而使得诗歌呈现隐晦曲折、言此意彼的状态，这就是所谓的“沉博”风格。清朱鹤龄《笺注李义山诗集序》中说：“古人之不得意于君臣朋友者，往往寄遥情于婉娈，结深怨于蹇修，以序其忠愤无聊，缠绵宕往之致。唐至太和以后，阉人暴横，党祸蔓延，义山厄塞当涂，沉沦记室。其身危，则显言不可而曲言之，其思苦，则庄语不可而谩语之。”他精辟地从“身危”“思苦”两个方面具体阐释了诗人以曲折的比兴方式表现矛盾复杂的情感，寄托深刻思想内容的诗歌创作过程。而这种寄托、兴寄，在杜甫诗中也有体现，有些不便明言的地方，便只好用寄托的手法，从而形成“沉郁”的风格。此种情况在李商隐“沉博”诗风中也是如此，李商隐复杂的社会情感和主观心灵体验的矛盾纠结，受现实生存和身陷党争的制约难以言明，只能通过“比兴寄托”的方式表现出来，因而形成“沉博”的诗歌风格。李商隐六百多首诗歌中存有大量咏史诗，如《富平少侯》《陈后宫》《南朝》《吴宫》《北齐》《马嵬坡》往往运用托古讽今、借古喻今、以古鉴今等比兴方式，表现手法含蓄委婉、曲折蕴藉，但是表达的思想内容直指晚唐宦官专权、藩镇割据、朋党倾轧等三大政治弊端，具有深刻的社会现实价值。诚如清叶燮《原诗》中评李商隐诗曰：“寄托深而措辞婉”，方东树《昭昧詹言》则云：“藻饰太甚，则比兴隐而不见矣”，从辞藻的堆砌上揭示李商隐诗歌“兴寄”深沉不露、隐晦含蓄的特征。如《隋宫》讽刺的是隋炀帝荒淫奢靡亡国史实，诗中未着一处议论，仅将炀帝出游的奢华场面进行了一番描写，黄世中《李商隐诗选》评其“在风华流美的格调中寓有深沉的感慨”。在这样一幅色彩绚丽、诗意盎然的帝王出巡图背后，隐藏着诗人对唐武宗腐朽统治的尖刻讥讽。如《贾生》，诗人以汉文帝与贾谊之对话“不问苍生问鬼神”的细节叙写，批判统治者耽于求仙而荒废朝政的荒谬行径，舒缓、优美的言语中蕴含着愤激辛辣的嘲讽。如《汉宫词》，诗人将汉武帝建铜人承露与司马相如患消渴症两个毫不相干的典故联系在一起，以揭露求仙的虚妄，指责统治者对人才的不重视。两个妙趣横生的典故，跨越时空的想象连接，其中隐约闪烁着抨击讽刺的刀光剑影。如《吴宫》，诗人用“日暮”“水漂花出城”喻指吴国国势日微，暗寓自己对国家前途和命运的担忧，以小见大、言微义深。如《龙池》，诗人通过对唐玄宗设宴作乐的描写——“夜半宴归宫漏永，薛王沉醉寿王醒”，暗讽其霸占儿媳、淫乐腐朽的污秽行为，真算得是笔兼阴阳、鞭辟入里。

刘熙载《艺概》评李商隐诗风概括为“深情绵渺”四个字。所谓“深情”，是指义山诗歌中倾注了个人的深切情感，“绵渺”则是指诗歌所展现的幽美朦胧、内涵丰富的多重意蕴的审美境界。李商隐十分重视通过“比兴寄托”达到对诗歌意境的开拓，对此，清人宋荦《漫堂诗话》概括说：“义山造意幽邃，感人尤深。”清何焯《义门读书记·李义山诗》云：“顿挫曲折，有色有情有味。”清人叶燮《原诗》说：“妙在含蓄无限，思致微渺，其寄托在可言不可言之间，其旨归在可解不可解之会；言在此而意在彼，泯端倪而离形象，绝议论而穷思维，引人于冥漠恍惚之境。”三人都点明了李商隐诗歌含蓄委婉、意在言外的审美价值。李商隐诗歌的含蓄委婉的意境美在具体的诗歌创作中即体现为“深情绵渺”的艺术特征。

以古人论诗的标准，“兴寄”说最能体现李商隐诗歌“深情绵渺”的艺术风格。李商隐创作的大量政治抒情诗和咏史诗都具有“兴寄”内容，这些作品除了具有社会价值之外，也包含着深刻的审美价值。如《富平少侯》，诗人用华丽的辞藻雕饰、渲染、烘托“少侯”的奢华生活：“不收金弹抛林外，却惜银床在井头。彩树转灯珠错落，绣檀回枕玉雕搜。”全诗托古讽今、借古喻今，讽刺唐敬宗及当时一些豪门贵族的骄奢淫逸生活，把批判的锋芒指向了最高封建统治者。另外，讥讽之中流露着对唐敬宗放荡生活的批判讽刺以及对其糜烂误国而莫能止之的无奈，诗歌弥漫着低回、婉转、忧伤的情绪。这不仅仅与诗人的个人忧郁气质、审美趣味相关联，更反映出晚唐诗坛的幽美哀婉、悲凉萧瑟、颓废消沉的审美风气和时代精神。诗歌首句“七国三边未到忧”和末句“新得佳人字莫愁”形成首尾呼应，尤其是“未到忧”“莫愁”两词一语双关，讽刺统治者国之将亡，却依然故我的荒唐行径，可谓托寄深远。全诗用典古今杂糅，史实与现实之间若即若离，创造了一种绵密幽微的情境，令人回味无穷。其他如《龙池》《吴宫》《贾生》《马嵬》《梦泽》《隋宫》等，皆是巧妙地运用对比、设问、反问、典故等多种“比兴”修辞手法把所寄托的思想内容或隐或显或直或婉地表达出来，精心提炼典型场景，寓情于境、寓讽于境，深刻的思致、尖锐的讽刺、艳丽柔圆的语言、婉转低回的情调，创造出一种绵渺幽邃的意境，体现了诗歌社会现实价值和含蓄委婉的审美价值，反映了时代风气，呈现了“绵渺”之风格特征。

“深情绵渺”的艺术特征更能体现李商隐对诗歌意境美

的追求。李商隐诗歌除了一些直接批判现实的诗歌之外，大量的是表现诗人内心世界、主观情感体验的诗歌，这些诗歌往往寄托着诗人的人生理想、完美人格和哲学思考，最能体现诗人的“绵渺”艺术境界。如咏物诗、思妇诗、爱情诗等，这些诗中所寄托的情感是一种完全的主观心灵体验，其中夹杂着复杂的社会情感和多重矛盾的心理因素，更是对文化、人生、哲学整体图景的观照，能指和所指之间是一种更加机动、更为自由的尺度和空间。这在很大程度上摆脱了中国传统文化模式以政治伦理为核心的实用功利性与狭隘性，而上升到一个更为广阔、深刻的审美境界。葛立方《韵语阳秋》（卷二）称：“杨亿‘论义山诗，以包蕴密致、演绎平畅、味无穷而炙愈出，钻弥坚而酌不竭，使学者少窥其一斑，若涤肠而浣胃’。”诗歌是心灵的象征，是诗人自身的身世之感，是一种纯属主观的心态和生命体验。以诗人的咏物诗为例，诗人往往运用触景生情、托物起兴的“比兴”艺术思维。诗人以我观物，通过自然景物观照自身，“物皆着我之色彩”（王国维《人间词话》），因物触发无穷的联想、自然的变化引起诗人的共鸣和创作冲动。如《蝉》，诗人以蝉自喻，寄托了怀才不遇的悲哀、美好人格理想，以及对人生的思考。诗中借景抒情，以心拟物，景中有情或情中含景，情景交融，物我统一，浑然天成。诗歌寄托的“言外之意”也不是倾泻而出，而是欲露还藏，欲说还休，在朦胧隐约、字里行间给人深深的震撼和强烈的感动。再如《咏柳》《落花》《流莺》，皆句句是景，句句是情。物我对照变成了物我合一，心和物之间已没有了距离，我即物，物即我，物和我的生命已融为一体。全诗几乎看不到寄托的痕迹，诗歌现实主义色彩、功利性消失殆尽，完全进入了理想的审美状态。象与意、心与物之间达到了天衣无缝、密合无间的地步，诗人的精神自若地游离于自然天地之间，诗歌呈现含蓄深隐、意味无穷的“深情绵渺”意境。

这篇小文虽以骈体文写成，但其中隐括的李商隐对诗歌创作的理论主张，是突破了“启”体文本身的写作特点的，这也是李商隐在骈文写作中有意而为之的结果。李商隐对骈文文体的选择，有着心理转变和主动接受的积极因素，也有着受古文写作内蕴的影响和中晚唐“古文运动”的牵绊原因，所以，在文体选择上的消极与被动变化为最后的积极而主动，这是心路历程与现实碰撞的必然结果。他以文章总结诗歌创作理论非此一篇，但此篇的理论论述最多，其中关于“兴寄”手法的使用，是对诗歌创作主动作为的体现，在具体诗歌创作的实践中，这种“兴寄”不仅体现在艺术手法与思想内容的内涵本质上的一致，还表现在对有唐一代诗歌总体风貌的总结和梳理上，充分展现了其诗风“沉博绝丽”“深情绵渺”的整体特点。

《谢河东公和诗启》：对偶与用典

谢河东公和诗启

商隐启：某前因假日，出次西溪，既惜斜阳，聊裁短什。盖以徘徊胜境，顾慕佳辰，为芳草以怨王孙，借美人以喻君子。思将玳瑁，为逸少装书；愿把珊瑚，与徐陵架笔。斐然而作，曾无足观。不知谁何，仰达尊重。果烦属和，弥复兢惶。

某曾读《隋书》，见杨越公地处亲贤，才兼文武，每舒绣锦，必播管弦。当时与之握手言情，披襟得侣者，惟薛道衡一人而已。及观其唱和，乃数百篇，力均声同，德邻义比：彼若陈葛天氏之舞，此乃引穆天子之歌；彼若言太华三峰，此必曰浔阳九派。神功古迹，皆应物无疲；地理人名，亦争承不阙。后来酬唱，罕继声尘。

常以斯风，望于哲匠。岂知今日，属在所天。坐席行衣，分为七覆；烟花鱼鸟，置作五冲。讵能狎晋之盟，实见取鄫之易。不以爨鼓，惠莫大焉。恐惧交萦，投措无地。来日专冀谒谢，伏惟鉴察。谨启。

这篇文章写在大中六年（852）暮春。从文章题目来看，这篇启文并非体现启体文“陈政言事、让爵谢恩”的政治功用，而是用于日常信件往来。众所周知，启体在六朝时期已有从朝堂公文体式逐渐扩展到日常往来的文体趋势。发展至唐宋两代，启文除了少量用于呈送君王外，还可以写给地位高于自己的德高望重之人。启文内容也逐渐扩大，诸如谏议、祝贺、致谢（谢官、谢物等）、推荐、诗文唱和等均可使用启体文。启体文由最初的“用兼表奏”的上行文，变为既可以上行写给君王及皇亲国戚，也可以平行写给亲朋故交的应用文体。随着文体内容发生变化，其写作要求也随之发生相应变化，但万变不离其宗，启文“启乃心，沃朕心”的初始意义并未发生改变。

这篇启文写给河东公柳仲郢，是符合李商隐的心理期待值的。李商隐此时经历万般波折，内心已如死灰般。大中元年（847），李商隐随郑亚远赴桂幕，很快郑亚、李德裕一党被彻底击毁，郑亚再次被贬循州，李商隐不得不北还。之后，先在李回幕府做短时停留，后回乡闲居，并于大中三年再次参加礼部选官，被选作盩厔县尉，之后又被调回中央秘书省，再次做秘书省校书郎，接着接受武宁军节度使卢弘正的邀请，前往徐州担任其幕僚。但是大中五年春天，卢弘正病逝。紧接着，春夏之交，妻子王氏病逝。这一系列事件后，李商隐已经心灰意冷，这一年的秋天，东川节度使柳仲郢向李商隐抛来了橄榄枝，希望李商隐担任其幕僚。这篇文章题目所说的“河东公”即东川节度使柳仲郢。

这篇文章是为和柳仲郢诗而写，李商隐的和诗便是那首《西溪》。文章起首也说道："某前因假日，出次西溪。"《西溪》诗有两首，一首为"近郭西溪好，谁堪共酒壶"；一首为"怅望西溪水，潺缓奈尔何"！这两首《西溪》均是写在春天，准确地说是暮春。清冯浩认为"近郭西溪好"大约写在大中九年（855），这显然与李商隐幕居梓州柳仲郢幕府的时间有些出入，因此，刘学锴、余恕诚《李商隐文编年校注》中认为文中提到的和诗是"怅望西溪水"这首。从文章题目和文章起首的这句话来推看，大约和诗之事在前，因和诗而写的这篇启体文可能要稍后一点时间了。李商隐在梓州柳仲郢幕府时期，人生近暮，多年莲幕辗转、仕途蹭蹬的经历，他的心灵已经不起再多的伤害，人生如逆旅，一切都无法退回最初的样子，唯有诗文能够抚慰他破碎潦倒的心。李商隐在旅居梓州幕府的时光里，写了不少诗歌，多半是受了柳仲郢的关爱，内心归于平静，能够安心地回归到诗文本身，创作的真情化作人生的唏嘘哀叹，人生的寂寥表露在诗歌的文字里都是"怅望""谁堪"。"盖以徘徊胜境，顾慕佳辰，为芳草以怨王孙，借美人以喻君子。"所谓"徘徊胜境，顾慕佳辰"，《毛诗序》早有论述："诗者，志之所之也。在心为志，发言为诗。情动于中而形于言，言之不足故嗟叹之。"诗歌本就是由心感物而生发的情感的流露，情与志的结合更符合诗歌作为文学本身的艺术特点，所以看到美景、身临其境之时，发而为诗，这是正常的文学反应。“为芳草以怨王孙，借美人以喻君子”从本质上说依然是在讲诗歌创作的本意，并没有什么确切意图，正像李商隐的十四首《无题》诗歌一样，都是以物起兴，情感油然而生，才能创作好的诗文。“思将玳瑁，为逸少装书；愿把珊瑚，与徐陵架笔。”这两句与以上两句形成骈文的对仗句式，上下相对，意思相近。前面“为逸少装书”显然是讲自己这首《西溪》在书法上不敢与王羲之相比，后面“与徐陵架笔”则是从诗的内容与徐陵相较，自叹不如。或许还有另外一层意思，借王羲之的书法以及徐陵诗作的高妙来应和柳仲郢，暗含对柳仲郢书法和诗作的赞誉。因柳仲郢诗已佚，我们无法核实柳仲郢所写的和诗是何等模样与水准，从这两句也可看出李商隐在梓州幕府的境遇大概可以与之旅居令狐幕府的日子相比了。“斐然而作，曾无足观，不知谁何，仰达尊重。果烦属和，弥复兢惶。”从这句看来，李商隐对柳仲郢能够和诗还是十分看重的，所以说“仰达尊重”“弥复兢惶”，怀着尊重、诚惶诚恐的心情写下这篇启文。

“某曾读《隋书》，见杨越公地处亲贤，才兼文武，每舒绣锦，必播管弦。当时与之握手言情，披襟得侣者，唯薛道衡一人而已。”此段说杨素与隋王室来往过从，位望尊崇，因此称“杨越公”，论文辞藻纵横，言武则权奇间出。每有好文章，肯定被传颂出去。杨素与薛道衡交好，因此说“唯薛道衡一人而已”。这里以杨素、薛道衡之友情暗指柳仲郢对自己的恩遇，也是以杨素、薛道衡二人的唱和诗来论述诗歌创作，所以后面紧接着说“力均声同，德邻义比：彼若陈葛天氏之舞，此乃引穆天子之歌；彼若言太华三峰，此必曰浔阳九派。神功古迹，皆应物无疲；地理人名，亦争承不阙。”这一系列的上下对仗，是说诗歌创作中的对偶，不论是正对、反对还是串对，要频率相同，不能顾此失彼，要保持完整性、统一性、互补性等，这样才能保证“力均声同，德邻义比”。陈望道《修辞学发凡》把“对偶”列为积极修辞的丁类，即“章句上的辞格”，给出的定义是：“说话中凡是用字数相等，句法相似的两句，成双成对排列成功的，都叫作对偶辞。”《文心雕龙·丽辞》篇说：“岂营丽辞，率然对尔。”对偶的主要特点是形式整齐匀称、音律和谐。对偶的前句称上句或出句，后句称下句或对句。从诗歌的格律严宽上讲，分为严对和宽对，所谓严对，以杜甫诗最有特点，“两个黄鹂鸣翠柳，一行白鹭上青天”，这里上下两句相同位置的词语词性相同、字音平仄相对、义类和功能相同。所谓宽对，就没有那么严格的对句要求，现代诗的一些作品中表现最为明显。从上下句的语义关系上来说，又可分为正对、反对、串对等。所谓正对，《丽辞》篇说：“正对者，事异义同也。”王勃《滕王阁序》云：“落霞与孤鹜齐飞，秋水共长天一色。”所谓反对，上下句表达的意思是相反或相对的，多指同一事物的两个方面。《丽辞》篇说：“反对者，理殊气和者也。”《劝学》篇就有一对特别好的例子：“锲而舍之，朽木不折；锲而不舍，金石可镂。”李商隐在这里说的基本都是正对，从

“力均声同，德邻义比”开始，以下都是正对，也是为了突出杨素和薛道衡在诗歌创作与鉴赏方面相得益彰的关系。

最后一段接上面引杨素和薛道衡的例子，“望于哲匠”说明李商隐对自己对诗文还是有要求的，希望遇到像杨素那般的“哲匠”提点，或者说希望自己成为那样的人。谁想到今天，就遇到了柳仲郢这样像“哲匠”一样的人作为幕主。“坐席行衣，分为七覆；烟花鱼鸟，置作五冲。”这里连用典故，一方面说明柳仲郢本人的知识储备是非常丰富的，另一方面说明柳仲郢的才华，能够将这些典故在平常景物的描写中运用得十分合理，在寻常景物中都有“七覆”“五冲”这样的埋兵布阵，可见心思缜密，用典十分微妙。紧接着两句里面四个典故，都是为了说明柳仲郢待人做事都很值得钦佩和敬仰。这对于辗转各幕的李商隐来说，稳定的收入、幕主的才华和相处的快乐是他潜在的要求，但是正是这潜在的要求，似乎也很难得以实现。从李商隐十居幕府的情况来看，从令狐楚开始，之后崔戎、王茂元等幕主都因怜惜他的才华，用为掌书记，但不幸的是，每次都会因为幕主的去世、病逝、升迁、贬谪等原因，造成他洋洋得意本以为可以大展宏图地走入幕府，又灰头土脸、垂头丧气地不得不选择离开，这是一种无法言说的无奈，在辗转奔赴与折返中，岁月不居，一切都成了过眼云烟。

总体而言，这是一篇以和诗为主题的启体文，虽然没有长篇阔论的申述“启我心”的文体意图，但是全文并没有离开“和诗”这个中心。虽然没有刻意表明心迹，却又以文人特有的高雅向柳仲郢表达了赞誉、感谢和珍惜。

如果单纯从诗歌创作的角度来看，这篇文章主要讲诗歌创作的对偶和用典，其中对偶的论述是全文的重点。对偶是诗歌创作的重要手法。不了解对偶，就无法了解诗歌。旧的格律诗在句字安排、平仄声律等方面均有要求。严格的律诗对仗要求十分严苛，不仅在字数、结构、词类和平仄上有上述要求，在词类相对（如名词对名词、形容词对形容词）时还要求同一类词中小类也要相对。同一类词又分成若干小类，如名词就可分成天文、时令、地理、人事、人伦、人名、地名、宫室、衣饰、饮食、形体、颜色、数目、文学、花鸟虫鱼，等等。"工对"要求这些小类也必须全部或大部相对。如李白《送友人》：青山横北廓（平平平仄仄），白水绕东城（仄仄仄平平）。除字数相同、结构相同（主谓宾式）、平仄对立外，在同一词类中每一小类也是相对的："青、白"是颜色对；"山、水"是地名对；"北、东"是方位对；"郭、城"是宫室对；"横、绕"则是动词对动词。再如王维的《观猎》："草枯鹰眼疾，雪尽马蹄轻。""草"对"雪"（花木对天文，属邻类对）；"枯"与"尽"，不及物动词对不及物动词；"鹰"对"马"，鸟兽对；"眼"对"蹄"，体形对；"疾"对"轻"，形容词对形容词。这些诗歌都是遵循了同一类词相类相对的原则的。

律诗所要求的对仗，工整优美，铿锵和谐，但限制太严，特别是严格的平仄对立原则，"工对"中同类词小类相对的要求，还有出句和对句不能同字相对的限制，这使一般人都不易掌握。即使是古人中精通音韵的高手，也感到如此严格的限制有碍诗意的表达，所以就有了不拘词的小类，只要同一类词的大类相对（如名词对名词、动词对动词）就合要求的“宽对”出现，如杜甫的“朱门酒肉臭，路有冻死骨”就突破了“工对”的限制，却是佳句。还有的诗突破上下句相对的限制，隔句相对（称为扇面对），如白居易诗：“缥缈巫山女，归来七八年。殷勤湘水曲，留在十三年。”（《夜闻筝中弹潇湘神曲感旧》）这首诗就是第一句与第三句相对，第二句与第四句相对。也还有突破两句平行相对的限制，参差、交错相对的，称为“错综对”。对仗要求出句的第几字与对句相应的字相对，而“错综对”则不拘对仗的位置。例如“裙拖六幅湘江水，鬓耸巫山一段云”（李群玉《杜丞相筵中赠美人》）中“六幅”对“一段”，“湘江”对“巫山”（地名对），按出句各词的位置，对句就应该是“鬓耸一段巫山云”。但此处却突破了上下句相同位置平行相对的规矩。“隔句对”或“错综对”的运用，有时是为了照顾平仄，有时是为了文理通顺，更有利于表意。其实都与律诗对仗过于严格有一定关系。词的对仗较之律诗就要少一些，有了平仄不拘，同字可以相对自由。现代诗歌关于对偶句的要求就更宽一些，其基本要求只是意义相对（或相关），句子字数相等，结构相同或相近。

对偶结构整齐，音节和谐匀称，读起来朗朗上口，听起来铿锵悦耳，能增强语言的音乐美，还能使诗意的表达更集中、更凝练。许多诗歌运用对偶确实收到了好的表达效果，但我们也要反对忽视诗歌思想内容，单纯追求诗行形式对称工整的不良倾向。英国艺术理论家荷迦兹说："整齐、一致、或对称，只有在他们用来表示适宜性时，才能取悦于人。"如果把对偶形式的工整强调到不适当的地步，那就反而会影响诗歌的思想表达，还会破坏诗的艺术效果。为了反映丰富纷繁的现代社会生活和复杂多变的思想感情，对于一般诗歌作者来说，还是应当提倡多用"宽对"为宜。

除了对偶，这篇短小的启体文还说了诗文中的用典，这里主要说诗歌的用典。用典是李商隐十分擅长的，也是李商隐在创作诗文时特别注意的，所以有"獭祭鱼"的谑称。以才情、文笔自负、自累的李商隐，经历乱世罹难、幕府转折的人生磨难，内心除了对现实不可逆的哀伤外，更多的是自慨身世多艰，多有英雄无用武之地、才华难以施展的生不逢时之感。回看李商隐一生，十六岁以《才论》《圣论》结识令狐楚、刘禹锡、白居易等当世名流；二十四岁荣登进士榜，长安春选之时，以不世之才华为王茂元所赏识，入赘王府，成为王茂元的乘龙快婿；之后三入秘省，辗转郑亚、柳仲郢、卢简辞等幕府，皆因其骈体章奏之才华为当世称颂。因此，李商隐诗文中多次以宋玉、司马相如、贾谊、徐陵、庾信、王羲之等多才俊逸之士自比，更以多才体弱之王粲、高才貌寝之左思自喻，实则以他人之际遇对照自己之流离，其诗文对先世英才之位不配才的感慨，实则是对自身才华与坎壈际遇无法配比之叹息。

用典的最高境界就是将典故融于诗歌之中，如同撮盐入水，饮水方知盐味。“寄寓痕迹似有若无”，不着痕迹却又恰如其分。李商隐诗歌中用典最有特点的要数十四首《无题》诗，我们试着以“相见时难别亦难”这首来论述。“相见时难别亦难，东风无力百花残。春蚕到死丝方尽，蜡炬成灰泪始干。晓镜但愁云鬓改，夜吟应觉月光寒。蓬山此去无多路，青鸟殷勤为探看。”这首《无题》是最为广大读者所熟悉的一首，其中用典自然洒脱，不着痕迹。诗歌的主旨是否寄寓爱情，是否托诗言志，众说纷纭。前面的“东风”“百花”“春蚕”“蜡炬”都是现实中的实物，但是“蓬山”“青鸟”一出，这首诗一下子从现实走向了虚幻，因为“蓬山”是传说中的海外仙山，“青鸟”则是西王母的使者，是传说中的三足神鸟。前面是无力、无奈、彷徨无措，后面则是无望中又韧劲十足。这大概是李商隐诗歌透露出的人格显现，是绝望的悲痛哀痛中又有一种不愿服输的坚韧和顽强，既悲观又坚定，既痛苦又执着，这也对应着现实中的遭遇和情感。

李商隐的骈体应用文也在用典上十分下功夫。《为荥阳公贺韦相公加礼部尚书启》中，也出现典故铺排现象，先后用到《庄子》《穆天子传》《山海经》《诗经》《尚书》《周礼》《晋书》中的十五个典故，一百三十五字的短文中，句句有典，句句有来处，从首句的赞誉之辞开始，中间典故首尾相接，连续表达祝贺之意，为后面的请托做好铺垫。《太尉卫公会昌一品集序》沿用骈散兼行的行文方式，其中关于会昌三年（843）李德裕以主战派的立场向武宗谏议力主武力讨伐刘稹的一段话，多处用典，使事精博。文章行文以骈体为主，散句穿插其中，节奏舒缓得当。内容上，为了增加文章的说服力，避免单调叙述，文中以典故铺排营造紧张氛围，使文章更具感染力。李德裕向来是主张改革辞赋取士旧制的一派，所以他的文章多是散体，但本文此段几乎都是对句，且句句有典，分别用了重耳丧父、卫朔拒诏两个故典指责刘稹秘不发丧，抗旨拒诏，意在以古鉴今；又以天井摧凶、金桥故地、明皇旧宫、外相匪人等典故警示武宗，刘稹所守藩镇地势重要，跨河北、依山东，必须对他进行镇压。李商隐此处将典故叠加使用，虽与李德裕平日文风相悖，却有利于体现李德裕镇压刘稹叛军的坚定立场，以故典、今典两相对照，抓住地势、刘稹人品等重点，援引故实，以古喻今，希望武宗能够下定决心讨伐叛贼刘稹，早日出兵，免除后患。

李商隐骈文用典可贵的是他结合了南朝徐陵与中唐陆贽说论方式以及南朝庾信伤美重情内容，既注重以大量典故的铺排达到论说的目的，又讲究以骈文形式增加对句的精准和节奏的顿挫，显示出深刻的论证思想、深厚的文学修养和精湛的艺术功力。在前人骈体论说文写作基础上，李商隐骈文更提升了骈体论说文的写作技巧。他在论述的同时，融入叙述与抒情，以论说和叙述彰显情感，叙述、抒情、论述兼容并重，使文章叙事清晰、论说明白、情感充盈，这是李商隐在骈文写作中超越前人的体现。其《上河东公启》中对府主柳仲郢“南国妖姬”的婉拒，就将叙述、议论和抒情三者结合起来，以膝下年少于嵇康之子、幼于蔡邕之女的儿女为由，以个人虽有所作之“庾信荀娘之启、陶潜咏子之诗”，却并无女色风流之事婉拒，以“常有辛酸、每嗟漂泊”概括一生之潦倒不遇，所有拒绝的理由浸透着内心酸楚，形成由外而内的对亡妻不渝深情的写照，可谓有论有叙亦有情。

说论透彻是针对李商隐骈体应用文而言的。应用文最大的特点就是说理议论，对于句式整饬、形式固定的骈体文来说，要做到以理服人、论说透彻是很难的。骈体论说文既要追求形式上的赏心悦目，又要达到说理透彻的目的，都会运典隶事、铺排词句，这些特点在策论、章奏等文体中均有体现。从作者角度来讲，以论说形式布局全文，更能彰显作者对文章整体结构及句式语汇的把控能力和写作水平。六朝骈文中，论说文已经基本定型，文学理论精博之作《文心雕龙》就是骈体论说文的代表。其他如史论、政论等都是专门以议论为主的文章题材，也都体现出明显的骈文特点。徐陵亦有多篇论说文存世，较为知名的当属《在北齐与杨仆射书》，这篇文章是徐陵被扣留北朝时所作。作此文时，“侯景之乱”已平，梁元帝江陵称制，徐陵向北齐提出返回南朝的请求，却屡次被拒、遭到阻难，无奈之下，徐陵转向杨仆射求助，遂有此书。徐陵返国心切，但北齐万般阻挠，徐陵铺排词句，反复论说，言之有理，论之有据，以“岁月如流，平生几何”的生命叩问，贯之以“不自知其为生，亦不自知其为死”的情感体验，可谓六朝论说文之佳作。《四六丛话》有云："抑书之为说，直达胸臆，不拘绳墨。纵而纵之，数千言不见其多；敛而敛之，一二语不见其少。破长风于天际，缩九华于壶中，或放笔而不休，或藏锋而不露。"其中主张的，就是要检点笔墨，宜长则长，该短则短，当放则放，当收则收，一切以说理明白为主。但六朝作品更注重形式美，其骈体应用文写作更多的是展现作者个人的才华，所论所议部分并不能成为六朝骈文的主体。

唐代骈体应用文创作群体中较能展现有唐一代精神风貌的是陆贽。陆贽的骈体奏议以说理透彻、议论精辟著称，孙梅《四六丛话》云："若敷陈论列，无往不可，而又纂组辉华，宫商谐协，则前无古，后无今，宣公一人而已。指事如口讲手画，说理则缕析条分。旁延景物，则兴会飞骞；远计边琐，则武库森列。大抵义蕴得自六经，而文词则《文选》烂熟也。唯公兼体，是以独擅。"但其骈文作品风格已与六朝骈文的富赡典丽之美相去甚远，结构与句式上已基本脱离四六对句形式，很多骈文作品出现三字句、九字句，并不追求句式的对仗和词句的偶对；其骈文也几乎不用典故，单纯以说论为主。如《论两河及淮西利害状》《奉天论奏当今所切务状》两篇，全篇几乎没有典故，都是围绕文章主旨进行大篇幅说论。前文围绕"人者，邦之本也；财者，人之心也；兵者，财之蠹也。其心伤则其本伤，其本伤则枝干颠瘁，而根柢蹶拔矣"这一主题展开论述；后文则从"当务之急，在于审查群情"说起，以群情之喜好来规范皇帝的言行，最终让皇帝做到与天下同，这样才能使天下人心思顺。此类文章的写作目的就是说服对方，故而连篇累牍、气势通达，而阔论长篇也的确是陆贽骈文的最大特点。陆贽身处乱世，以儒家积极治世之态度，提出的所有见解都是从民心民情出发，他认为国家之乱的根本与君民上下不通相关。从文中论述的情况来看，陆贽已经突破了骈文固有的句式，很多句子虽然形似对句，却没有形成上下句音律、偶对的一致，而是著意于讲事实说道理，很少或者从不借用典故来辅助说理。权德舆《唐赠兵部尚书宣公陆贽翰苑集序》评陆贽作品云："览公之作，则知公之为文也，润色之余，论思献纳，军国利害，巨细必陈。"苏轼《乞校正陆贽奏议进御札子》评陆贽曰："论深切于事情，言不离于道德。"权德舆序文重在说陆贽骈文善于论述的内容，大到军国利害，小到细琐平常之事，都拿来作为论述的材料；苏轼文则重在对陆贽骈文论述的方式方法给予肯定。

与陆贽骈文的实用主义相比，李商隐追溯六朝骈体应用文的审美功能，将审美与实用巧妙结合，对文体本质进行历史回溯和现实功用的双重思考。瞿兑之对李商隐兼备徐陵叙事、陆贽说论之长的特点有如此评述："商隐尤能融合他们两家之长，一个善于叙事，一个善于说理，都被他兼收并蓄了。后来宋朝人的四六都是承他的衣钵而再参以变化的。"此说颇有见地，真可概括李商隐骈体论说文的特点。《为濮阳公与刘稹书》是李商隐以骈体形式将论述和叙事融于一体的较有代表的一篇作品。这篇文章颇有檄文风范，故其笔锋自带论说格调。文章以刘稹先祖功德指责其错误行为，多次以“又计足下”开头，可谓苦口婆心，劝其归降。文中论述过程几乎全以典故铺排，上下文呈势不可挡之攻心模式，如战鼓声声，节奏沉重，音调高亢，前句接后句，上层接下层，句句戳心，层层递进，给刘稹造成了泰山压顶、大厦将倾之势。

李商隐诗歌与文章在典故隶事的灵活运用也是他恃才逞才的体现，概括来说即使事精博、说论透彻。使事精博主要是针对李商隐骈文作品的用典与叙事而言的。但诗歌用典是骈文作品若仅是平铺叙事，就极易写成流水账，让读者生出单调之感；若连篇累牍搬用典故，则又容易流于呆板滞塞。因此，李商隐在骈文写作中，努力调和典故与叙述二者之关系，尽力将所叙内容以贴切的典故准确表达出来，以精准的典故将丰富的内容完美展现，一方面使文章既有丰富内涵又有精致形式，另一方面也可充分展现个人渊博的知识学养。为了避免典故堆砌，使文章陷入晦涩难懂的困境，李商隐在择用典故时，均以内容所需为主线，每个典故犹如叙事主线上的耀目珍珠，丰富文章内涵，增添文章色彩。以李商隐代令狐楚和崔戎所撰的遗表为例，可见李商隐使事用典的高超技巧。为了避免以时间先后铺叙人生的乏味，李商隐先是选取府主一生中重要事件或转折节点，再拣择贴切典故一一铺排，使文章言简意赅，要言不烦。《代彭阳公遗表》“臣早缘儒学”一段，说到令狐楚登郎选、入翰林、出任华州刺史、河阳节度使，外调河东、遭遇被贬，后又遇赦擢升太子宾客等经历，均借托典故，使文章叙事清晰，层次分明，文采斐然，画面感极强。《代安平公遗表》中，对崔戎一生经历的叙述，几乎句句有来处，所用典故均与崔戎一生所历、言行品性切合。通过典故串起府主一生，突出他们出仕时勤于政务、为君分忧，卧病时犹对朝廷一片忠诚、无限热爱，其坚贞之家国情怀得以明白展现，让读者更清晰地了解令狐楚、崔戎其人其事，人物形象塑造更加清晰生动、全面深刻，更避免了文章平铺直叙的平淡无味。《为濮阳公陈情表》是李商隐代岳父王茂元写给天子的表文，虽受文体功用特点的限制，但更能充分展现代笔者的骈文才华和写作风格。"臣因缘代业"一段，不仅用了当句对、隔句对、数字对、颜色对、典故对、流水对，还大量用典，既有语典，亦有事典。语典如"有志四方"出自《左传》之"有四方之志"，"不扫一室"出自《后汉书·陈蕃传》；事典如"随武之家事""邓傅之门风""从军王粲""草檄陈琳"等。一段不到二百字的叙述，一句一典，依托众所周知的历史人物和事件巧妙叙述，增加了陈情表文的情感分量，更容易让陈情者被了解和接受。《为濮阳公与刘稹书》中，也绵密紧凑地用了很多典故，且每个典故都能看出李商隐的巧思独运。文章历数刘稹一家三代的官职、政绩及其祖父、叔父对皇帝的忠心，跌宕起伏、层层推进、步步紧逼地对刘稹晓之以理、动之以情，文章前面仿若叙家常，后面则战鼓雷雷，节奏紧密，所用典故数量较多，却精当准确，展现了高超的文学修养和个人才华。

《樊南甲集序》中，李商隐说自己写文作诗“好切事对”，说的就是其诗文中对偶与用典手法的使用。《文心雕龙·丽辞》篇解释对偶说道：“心生文辞，运裁还虑，高下相须，自然成对。”《事类》篇则说：“据事以类义，援古以证今。”可以说，对偶与用典是中国古典文学最常用的修辞手法。李商隐在诗文作品中大量使用对偶和用典，被宋人嘲笑为“獭祭鱼”，宋吴炯在其笔记《五总志》中说道：“唐李商隐为文，多检阅书史，鳞次堆集左右，时谓为獭祭鱼。”是说他罗列典故像水獭捕鱼后将鱼排列在岸上一样，堆砌成文。但清代孙梅在《四六丛话》中高评李商隐骈文为“今体之金绳，奏章之玉律”。在孙梅点评的四六诸家中，对李商隐四六骈文的评价是极高的，充分说明李商隐骈文在清代被推崇的现实。所谓“金绳”“玉律”便是从用典高明、对偶工整的角度来说的，他的高明之处在于用典工整适切，能于故中求新，而不露痕迹，达到了“水中着盐，饮水乃知盐味”的水平。

《无题》十四首：无题却有题

其一

八岁偷照镜，长眉已能画。
十岁去踏青，芙蓉作裙衩。
十二学弹筝，银甲不曾卸。
十四藏六亲，悬知犹未嫁。
十五泣春风，背面秋千下。

其二

照梁初有情，出水旧知名。
裙衩芙蓉小，钗茸翡翠轻。
锦长书郑重，眉细恨分明。
莫近弹棋局，中心最不平。

其三

昨夜星辰昨夜风，画楼西畔桂堂东。
身无彩凤双飞翼，心有灵犀一点通。
隔座送钩春酒暖，分曹射覆蜡灯红。

嗟余听鼓应官去，走马兰台类转蓬。

其四

闻道阊门萼绿华，昔年相望抵天涯。
岂知一夜秦楼客，偷看吴王苑内花。

其五

来是空言去绝踪，月斜楼上五更钟。
梦为远别啼难唤，书被催成墨未浓。
蜡照半笼金翡翠，麝熏微度绣芙蓉。
刘郎已恨蓬山远，更隔蓬山一万重。

其六

飒飒东风细雨来，芙蓉塘外有轻雷。
金蟾啮锁烧香入，玉虎牵丝汲井回。
贾氏窥帘韩掾少，宓妃留枕魏王才。
春心莫共花争发，一寸相思一寸灰。

其七

含情春晼晚，暂见夜阑干。
楼响将登怯，帘烘欲过难。
多羞钗上燕，真愧镜中鸾。
归去横塘晓，华星送宝鞍。

其八

何处哀筝随急管，樱花永巷垂杨岸。
东家老女嫁不售，白日当天三月半。
溧阳公主年十四，清明暖后同墙看。
归来展转到五更，梁间燕子闻长叹。

其九

相见时难别亦难，东风无力百花残。
春蚕到死丝方尽，蜡炬成灰泪始干。
晓镜但愁云鬓改，夜吟应觉月光寒。
蓬山此去无多路，青鸟殷勤为探看。

其十

凤尾香罗薄几重，碧文圆顶夜深缝。
扇裁月魄羞难掩，车走雷声语未通。
曾是寂寥金烬暗，断无消息石榴红。
班骓只系垂杨岸，何处西南任好风？

其十一

重帏深下莫愁堂，卧后清宵细细长。
神女生涯元是梦，小姑居处本无郎。
风波不信菱枝弱，月露谁教桂叶香？
直道相思了无益，未妨惆怅是清狂。

其十二

紫府仙人号宝灯，云浆未饮结成冰。
如何雪月交光夜，更在瑶台十二层。

其十三

近知名阿侯，住处小江流。
腰细不胜舞，眉长唯是愁。
黄金堪作屋，何不作重楼。

其十四

白道萦回入暮霞，班骓嘶断七香车。
春风自共何人笑，枉破阳城十万家。

在李商隐传世的六百零八首诗歌中，无题诗数量不少，其中包括以“无题”为名的，还有众多被认为与“无题”属性相类的也可被认为是“无题”诗的短题诗。所谓短题诗，法国汉学家吴德明曾在《李商隐诗歌中的短题诗》对其进行分类，即无题诗、以诗句之首或诗的其他句中若干字为题、由另外两个字组成的标题。按照他的标准，李商隐现存六百多首诗中，百分之四十四或者更多比例的诗歌都属于无题诗。美国汉学家宇文所安对此观点持赞同意见，他认为：“还有更多的诗篇，包括《碧城》和《锦瑟》，题目只是诗篇的第一行的头二字；此类诗篇大多与‘无题’属于同一类型。”（《晚唐：九世纪中叶的中国诗歌》）

然而，在中国现有的李商隐诗歌集中，清冯浩《玉谿生诗集笺注》中统计为十七首，即无题（八岁偷照镜）、无题（照梁初有情）、无题两首（昨夜星辰昨夜风、闻道阊门萼绿华）、无题（万里风波一叶舟）、无题四首（来是空言去绝踪、飒飒东南细雨来、含情春晼晚、何处哀筝随急管）、无题（相见时难别亦难）、无题（紫府仙人号宝灯）、无题二首（凤尾香罗薄几重、重帏深下莫愁堂）、无题二首（长眉画了绣帘开、寿阳公主嫁时妆）、无题（近知名阿侯）、无题（白道萦回入暮霞）。另据刘学锴、余恕诚《李商隐诗歌集解》中编入无题诗共十四首，比冯浩注本少三首，他们是无题（八岁偷照镜）、无题（照梁初有情）、无题（昨夜星辰昨夜风、闻道阊门萼绿华）、无题（来是空言去绝踪、飒飒东风细雨来、含情春晼晚、何处哀筝随急管）、无题（相见时难别亦难）、无题（紫府仙人号宝灯）、无题（凤尾香罗薄几重、重帏深下莫愁堂）、无题（近知名阿侯）、无题（白道萦回入暮霞）。“长眉画了绣帘开”与“寿阳公主嫁时妆”两首在《集解》中注为“失题”而非“无题”，当归入《蝶三首》中。“万里风波一叶舟”的内容在尾联点明是“怀古”与“思乡”，与李商隐无题诗多写爱情、表意朦胧的手法并不一致，当属“别有题而后失之”的情况。本文所说的无题诗是以刘、余二人统计的十四首为准的。笔者选取其中八首（八岁偷照镜、照梁初有情、昨夜星辰昨夜风、闻道阊门萼绿华、来是空言去绝踪、相见时难别亦难、凤尾香罗薄几重、重帏深下莫愁堂）大众较为熟知的无题诗进行串解，以期拨开李商隐诗心中朦胧的面纱。

《无题》（八岁偷照镜），近人韦然超认为，这是诗人在十六岁时因初恋对象之父母未能同意他们这段婚姻而写下的，不能明题，故称“无题”。而且在其后的众多“无题”诗中有相当数量还是在写他的这段无果初恋。这首诗以少女怀春之幽怨苦闷，喻少年才士渴求仕进遇合之心情。这位少女八岁便有爱美之心。古以长眉为美，白居易《上阳白发人》诗云：“小头鞋履窄衣裳，青黛点眉眉细长。”隋唐时期，时人装扮以画眉为尚，唐玄宗还令画工画《十眉图》，画眉为唐人入时装扮。从“八岁偷照镜，长眉已能画”这句来看，这位诗中的姑娘或许是诗人青梅竹马、懵懂不知的初恋对象，不然不可能有如此近距离的观察。第二句“十岁去踏青，芙蓉作裙衩”，是说十岁时去郊外踏青便知道缝缀荷花制成下裳，这里化用了屈原《离骚》中“制芰荷以为衣兮，集芙蓉以为裳”，是说裁剪荷叶制成绿色的上衣，缝缀荷花再把它制成下裳。下一句“不吾知其亦已兮，苟余情其信芳”，进一步强调诗人对内心美好情操的坚持和自信。作者在这里化用屈原的诗句，是在赞美十岁的小姑娘爱美之心源自高洁的情操。“十二学弹筝，银甲不曾卸”，十二岁刻苦学艺，学弹秦筝，弹筝所用的银爪从不曾取下。“十四藏六亲，悬知犹未嫁”，十四岁怀春羞涩，藏于深阁，回避关系最亲的男性戚属，“悬知”，表现了女子半是希望又半是担忧的待嫁心理。“十五泣春风，背面秋千下”，十五岁无处说相思，古时女子十五岁许嫁，诗中女主人公前途未卜，忧伤烦闷，又无处说相思，更无心为秋千之戏。姑娘在“泣春风”，恰是诗人在叹息。“十五泣春风”正是写出了诗人与姑娘的这段恋爱，没有结果，少女独自面对春风而泣，何等情思。清代姚培谦《李义山诗集笺注》有云：“义山一生，善作情语。此首乃追忆之词。迤逦写来，意注末两句。背面春风，何等情思，即‘思公子兮未敢言’之意，而词特妍冶。”

《无题》（照梁初有情）这首诗首句明确为“情”所写，“照梁初有情，出水旧知名”，“情”和“旧”两个字，为整首诗奠定了缅怀旧日情感的基调。这两句表明诗人对于过去的情谊仍然珍视，并且这种情谊如同出水的莲花一样脍炙人口，是众所周知的。第二句进一步将这种怀念具象化，“裙衩芙蓉小，钗茸翡翠轻”，通过描写女子身上穿戴的细腻的装饰，传递了诗人对美好事物的欣赏和怀念之情。“裙衩”指的是衣襟开衩处的装饰，“芙蓉小”形容其精致，“钗茸翡翠轻”则形容发饰的华丽。“锦长书郑重，眉细恨分明”，这两句诗表达了诗人对于情感的深沉和对于过往的思念。《晋书·列女传》记载了窦滔妻苏氏织锦为回文旋图诗赠予窦滔的故事，表达了妻子对丈夫的思念之情。此后，“锦书”常被用来指妻子对丈夫或丈夫对妻子表达思念之情的书信。“锦书”也可以指华美的文书，南朝梁沈约就有“锦书飞云字，玉简黄金编”的诗句。李商隐这里采用的典故也是表达一种思念。“锦长”可能指的是用丝绸做成的长卷书信，说明信写得很长，有无尽的相思与情感要表达，“书郑重”意味着书写之事非同小可，情深意长；“眉细恨分明”则是说诗人对过去的不满和怨恨仍然历历在心。“莫近弹棋局，中心最不平”，最后两句使用暗喻的方式表达诗人内心的不平静。“莫近弹棋局”暗示着诗人不愿意接近那些能引起旧情思念的事物，而“中心最不平”则直接表达了诗人的内心之痛，是对过去种种不满的情感总结。

《无题》（昨夜星辰昨夜风），钱谦益《唐诗鼓吹评注》说此诗：“此追忆昨夜之景而思其地，谓身不能至，而心则可通也。‘送钩’、‘射覆’，乃昨夜之事。嗟余听鼓而去，迹似转蓬，不唯不能相亲，并与画楼、桂堂相远矣。”对这组诗的创作契机历来众说纷纭，有人说是君臣遇合之作，有人说是窥贵家姬妾之作，还有人说是追想京华游宴之作。但主流观点是看作恋情诗、怀人诗。据诗意看，诗人所怀想的对象可能是一位贵族家女子。赵臣瑗《山满楼唐诗七律笺注》认为“此义山在茂元家，窃窥其闺人而为之”，冯浩也认为此诗“因窥见后房姬妾而作”。可以想见，诗人追忆昨夜参与的一次贵家后堂之宴，表达了与意中人酒席间相遇、旋成间阻的怀想和惆怅。

“昨夜星辰昨夜风”，由今宵情景引发对昨夜的追忆。这是一个美好的春夜：星光闪烁，和风习习，空气中充溢着令人沉醉的温馨气息，一切都似乎和昨夜相仿佛。但昨夜在“画楼西畔桂堂东”和所爱者相见的那一幕却已经成为亲切而难以追寻的记忆。诗人没有去具体叙写昨夜的情事，只是借助于星辰好风的点染，画楼桂堂的映衬，烘托出一种温馨旖旎、富于暗示性的环境气氛，让读者自己意会。“昨夜”复迭，句中自对，以及上下两句一气蝉联的句式，构成了一种圆转流美、富于唱叹之致的格调，使得对昨夜的追忆抒情气氛更加浓郁了。谢朓说“好诗圆满流转如弹丸”大概如此吧。两个“昨夜”，既有追思不止的意思，又给人阅读上的审美享受。这七个字，表现了一种高寒旷远、清丽婉转之感，诗作展现的是一片静谧的星空，清风泠然而至，似乎从墨蓝色的天幕后吹来。再往深处看，诗人独独写到“星辰”和“风”这两个概念性意象，是简单的随性拈来，或是具有某种丰厚的内蕴和象征。“星辰”在古代不仅是星星的意思，孟郊《感怀》“中夜登高楼，忆我旧星辰”，是说夜晚登上高楼，回忆的是往昔的美好，星辰指岁月或时光；杜甫《奉送魏六丈佑少府之交广》“新欢继明烛，梁栋星辰飞”，这里“星辰”与“明烛”相对，比喻灯火辉煌；《太上老君内观经》曰“眼为日月，发为星辰，眉为华盖，头为昆仑”，“星辰”在这里指头发。“风”，自然界的风有暖风、凉风、冷风、阴风等，与人类社会联系起来，又有了风化、风度、风骨、黑风，甚至还暗合了男女情爱之意。这样一来，仅开头这一句，就带出了无限的遐想和疑惑。

“身无彩凤双飞翼，心有灵犀一点通”这两句由追忆昨夜回到现境，抒写今夕的相隔和由此引起的复杂微妙心理。意思是说，自己身上尽管没有彩凤那样的双翅，得以飞越阻隔与对方相会，但彼此的心却像灵异的犀角一样，自有一线相通。“彩凤”比翼双飞，象征美满爱情。这里用“身无彩凤双飞翼”来暗示爱情的阻隔，可以说是常语翻新。而用“心有灵犀一点通”来比喻相爱的双方心灵的契合与感应，则完全是诗人的独创和巧思。犀牛角在古代被视为灵异之物，犀牛角中央的一道贯通上下的白线（实为角质），感应灵敏，所以称犀牛角为“灵犀”，更增添了神异色彩。这里比喻心领神会，感情共鸣。诗人正是从这一点展开想象，以略貌取神的比喻手法，赋予它以相爱的心灵奇异感应的性质，这种联想带有更多的象征色彩。前一句的“身无”与后一句的“心有”相互映照、生发，组成一个包蕴丰富的矛盾统一体。相爱的双方不能会合，本是深刻的痛苦；但身不能接而心则相通，却是莫大的慰藉。诗人所要表现的并不是单纯的爱情间隔的苦闷或心灵契合的欣喜，而是间隔中的契合，苦闷中的欣喜，寂寞中的慰安。尽管这种契合的欣喜中不免带有苦涩的意味，但它却因身受阻隔而显得弥足珍贵。因此它不是消极的叹息，而是对美好情愫的积极肯定。将矛盾着的感情的相互渗透和奇妙交融表现得这样深刻细致而又主次分明，这样富于典型性，确实可见诗人抒写心灵感受的才力。

“隔座送钩春酒暖，分曹射覆蜡灯红”这两句乍读似乎是描绘诗人所经历的实境，实际上是因身受阻隔而激发的对意中人今夕处境的想象。“送钩”“射覆”，都是古代宴会上的游戏（前者是暗中传递钩子，让人猜测钩子在谁的手上，后者是在瓯、盂等器具下覆盖某一物件，让人猜测里面是什么东西，不中者罚酒）。在诗人的想象中，对方此刻想必就在画楼桂堂之上参与热闹的宴会。“送钩”“射覆”两个游戏都是需要多人参加配合才能完成的，与前两联诗联系起来，前面还是星辰高挂，泠然清风的空旷夜幕，这里却人影憧憧，“酒暖”“灯红”。“暖”字和“红”字，一个形容春酒，一个形容蜡灯，充溢着恣荡欢笑，一派和谐景象。前后对比，令人心生不安。林庚在《唐诗综述》中说：“红是暖色，它是流动的，热闹的，所以近于复杂”，颜色的暗示性在文艺上最富感染力，诗歌中的红色有时是反着说的，元稹《行宫》有“寥落古行宫，宫花寂寞红”，张祜《赠内人》有“斜拔玉钗灯影畔，别开红焰救飞蛾”，红花后面有人寂寞，红焰影中只能与飞蛾作伴，枯索之况弥观，惋伤之态弥切。满堂的红影衬托出作者的萧索孤独，一个世界中竟有反差如此大的两种景象，诗人的寂寞，是深藏在热闹里的寂寞，“红”是和谐外表下的激流涌动。这种感情会因为阻隔而变得更加热切，而对于意中人的猜测和想象便更加丰富鲜明。“春酒暖”“蜡灯红”，不只是传神地表现了宴会上融怡醉人的气氛，而且倾注了诗人强烈的向往倾慕之情，所以才心生感慨地说“身无彩凤双飞翼”。作为读者，对于此时此刻作者的处境就不免生出怜悯，而作者本人的凄清寂寞则不言自明。由此而引出的慨叹和发问也便自然而然，所以尾联说道：“嗟余听鼓应官去，走马兰台类转蓬。”在终宵的追怀思念中，不知不觉，晨鼓已经敲响，上朝应差的时间要到了。可叹的是自己正像飘转不定的草，又不得不匆匆走马兰台（当时诗人正在秘书省任职），开始寂寞无聊的校书生涯。这个结尾，将爱情间隔的怅惘与身世飘零的凄冷融合起来，既扩大了诗的内涵，也深化了诗的意蕴，以“赋”的手法使得整首诗像写文章一样内容上丰满有深意。清代黄叔灿《唐诗笺注》评论此诗说道：“诗意平常，而炼句设色，字字不同。”诗人将身世之感并入艳情，以华艳辞章反衬困顿失意情怀，营造出情采并茂、婉曲幽约的艺术境界。这种写法在他的文章中也时有出现，家事国事天下事在他的诗文里经常间歇出现，既有自伤，也有国殇，所以，宋代以后很多人认为他的诗歌与杜甫诗歌手法接近，也不是没有道理的。

叶嘉莹说，诗是显意识活动，词则是隐意识的。李商隐的无题诗近乎词的情境，在工整的诗歌格式下抒发的是一种词所擅长的隐约难言的显意识表达。在这首诗中，诗人的情感运势十分自然流畅，但如果定要深究诗里所说的具体的事情，便又有了好多种想象且个个都合情合理。李商隐的诗往往着重抒写主人公的心理活动，事件与场景的描叙常常打破一定的时空次序，随着心理活动的流程交错展现。这种表现以《夜雨寄北》最为突出。这首无题诗在这方面也表现得相当典型。首联明写昨夜，是逝去的时间，但“昨夜”实际上告诉读者此刻正是今宵，暗含着由今宵到昨夜的情景联想与对比；颔联本应续写昨夜，却笔锋一转，突然回到现实中今夕相隔的处境。前面两联里不仅是时间的转换与跳跃，还有空间的转换，如“画楼西畔桂堂东”，画楼为辅，桂堂是主，引画楼西为桂堂东穿针引线，“隐然有一人影在内”，诗人的眼光转向了桂堂，值得注意的是，诗人是不在桂堂内的，他身处的环境是星辰高挂的静谧幽深的夜空下。后面两联则从空间和对象的转换加深时间转换带来的怅惘和忧虑，空间上的转换尤以宴席间人多送钩、射覆，这需要一众人参加，空间上的转换余地更大才可以完成。颈联从自身的处境转为对对方处境的想象，尾联则从对方的处境又回到自身。这样大幅度的跳跃，加上实境虚写（身无彩凤双飞翼句）、虚境实写（隔座送钩春酒暖句）等手法的运用，使得整首诗显得断续无端，变幻迷离，使读者感到困惑了。全诗在哀婉凄凉的乐调下有一种似解非解的感觉，既像是写给不能长久相伴的恋人的，又像哀叹君臣遇合，总之让人猜不透却又透着神秘迫使读者不得不去猜。

《无题》（闻道阊门萼绿华），“闻道阊门萼绿华”大致意思是说：当年常常听到人们谈论阊门中有位叫萼绿华的女子长得美丽绝伦，但总是觉得在天边那么遥远，却没想到昨晚像萧史那样参加一次豪门盛宴后，竟然产生了偷窥的冲动。首句用女仙萼绿华的典故，《零陵县志》载：“秦萼绿华，女仙也，以晋穆帝升平三年，降于羊权家。自谓行道已九百年，授权道术及尸解药，亦隐影化形而去。好事者比之九嶷仙人萼绿华。”后面“秦楼客”用萧史典故，显言己之为爱婿身份。诗人用这些典故是说，没想到两个人身份隔着那么大的差异，而他却能像萧史那样在参加盛宴之后，居然可以窥见吴王深宫之内最美的那一朵花。

这两首诗的画面连续感很强，这首诗俨然是对第一首诗的补充说明。后面这首绝句的用典和寓意是非常明确的。是说自己想也不敢想的一段情感经历，那个身份无比高贵，却又无比美丽的女子是诗人可望而不可及的。但是因缘际会，命运弄巧，他们终于在一场盛宴里相会，而且目光之间"心有灵犀"，身份卑微的诗人竟然可以走入她的内心，触碰到她目光里的灵魂，并最终和她一起度过那样美丽欢乐的夜晚。男女之间心心相印的感情可遇不可求，不免生感慨与悸动。

《无题》(来是空言去绝踪)，首句凌空而起，次句"月斜楼上五更钟"宕开写景，两句似乎毫不相干，又感觉若即若离。接着，"梦为远别啼难唤"这一句，将前两句的神情韵味勾画出来。经年远别，会合无缘，夜来入梦，忽得相见，一觉醒来，却踪迹杳然，因此说"去绝踪"。但见斜月当空，照映在楼阁间，洒下斑驳朦胧的月影，远处传来悠长而凄清的五更天明的钟声。然而，这一切都是梦境，梦醒后的空寂更证实了梦境的虚幻。按照李商隐诗歌创作中时空转换的跳跃习惯来看，第二句显然发生在第一句之前，第二句是梦醒后的一片空寂孤清，第一句是梦醒后的叹息感慨。"梦为远别啼难唤"，远别的双方，梦中虽得以越过重重阻隔而相会；但即使是在梦中，也免不了离别之苦。梦中相会又分别，带来的是难以抑止的梦中的啼哭。

这样的梦，正反映了长期远别造成的深刻伤痛，强化了刻骨的相思。因此，对句“书被催成墨未浓”写梦醒后立刻把梦中的相思书于笔下，修书寄远。因为远别而积思成梦，梦里悲啼，久唤难醒；醒后便匆忙提笔写信，心情急切，墨未磨浓。

“蜡照半笼金翡翠，麝熏微度绣芙蓉。”梦醒书成之际，残烛的余光半照着用金钱绣成翡翠鸟图案的帷帐，芙蓉褥上似乎还依稀浮动着麝熏的幽香。这两句是对室内环境气氛的描绘渲染，很富有象征暗示色彩。这一片朦胧的光影与刚刚消逝的梦境融在一起，分不清究是梦境还是实境。烛光半笼，室内若明若暗，恍然犹在梦中；麝香微淡，使人疑心爱人真的来过这里，还留下依稀的余香，上句是以实境为梦境，下句是疑梦境为实境。然而，这一切都是幻景。

幻觉一经消失，随之而来的便是室空人杳的空虚怅惘，和对方远隔天涯、无缘会合的感慨。“刘郎已恨蓬山远，更隔蓬山一万重”，最后这两句借刘晨重寻仙侣不遇的故事，点醒爱情阻隔，“已恨”“更隔”，层递而进，突出了阻隔之无从度越。宋祁《鹧鸪天·画毂雕鞍狭路逢》词中直接挪用李商隐两首无题诗的诗句：“画毂雕鞍狭路逢，一声肠断绣帘中。身无彩凤双飞翼，心有灵犀一点通。金作屋，玉为笼，车如流水马游龙。刘郎已恨蓬山远，更隔蓬山几万重”。

全篇由“梦”境写离别之恨，但作者并没有按远别—

思念—入梦—梦醒的顺序来写。而是梦醒—梦中—梦后—远别的顺序，这显然是时空的倒序，将梦中与梦后、实境与幻觉来糅合在一起，创造出疑梦疑真、亦梦亦真的艺术境界，最后才点明蓬山万重、梦境与现实的阻隔之恨，与首句“来是空言去绝踪”遥相呼应。将爱情阻隔的主题和梦幻式的心理氛围形成鲜明对比，为诗歌营造迷离恍惚的感觉。

《无题》（相见时难别亦难）被认为是李商隐向令狐绹陈情。唐宣宗大中五年（851），李商隐在徐州武宁军节度使卢弘正幕府任判官。大中五年春，卢弘正病死，李商隐便从徐州回长安。这时，牛僧孺一派当权，令狐楚之子令狐绹任宰相兼礼部尚书。李商隐年轻时曾拜在令狐楚门下，与令狐绹一起向他父亲学习讲究对偶铺陈辞藻的骈文，开成二年（837）上京应考中进士，也是在令狐绹向高锴力荐下成功的。可以想见，李商隐既是令狐绹的少年伴读，亦是令狐家看重的人，其中情感可想而知。但李商隐登科后到了王茂元幕府并成了他的女婿，被认为是李德裕党人而致疏远，《新唐书》《旧唐书》中对李商隐“背家恩”的记载，原因都在于此。李商隐仕途坎坷，特别是到了晚期，更是过着莲幕辗转的游幕生活。在卢弘正幕府没多久，卢弘正便死去，李商隐又失去倚附，所以回京后便向令狐绹请求推荐，写了几首《无题》诗陈情。此诗就是其中之一。

“相见时难别亦难”说的是义山当时的处境艰难，离开徐州到长安后想进翰林院，向令狐绹说明此事，也就是找熟人走个后门，令狐陶升官之后，为了避嫌谢绝见客，致使义山处境尴尬，相见难，离别又不甘心，所以出此名句。首句看似写缠绵悱恻的爱情，其实是以这种情感表达来对比二人此时的尴尬关系，李商隐想干谒令狐绹，又被拒之门外，情感上受到伤害，境遇上遇到了挫折。两个“难”字，前一个是写当初两人相聚的不易，有过多少互相迁就互相崇拜的过往；后一个“难”字则写出离别时的难舍难分和离别后再想相见的辛酸。“东风无力百花残”将此感情表现得更为鲜明，明着是在写自然景物，其实是在写心境。以物兴发情感的诗歌表达是李商隐最为擅长的，其“君问归期未有期，巴山夜雨涨秋池”诗中也是通过景物、时空的变换来抒发个人情感的。百花凭春风开放，又因为春风力竭而凋零，可想而知，写此诗时义山已经很大年纪，东风无回天之力挽救百花的凋零，映射自己留不住青春。“春蚕到死丝方尽，蜡炬成灰泪始干。”“丝”与“思”谐音，是说自己对于对方的思念，如同春蚕吐丝，到死方休。“蜡炬成灰泪始干”是比喻自己为不能相聚而痛苦，无尽无休，仿佛蜡泪直到蜡烛烧成了灰方始流尽一样。思念不止，表现着眷恋之深，但是终其一生都将处于思念中，却又表明相会无期，前途是无望的，因此，自己的痛苦也将终生依随。“晓镜但愁云鬓改，夜吟应觉月光寒”和上句呼应，青春难留，云鬓斑白，蜡炬燃尽，月光甚寒。前一句写出了年轻女子“晓妆对镜，抚鬓自伤”的形象，从中暗示出女方的思念和忧愁。“云鬓改”是说自己因为痛苦的折磨，夜晚辗转不能成眠，以至于鬓发脱落，容颜憔悴，正如六朝诗人吴均《和萧洗马子显古意六首》所说的“绿鬓愁中改，红颜啼里灭”的意思。李商隐在这里借用年轻女子夜晚梳妆来摹写自己因无处可去又被令狐绹拒绝而夜不能寐。后句“应觉月光寒”是接上一句夜不能寐的实情，借身体生理上冷的感觉反映心理上的凄凉之感。“应”字是揣度、料想的口气，表明这一切都是自己对于对方的想象。直接写出年轻寒夜相思的悲凉情境，深夜沉吟，孤寂无伴，想到自己年老无依、朋友不复相见，会感觉月光的刺骨清寒。“蓬山此去无多路，青鸟殷勤为探看”这一句起死回生，在体会到“到死”“成灰”的绝望后，还好有“青鸟”传信。想象愈具体，思念愈深切，便愈会燃起会面的渴望，这就是其内容。既然会面无望，于是只好请使者为自己殷勤致意，替自己去看望他。诗词中常以仙侣比喻情侣，“青鸟”是一位女性仙人西王母的使者，“蓬山”是神话、传说中的一座仙山，所以这里即以“蓬山”用为对方居处的象征，以“青鸟”作为抒情主人公的使者出现。这个寄希望于使者的结尾，并没有改变“相见时难”的痛苦境遇，不过是无望中的希望，前途依旧渺茫。诗已经结束了，抒情主人公的痛苦与追求还将继续下去。

《无题》（凤尾香罗薄几重）这首诗似写一位女性在怀思所爱，写她深夜难眠还在缝制罗帐，回忆起当时偶遇的情景，以及渴望和惆怅的心情，期待着有机缘能再相遇。“凤尾香罗薄几重，碧文圆顶夜深缝”写女主人公深夜缝制罗帐。凤尾香罗是一种织有凤纹的薄罗；碧文圆顶指有青碧花纹的圆顶罗帐。李商隐写诗特别讲求暗示，即使是律诗的首联，也往往不愿意写得过于明显直接，留下一些内容让读者去玩索体味。像这一联，就只写主人公在深夜做什么，而不点破这件事意味着什么，甚至连主人公的性别与身份都不做明确交代。通过“凤尾香罗”“碧文圆顶”的字面和“夜深缝”的行动，可以推知主人公大概是一位幽居独处的闺中女子。罗帐，在古代诗歌中常常被用作男女好合的象征。在寂寥的长夜中默默地缝制罗帐的女主人公，大概正沉浸在对往事的追忆和对会合的深情期待中。

接下来是女主人公的一段回忆，内容是她和意中人一次偶然的相遇：“扇裁月魄羞难掩，车走雷声语未通。”对方驱车匆匆走过，自己因为羞涩用团扇遮面，虽相见而未及通一语。从上下文描写的情况看，这次相遇不像是初次邂逅，而是“断无消息”之前的最后一次照面，否则不可能有深夜缝制罗帐、期待会合的举动。正因为是最后一次未通言语的相遇，在长期得不到对方音讯的今天回忆往事，就越发感到失去那次机缘的可惜，而那次相遇的情景也就越加清晰而深刻地留在记忆中。所以这一联不只是描绘了女主人公爱情生活中一个难忘的片段，而且曲折地表达了她在追思往事时那种惋惜、怅惘而又深情地加以回味的复杂心理。两联之间在情节上有很大的跳跃，最后一次照面之前的许多情事统统省略了。

颈联“曾是寂寥金烬暗，断无消息石榴红”写别后的相思寂寥。和上联通过一个富于戏剧性的片段表现瞬间的情绪不同，这一联却是通过情景交融的艺术手法概括地抒写一个较长时期中的生活和感情，具有更浓郁的抒情气氛和象征暗示色彩。这两句是说，自从那次匆匆相遇之后，对方便绝无音讯，已经有多少次独自伴着逐渐黯淡下去的残灯度过寂寥的不眠之夜，眼下又是石榴花红的季节了。“蜡炬成灰泪始干”，“一寸相思一寸灰”，那黯淡的残灯，不只是渲染了长夜寂寥的气氛，而且它本身就仿佛是女主人公相思无望情绪的外化与象征。石榴花红的季节，春天已经消逝了。在寂寞的期待中，石榴花红给她带来的也许是流光易逝、青春虚度的怅惘与伤感吧。明代许学夷《诗源辩体》说：“商隐七言律，语虽秾丽，而中多诡僻，如‘狂飙不惜萝阴薄，清露偏知桂叶浓’‘落口渚宫供观阁，开年云梦送烟花’‘曾是寂寥金烬暗，断无消息石榴红’等句，最为诡僻。《冷斋夜话》云‘诗至义山为文章一厄’是也。论诗者有理障、事障，予窃谓此为意障耳。”“金烬暗”“石榴红”，仿佛是不经意地点染景物，却寓含了丰富的感情内涵。把象征暗示的表现手法运用得这样自然精妙、不露痕迹，这确实是艺术上炉火纯青境界的标志。

尾联“班骓只系垂杨岸，何处西南任好风?”又回到深情的期待上来。“班骓”句大概是暗示她日久思念的意中人其实和她相隔并不遥远，也许此刻正系马垂杨岸边呢，只是咫尺天涯，无缘会合罢了。末句化用曹植《七哀诗》“愿为西南风，长逝入君怀”，诗意希望能有一阵好风，将自己吹送到对方身边。李商隐的爱情诗，多数是写相思的痛苦与会合的难期的，但即使是无望的爱情，也总是贯穿着一种执着不移的追求，一种“春蚕到死丝方尽，蜡炬成灰泪始干”式的真挚而深厚的感情。希望在寂寞中燃烧，这首诗所表露出来的也正是这样一种感情。这是他的优秀爱情诗和那些缺乏深挚感情的艳体诗之间的一个重要区别，也是这些诗尽管在不同程度上带有时代、阶级的烙印，却仍是动人之作的原因。

《无题》（重帏深下莫愁堂），比起《无题》（凤尾香罗薄几重）更侧重于抒写女主人公的身世遭遇之感。此诗写少女醒后细品梦中的情景，怅然若失，徒自伤感，并表示为了爱情甘愿受折磨，决心追求幸福。关于诗的主题，清代沈厚塽《李义山诗集辑评》曰：“何焯曰：义山无题数诗，不过自伤不逢，无聊怨题，此篇乃直露本意。”胡以梅《唐诗贯珠》云：“此以莫愁比所思之人也。”两位的评论可谓简单明了，直指相思自伤主旨。

“重帏深下莫愁堂，卧后清宵细细长”，诗歌开篇从女主人公所处的环境氛围写起，层帷深垂，幽邃的居室笼罩着一片深夜的静寂。独处幽室的女主人公自思身世，辗转不眠，倍感静夜的漫长。“重帷”“莫愁堂”从一开始就奠定了全诗幽怨的气氛，而“清宵细细长”则交待了时间，凸显了夜晚的漫长。这里尽管没有一笔正面抒写女主人公的心理状态，但透过这静寂孤清的环境气氛，那帷幕深垂的居室中弥漫着一层无名的幽怨。女主人公便是在这样清冷孤寂的夜晚开始追忆往事。

“神女生涯元是梦，小姑居处本无郎”进而写女主人公对自己爱情遇合的回顾。上句用楚王梦遇巫山神女事典，下句用乐府《神弦歌·清溪小姑曲》“小姑所居，独处无郎”追思往事，在爱情上尽管也像巫山的女神那样，有过自己的幻想与追求，但到头来不过是做了一场幻梦而已；直到现在，还像清溪小姑那样独处无郎，终身无托。这一联虽然用了两个典故，却几乎让人感觉不到有用典的痕迹，真正达到了驱使典故如同己出的程度。特别是它虽然写得非常概括，却并不抽象，因为这两个典故各自所包含的神话传说本身就能引起读者的丰富想象与联想。清代姚培谦《李义山诗集笺注》：“此义山自言其作诗之旨也。重帏自锁，清宵自长，所谓神女小姑，即《楚辞》‘望美人兮南浦’之意，非果有其人也。”“元”“本”两字，颇见用意。前者暗示她在爱情上不仅有过追求，而且也曾有过短暂的遇合，但终究成了一场幻梦，所以说“元是梦”；后者则似乎暗示：尽管迄今仍然独居无郎，无所依托，但人们却对她颇有议论，所以说“本无郎”，其中似含有某种自我辩解的意味。不过，上面所说的这两层意思，都写得隐约不露，不细心揣摩体味是不容易发现的。

“风波不信菱枝弱，月露谁教桂叶香？”颈联从不幸的爱情经历转到不幸的身世遭遇。这一联用了两个比喻：说自己就像柔弱的菱枝，却偏遭风波的摧折；又像具有芬芳美质的桂叶，却无月露滋润使之飘香。这一联含意比较隐晦，似乎是暗示女主人公在生活中一方面受到恶势力的摧残，另一方面又得不到应有的同情与帮助。“不信”，是明知菱枝为弱质而偏加摧折，见“风波”之横暴；“谁教”是本可滋润桂叶而竟不如此，见“月露”之无情。措辞婉转，而意极沉痛。

爱情遇合既同梦幻，身世遭逢又如此不幸，但女主人公并没有放弃爱情上的追求：“直道相思了无益，未妨惆怅是清狂。”即便相思全然无益，也不妨抱痴情而惆怅终身。在近乎幻灭的情况下仍然坚持不渝的追求，“相思”的铭心刻骨更是可想而知了。爱情的幻灭，身世遭逢的不幸使得主人公的形象更加寂寞起来，而这种寂寞正是主人公遭际不如意的反映。张采田《李义山诗辨正》曰：“通篇反复自伤，不作一决绝语，真一字一泪之诗也。”

这两首诗都采取主人公深夜追思往事的方式写爱情失意的幽怨、相思无望的苦闷，因此，主人公的心理独白就构成了诗的主体。主人公的身世遭遇和爱情生活中某些具体情事就是通过追思回忆或隐或显地表现出来的。其一塑造了一个渴慕爱情而无法与如意郎君相见的闺中少女形象，其二塑造了一个虽饱受相思之苦却相信爱情、无怨无尤、至情至性的女性形象。这两首诗首先是成功的爱情诗，即使读者完全把它们作为爱情诗来读，也并不减低其艺术价值。

以上八首《无题》诗鉴赏，基本可作为李商隐无题诗的代表，诗面意义多为男女情感或女性思绪为主，其他六首“飒飒东风细雨来”“含情春晼晚”“何处哀筝随急管”“紫府仙人号宝灯”“近知名阿侯”“白道萦回入暮霞”等并没有进行赏析，但后面关于诗歌的朦胧与抽象、寄托与比兴将会对全部无题诗进行综合的理论剖析。

在进行理论分析前，先对《无题》（万里风波一叶舟）这首诗进行评析。

万里风波一叶舟，忆归初罢更夷犹。
碧江地没元相引，黄鹤沙边亦少留。
益德冤魂终报主，阿童高义镇横秋。
人生岂得长无谓，怀古思乡共白头。

刘学锴、余恕诚《李商隐诗歌集解》中根据朱鹤龄、程梦星诸家考证，认为这是一首怀古思乡诗，并对这首诗进行了编年，认为这首诗“系东川幕府时抒写怀古思乡感情之作”。这与前面十四首无题诗诗面展现出来的男女感情、女性思绪等并不一致，刘、余二位先生认为这首诗有可能是原来有诗题、又在流传过程中失题，因此，编入集外诗。从诗歌风格的角度来看，这首诗确实与前面十四首风格迥异。在色彩、声情方面的表现并不明显，在怀古与思乡的主题表现上，二者之间似乎存在着一种矛盾，一方面要扬眉吐气、兼济天下，一方面又漂泊无依、受思乡的情绪困扰，在“进”和“退”之间游弋徘徊。刘、余二位并未找到任何可以证明这首诗失题的文献，以“尚难论定”

为结论。

因此，本文在论述过程中，考虑到《无题》（万里风波一叶舟）诗歌风格及诗题难以界定的问题，在以下的讨论中，只对前面十四首无题诗进行理论分析，包括无题诗的发展流变、无题诗的抽象性与阻隔性、寄托与比兴等。

中国最早的一首无题民谣出自先秦佚名的《弹歌》，诗云："断竹，续竹；飞土，逐宍。"全诗共用八个字，写出了从制作工具到进行狩猎的全过程，每句以一个动词带出，使画面富于动感，令人联想起先民们的劳动场面。这首诗并没有一个明确的题目，在生产力水平极为低下的原始社会早期，诗歌并不是作为独立的个体出现的，而是作为劳动生产以及宗教活动的附属品存在的，因此，没有题目的诗歌也是自然的。中国最早的诗歌总集《诗经》中，多以诗歌的首句，或者诗歌的前几个字为题，比如"氓之蚩蚩，抱布贸丝"题目为《氓》，"关关雎鸠，在河之洲"题目则为《关雎》。但是这类题目并不能概括整首诗的意义，解决的仅仅是诗歌代称的问题。重要的是，他们都不是诗歌的创作者指定的，而是在流传过程中后来的传播者添加的。真正体现诗歌命题的是屈原。他的诗歌内容本身有明确情感指向和寄托，是有意识地为诗歌命题的。如《离骚》之题，司马迁解释为："离骚者，犹离忧也。"班固的解释是："离，遭也。骚，忧也。明以遭忧作辞也。"王逸《楚辞章句注》中的解释与班固基本相同："离，别也；骚，愁也。"《离骚》整篇文章表现的是屈原屡遭陷害的遭遇和对国家的眷恋、人民的同情以及国家未来前途的担忧等。

在以后的诗歌发展进程中，两汉乐府民歌、古诗十九首、魏晋咏史咏怀诗以及文人借古题发挥的诗歌中，直到唐代诗歌创作达到顶峰，诗歌的题目处于一种游离于作品之外的状态，即便是已经有了题目的诗歌。正如宋代蔡启《蔡宽夫诗话》中说的那样："齐梁以来，文士喜为乐府辞，然沿袭之久，往往失其命题本意。《乌将八九子》但咏乌，《雉朝飞》但咏雉，《鸡鸣高树颠》但咏鸡，大抵类此；而甚有并其题失之者。《本府莲》讹为《想夫怜》，《杨婆儿》讹为《杨盼儿》之类是也。盖辞人例用事，语言不复详研考，虽李白亦不免此。"可见，对于诗题的漠然即便是李白这样著名的诗人，也不免于此。唐代以前的诗歌创作中，诗题一般分四种，一种是以诗歌的首句或者诗中的词句为题，一种是以诗歌的种类、体裁、范畴为题，比如歌、行、曲、辞等，再有一种是对诗歌本身无任何影响的乐府、曲调名等。还有一种为"失题"的，失题与无题是两种截然不同的题目，失题是指诗歌在流传的过程中，题目遗漏缺失了，或者诗歌在流传的过程中本就没有题目。相对而言，无题的情况就更为复杂一些。

为什么李商隐诗歌创作中有如此多以"无题"为题的诗歌呢？日本学者荒井健在《李义山诗集小考——不详的宋版》一文中对李商隐诗题的论述时说道："'载有感篇而无题'中的'无题'，要么按字面理解，没有题目？要么就是'失题'或'阙题'？再要么就是'无题'本身就是题目？但是这三种解释也还都是很模糊不清的。”宇文所安在《晚唐：九世纪中叶的中国诗歌》一书中说：“我将‘无题’翻译成‘不写题目’，以表明拒绝提供题目是一种重要的行为。”这里他做了一个注脚：“此根据可能的但很不确定的假设，即《无题》是李商隐自己命名的。”“这样一个题目已经指向隐藏的信息，创造出一种神秘感，成为李商隐用于此种模式诗歌的诗法中心。”从荒井健的解释来看，他仍处于一种模糊不清的状态，而宇文所安的理解则更符合李商隐诗歌创作的文学史地位，他将《无题》诗的诗题命名与诗法、隐藏的信息与诗歌的神秘感联系在一起，并称其为诗法模式，显然是十分重视《无题》诗的，这也让我们不得不对《无题》诗给予足够的尊重和重视。按照这个思路来看，这些无题诗是被刻意隐瞒了有助于阅读理解的真实意义及其相关信息，侧面也反映了李商隐作为诗歌作者本人在创作时是限定了阅读者范围的，或者限定了阅读对象的。也就是说，这些诗不是写给所有人看的，而是写给某人、某些人、或者极小范围的私人语境阅读的。在这个私人阅读空间内，大家因为有着共同的爱好和阅历，共同的知识背景和表达方式以及语意所指，因此，其名虽曰《无题》，但其实是大家所共知的。

也正是由于这种私人空间的限制，隐藏了创作的真实意义和目的，以及诗作相关的背景信息等，便让外围的读者阅读起来觉得模糊不清。这种不明确的信息和无法揣摩的模糊不清的状态，极容易被人误解，或被赋予公开渲染情感，或行为处事不端正，或不符合主流社会规范等。李商隐及其作品在李商隐同时代便有流传，白居易、刘禹锡等著名诗人对李商隐作品的品赏使其人及其作品得以传播。其诗集作品的流传过程中，诗人个人较为权威的版本的缺失更能激起收集者的追逐喜好。出于对某一题材、类型诗歌的喜好偏爱，一些收集者会在自己的小集中收录自己喜欢的诗歌，这就使得很多题材、类型的诗歌因为不同的人的喜好流传在不同的版本中，对于后来者而言，看到的就是其中一种或者几种版本。对于只看到一种或者几种版本的后世研究者而言，在评价作者及其作品时，难免有失偏颇。最有名也是被广为引用的便是唐末五代李涪《刊误·释怪》中对李商隐过于苛责的评价，他认为李商隐是一名“锦工”，其作品“无一言经国，无纤意奖善”。这是很严厉的言辞（这个评价并未根据李商隐的文集整体来评价，相当不公平），但可以看出九世纪后期世人对李商隐诗歌评价的大致印象。宇文所安说：“李涪的评价不公平，可能不仅是偏见和盲目，而很可能是李涪没有见过全部诗集，只见过李商隐的一个小集。”由此我们也可以推断出当时普遍流行的李商隐诗歌属于哪一类型。加上《新唐书》《旧唐书》“诡薄无行”“俱无持操，恃才诡激，为当涂者所薄。名宦不进，坎壈终身”的谩评，给李商隐及其作品的流传带来了不少负面影响。关于李商隐是轻浮且辞藻华丽的诗人的评价延续于整个宋代，并进入元代。

对于李商隐诗中为何出现了大量的无题诗，很多学者的意见也各有不同。叶嘉莹认为，李商隐“有些悲哀痛苦不是用一个具体的题目来叙写的，这一点也可以说是对人生综合性的体认以后的痛苦和感觉，不是针对某人某事而发，不能以一个题目限定它，所以是无题”。（《略谈李义山的诗》）其实“不是针对某人某事而发”不仅仅是以“无题”为题目的成因，也同时可以认定为李商隐无题诗文本抽象性特征的成因。汤翼海《李义山无题诗十五首考释》中说，“（李商隐）一生遭遇辛酸凄凉之事……偶有感触，辄万绪交集，汹涌而出……故一诗之成，非纯然代表一单纯之心情，实含万种心情也”。就像黄盛雄《李义山诗研究》中说的那样，“（李商隐的无题诗）以一往情深的性格，面对不堪闻问的国事、迭遭挫折的事业、繁复隐微的感情。自是感受多端，难以用单纯的意旨去表达”。一千个读者就有一千个哈姆雷特，同样，一千个读李商隐诗者，就能生发出一千个李商隐。李商隐无题诗的形成，是多方面综合作用的结果。其中任何一种因素，都不能够单独对李商隐无题诗的形成产生决定性的或是主导性的影响。无题诗所传达的内容，是多种人生经验和人生环境在李商隐意识中交织、融合、提炼后，附着在抽象情绪之中，借以无题诗这种形式进行传达的结果。因为其本质意义便是抽象情绪的传达，所以李商隐的无题诗表现出的特征，无论是内容上，还是艺术手法上，都具备不同程度的抽象性。其中内容表现上的最大特征便是其抽象情绪的传达，但这些抽象情绪的传达也是认真严肃的。

奥地利心理学家弗洛伊德在他的精神分析理论中首次提到人格中的童年印记。在那以后，大多数心理学流派都认为："我们成年以后遇到的困扰，原因可以追溯到我们生命的早期。"弗洛伊德认为，一个人的基本人格形成于六岁之前，而发展心理学的奠基人埃里克森虽然认为人是终身发展的，但也不否认幼年时期的影响对人来说烙印更为深刻。从某种程度上说，童年境遇塑造了一个人的"底色"。如果一个人在童年遭遇长期且难以预料的压力、丧失和逆境，那么影响的，将不仅是人格、认知和思维方式，甚至还会波及生理机能。正所谓"身心一体"，越来越多的科学研究表明，身体的很多疾病都与心理密切相关，二者交互影响。李商隐童年时期乃至成人之后的缺失性人生经验对其无题诗风格的形成有很大影响。亲人的早逝以及童年命运的坎坷，使得李商隐逐渐形成了伤感细腻的文艺气质，其中裴氏姊、徐氏姊等几位姐姐的早逝，更是增加了他对女性悲剧命运的同情与思考。成年后在仕途上的屡次坎坷，再一次加深了他因缺失经验而诱发的心底细腻的哀怨之声。李商隐的诗作所要传达的情感虽然具有一定的抽象性，但是其基调则是相对明晰的，这些诗歌绝不是单纯的游戏之作，而是自始至终贯穿着严肃认真的情感态度和对情绪的执着追求。即便是"昨夜星辰昨夜风"这样的单纯描摹宴饮博戏的作品，其所传达的抽象情绪依旧是认真的、严肃的。这些情绪是合理的，但是却在客观的环境中受到阻挠。作者被阻挠后的情感态度依旧是忠诚的、执着的，即使明了这种执着是无意义的了，但依旧选择执着。就像《锦瑟》诗所呈现的那样："此情可待成追忆，只是当时已惘然。"即便是惘然，也执着地、迷恋地追求，过于执着的人生终剩下痛苦。从诗歌创作的主观方面来看，无题诗的形成多少与李商隐个人的审美与创作取向有关。可以确定的是，崇尚朦胧的诗歌境界，追求本真的非功利抒写，乃至尚通俗的创作倾向，都是李商隐无题诗风格形成的诱导因素。日本学者福永光司说："人类的语言与真实之间，无论如何努力，终留着无可填满的一道沟壑，而在这无可填满的沟壑之那一边的，却又是最重要的。"（福永光司著，陈冠学译《庄子——古代中国的存在主义》）这"无可填满的沟壑之那一边"恰恰是李商隐无题诗的魅力所在。

李商隐的无题诗的抽象情绪总是围绕着发现或追求美好事物、追求美好事物的自我肯定、追求过程中遇到阻隔而失落、追求失败后的愤愤不平以及绝望而难以排遣的凄楚情绪、受阻后继续执着无悔地追求这样的情感循环线索进行概括。宇文所安在《追忆：中国古典文学中的往事再现》的导言中说："作品犹如衣裳，有的透明些，有的不那么透明，它们为想象勾勒出身段体态，同时却遮住了衣服中娇好的肉体。成文的东西同它要表达的意义之间，表面显露的东西和真实之间，总有一段距离、一条鸿沟。在这种认知形态里，隐喻法占有重要的地位，同一个词，既向我们揭示，又向我们隐瞒，既告诉我们真情，又向我们散布谎言。"在"揭示"与"隐瞒"的迷惘中，"真情"与

“谎言”的交错迷离中，我们看到的便是朦胧不确定、受阻又执着的、感性的李商隐。虽然目前材料很难反映出李商隐无题诗的创作过程，但是经过这种倾向明晰的抽象情感线索，或可探知李商隐无题诗形成过程中的诸多诱导因素。这条表现抽象情绪的情感线索在李商隐的所有无题诗中都有所体现，可以说贯穿了李商隐无题诗创作的始终，但不同的无题诗所体现的侧重有所不同。在李商隐现存的大量诗歌中，七绝无题诗、古体无题诗更侧重表现这一抽象情绪链条上的前几个阶段的内容，而艺术风格趋向稳定成熟的七律无题诗，更侧重表现这一抽象情绪链条上的后几个阶段的内容。在李商隐的无题诗中，这一抽象的情感线索也是在七律中表现得较之其他体裁更为明显。这同时也是李商隐无题诗创作的体裁经历，从最初的七绝、五言诗、古体诗创作逐渐形成自己的风格，到晚期七律无题诗的形成标志着李商隐无题诗走向成熟的过程。其抽象情感在诗歌中的流露也从最初的不明显到逐渐明显，成为其诗歌发展历程中的潜在动因和内在驱动。这种抽象情绪在诗歌中的表现也让学界对其诗歌常常有朦胧多义以及处处充斥着“通境”与“通情”的认识。

李商隐的无题诗惯用颇具细微和抽象意义的艺术手段表达抽象的情感线索，这些抽象的艺术手段造就了李商隐无题诗别具一格的艺术特征。在声音方面，通过文字用韵、节奏等方面的抽象表达效果，形成了声情并茂的抽象情绪的传达，如“嗟余听鼓应官去，走马兰台类转蓬”。“听鼓”

“走马”从节奏上来看是相近的，但又是符合诗歌中紧张欢快的游戏节奏的。在色彩方面，注重色彩的基本特性与通感效果，注重色彩的组合与搭配作用，使得色彩与抽象情绪的传达得到巧妙的配合，如“隔座送钩春酒暖，分曹射覆蜡灯红”。“春酒暖”“蜡灯红”，不只是传神地表现了宴会上融怡醉人的气氛，而且倾注了诗人强烈的向往、倾慕之情和“身无彩凤双飞翼”的感慨。在结构方面，李商隐无题诗的诸多构成因素貌似支离破碎，实则紧密相连，正如“相见时难别亦难”诗，“东风”“春蚕”“蜡炬”“云鬓”“蓬山”“青鸟”，这一系列的意象看似不相关，却又形成了诸多意义完整而层次多样的“格式塔”，注重内心的整体感受，这种整体意义大于各部分意义组合的手法拓宽了抽象情绪的表达境界。在意义方面，李商隐的无题诗自始至终贯穿着一种“阻隔”情节，这种“阻隔”同时也是李商隐无题诗所展现出的抽象情绪链条中起到转折性作用的关键一步，这种“阻隔”情节有时候也会生成抒情主体的离别之苦，促成抒情主体的偷窥行为，乃至成为生成可望而不可即之感以及执着无悔追求的根源所在。关于诗歌之“隔”，王国维先生曾指出：“陶谢之诗不隔，延年之诗稍隔矣；东坡之诗不隔，山谷则稍隔矣。‘池塘生春草’、‘空梁落燕泥’等二句，妙处唯在不隔。”（王国维《人间词话·第四十则》）这里的“隔”与“不隔”带有一定的“容易懂”与“不易懂”的意思。这就像前文中提到福永光司说的“无可填满的沟壑之那一边”，是一种无法达到的“那一边”。宋代姜夔有云：“所谓意尽词不尽者，意尽于未当尽处，则词可以不尽矣，非以长语益之者也。至如词尽意不尽者，非遗意也，辞中已仿佛可见矣。”（《白石道人诗说》）意思是不尽之意既在言辞之中，又在言辞之外。如果就此理解，李商隐的无题诗无非是处于“隔”的一类、“未当尽处”的一类。但李商隐的无题诗缘何会形成以“隔”“未当尽处”为主要特征的“不易懂”的风格，则多少与李商隐诗歌艺术风格形成过程中的抒情特征具有一定的关系。

刘学锴、余恕诚《李商隐诗歌集解》中编入无题诗共十四首，比冯浩注本少三首，他们是无题（八岁偷照镜）、无题（照梁初有情）、无题（昨夜星辰昨夜风、闻道阊门萼绿华）、无题（来是空言去绝踪、飒飒东风细雨来、含情春畹晚、何处哀筝随急管）、无题（相见时难别亦难）、无题（紫府仙人号宝灯）、无题（凤尾香罗薄几重、重帏深下莫愁堂）、无题（近知名阿侯）、无题（白道萦回入暮霞）。总体上看，这十四首无题诗多数是写男女感情的，有诗面意义写女子自认为秀外慧中，而待字闺中不得嫁与心仪之人，实际是作者抒写自己心中不平之鸣的，如无题（八岁偷照镜）、无题（何处哀筝随急管）、无题（白道萦回入暮霞）、无题（凤尾香罗薄几重）、无题（照梁初有情）；有写男子对思慕女子的企盼的，如无题（闻道阊门萼绿华）、无题（近知名阿侯）、无题（含情春畹晚）；有写女子对爱情的坚贞和执着的，如无题（飒飒东风细雨来）、无题（重帏深下莫愁堂）、无题（相见时难别亦难）；有写可望不可即的感情的，如无题（来是空言去绝踪）、无题（紫府仙人号宝灯）；还有写宴会游戏，别无寄托的，如无题（昨夜星辰昨夜风）；等等。从无题诗的体裁来看，五言诗、七绝诗、七律诗、古体诗等几乎全部涉猎。

在诗歌风格与流传接受上，李商隐无题诗的阻隔表现在朦胧、多义带来的不确定性，也同时表现在解读与流传过程中带来的不确定因素之中。在对李商隐无题诗的诗文文本的研读中，我们不可否认其中多是以男女爱情为诗歌主题的。但当我们从每首诗具体的品读来看，这一主题的显现却并非那么明显。比如“闻道阊门萼绿华”这首诗中说“岂知一夜秦楼客，偷看吴王苑内花”，这肯定是说秦楼客在参加晚宴后，希望窥见吴王苑内的美貌女眷的情形。而这种情形因为身份悬殊成为作者可望不可及的现实。这显然是一种奢望的情感，或者说是作者自己内心营造的一种不可实现的情感。其他的还有“近知名阿侯”一首诗末写道：“黄金堪作屋，何不作重楼”，表明抒情主人公希望美女走出黄金屋、登上层楼，以让自己一睹真容。“含情春畹晚”则描绘了抒情主人公因思念一女子而到了对方门口，“楼响将登怯”是说心里胆怯、没有勇气与之面对面交流的过程。以上这些诗，从诗文本身上看，并不能直接领会其中所谓的情感寄托的问题，也就是说，诗本身展现的仅仅是一种不可实现的相思，或者说是想念却不得见的情感，并非明确的男女感情。还有另一种类型的诗，表现的是一种言外之意，也就是清代学者所说的“君子”寄托，比如，“八岁偷照镜”中的“十五泣春风，背面秋千下”之句，说的是少女思慕高义，希望嫁一如意郎君而不得的情形。“何处哀筝随急管”诗则明确以东家老女无法出嫁而郁郁寡欢的情节贯穿整首诗作。“白道萦回入暮霞”中以车中微笑之女子“枉破阳城十万家”的现实展现了该女子空有貌美而无实际之价值的客观情况。“凤尾香罗薄几重”则以美女深夜缝制用以结婚的青帐为起点，以“愿为西南风，长逝入君怀”作结，写出女子愿与所思慕之人成婚而无奈生离的心理。这一类无题诗似乎明显包含了一层言外之意，即所谓的美女喻君子。这类诗都是暗指李商隐本人怀才不遇，希望在仕途上得到一个如意的官位而一展才华而不得。但诸如吴乔、冯浩、张采田等并不能将这些寄托具象化，在这些美人愁嫁的诗篇中，他们往往将其与李商隐仕途坎坷相联系，并将其全部具体到令狐家族的人身上，从而进一步验证《新唐书》《旧唐书》中关于李商隐的评价。这就会让诗歌的解读过于牵强地附会于某一具体的人和事，显得索然寡味。出现这种偏差主要还是由李商隐无题诗的朦胧抽象造成的，这需要解读者无限靠近李商隐才能真实还原他作诗的本意，但这种设想根本是无法实现的。而“飒飒东风细雨来”“重帏深下莫愁堂”“相见时难别亦难”等篇则似乎真实地表现了对爱情的至死不渝的坚贞与执着，也因其情感真挚而广为传颂。这种执着的情感同样是抽象的，是可以映射到包括仕途在内的许多人生环境之中的。而诗歌映射的意义与抽象意义之间也存在着一种“无可填满的沟壑”，这种“沟壑”成为解读者无法触及诗歌本身实际的意义，从而造成更多的误读和穿凿附会，让诗歌更加朦胧和难以理解。

这种理解与接受中因过度推断、抽象情感的过度具体落实所造成的歪曲解读，是造成李商隐无题诗的诗文原意在流传过程中与读者的接受形成阻隔、距离和难以理解的重要原因。诗歌的抽象含义在这里只是这种现象产生的其中一个前提，还有一种深刻的社会根源及文化根源。受汉代儒家正统思想的影响，诗歌成为宣传其思想的媒介，《诗经》在汉代被齐、鲁、韩、毛四家传授，其中以毛家《诗经》最为广泛流传，在古代，诗歌的解读深受儒家思想的影响，为了抬高所评论诗歌的艺术价值，《毛诗序》的教化传统乃至《楚辞》中借美人以喻君子的手法，成为解读爱情诗歌的一种亘古不变的手段。《诗经》中诗歌文字层面上单纯描绘男女爱情的内容被认为是格调不高的艳情之作，为了摒弃这种诗歌所具备的一系列不良因素，他们将《诗经》中最纯美的情感笺注为儒家诗教，这种看似相对合理，但实际上与诗歌本身面貌相差很远。从这个意义上来说，李商隐的这些无题诗绝不仅仅是表面描绘的那样诉说男女爱情那样简单。无题诗的本事化、具体化阐释，成为诸多笺注家和评论家深信不疑的解读倾向，或许便是这一系列误读产生的社会原因。当然，这种现象的背后或许还存在着许多文化层面的原因。在中国，“小说家”虽然一直在三教九流中难以被视为正统，但道听途说街谈巷议的传统一直为人们所津津乐道。诗歌的本事，作为诗歌创作的来龙去脉的背景故事，也是诸多评论家与读者所喜闻乐见的。很多注释与评论家，对许多现实题材的诗歌都极力地去还原乃至考证诗歌的本事，从而希望达到史诗互证的效果。杜甫诗歌的“诗史”地位，从某种程度上便是在这种笺注思维的推动下产生并一再得到印证，但不是所有的诗歌都能够像杜诗那样，有足以供历史史诗相互配合、相互证明的条件。

而在诸如无题诗一类的表意相对抽象的诗作中，他们又利用了诗作中的抽象意义，与为数不多的史实细节相附会。这种文化思维在后世的许多章回小说中有逆向的因革，使得诗歌由开始的需要叙述类文本故事来佐证本事向叙述类故事需要由诗歌作为佐证逐渐转变。在了解了这种现象的深层文化与社会根源之后，我们便可以很容易地体会到，一首包含着人生持之以恒的执着情感的爱情诗，是如何一步一步在他的抽象含义层面被别人冠之以子虚乌有的本事了。在“昨夜星辰昨夜风”这首诗中，作者由今宵情景引发对昨夜的追忆。这是一个美好的春夜，空气中充溢着令人沉醉的温馨气息，一切都似乎和昨夜相仿佛。但昨夜在“画楼西畔桂堂东”和所爱者相见的那一幕却已经成为亲切而难以追寻的记忆。“身无彩凤双飞翼，心有灵犀一点通”这两句由追忆昨夜回到现境，抒写今夕的相隔和由此引起的复杂微妙心理。“隔座送钩春酒暖，分曹射覆蜡灯红”这两句似乎是描绘诗人所经历的实境，实际上是因身受阻隔而激发的对意中人今夕处境的想象。空间上的转换尤以宴席间人多送钩、设覆，这需要一众人参加，空间上的转圜余地更大才可以完成。颈联从自身的处境转为对对方处境的想象，尾联则从对方的处境又回到自身。前面我们已经分析过此诗。从诗歌的字面意义来看，这首诗表现的就是男子对女子执着的情感，但实际上是这份情感都是作者描摹出来的，是难以获得又固执的执着追求的过程。

我们通过当前的文本意义，领悟到诗歌的抽象意义之后，再进一步揣摩诗歌本事的时候，所碰到的是一种无法逾越的“阻隔”，这种“阻隔”，是李商隐作为创作者，抽象出来的意义，他省去了所谓的资料来源，而将具体形态诉诸女子的婚恋与爱情，乃至于我们无法越过这一层阻隔，去体味李商隐诗作中所表达的抽象含义背后的具体的、准确的本事。这便是李商隐无题诗难以理解的真实原因。而我们在接受诸家托寓令狐绹之类的解释时，之所以能够有部分认同，则是因为他是在抽象意义这一大环境下敷衍索隐、牵强附会而成的。但从理性的角度来看，这种附会是不科学、不严谨的。不可否认，李商隐与令狐绹的关系可能会令李商隐产生类似诗歌中表现的情绪；不能否认，某些诗歌或许夹杂着李商隐在体味了与令狐绹的关系之后的相类似的感情。但是如果将这些细微的情绪完完全全落实在托寓说的具体细节上，则会令这首诗歌的艺术品位大打折扣，抽象意义也会随着诗歌的具象化解读而化为泡影。

传统的托寓说所具象化后的事实，或许对无题一类的表现抽象意义的诗作有创作上的触发作用，但这一类诗作的形成原因绝不是简单依靠一两件事便可促成的。他们是诸多因素触动李商隐心灵之后形成的形而上的思绪情感提炼。

中国古代诗歌一直有着抒情言志的传统，这一定向思维决定了其背后所抒之情与所言之志的重要性。中国古代历代读者和评论家解读诗歌、考证诗歌方法的本事和探索诗歌背后的“情”与“志”常用的方法便是“知人论世”与“以意逆志”，但李商隐的无题诗与中国古代其他诗人的诗歌有很大的不同。日本学者川合康三在《中国的恋歌——从〈诗经〉到李商隐》中说“他把男女情爱当作主题的旧的类型之外，创造了他个人的语言世界”，并且“拒绝被简单地理解”。台湾学者林美清说李商隐的无题诗“因其无题却使想象得到解放之机”，“在能舍喜舍的自我流放里得到逍遥真义”，从而“得到自由诠释生命之自在的契机”（《想象的边疆——论李商隐诗中的否定词》）。李商隐的无题诗，所指之事近乎抽象，他要传达的是一种心理感受和心灵怅惘。这种心灵境界是在复杂的人生经历的基础上，加以概括提炼，或片段虚化、抽象而成的。所以说，无题诗所传达的并不是某一件具体的事物，而是多种事物混在一起的复杂情绪。因这种复杂的情绪带有抽象性特征，故此往往具有普遍性，更容易与读者之间达成共鸣。在过去的一段相当长的时间内，清代以来的“寄托说”（含“君臣寄托说”和“托寓令狐说”）一直是李商隐无题诗阐释或研究的焦点。可以说，整个清代对李商隐无题诗的解读，大都没有逃出“寄托说”的藩篱。20世纪以来，虽然学界已经开始把李商隐的无题诗单纯当成爱情诗来看待，但由于传统文化观念的影响，时至今日对于李商隐无题诗的寄托问题依然存在着诸多分歧。20世纪末，作家王蒙发表了一系列李商隐研究的文章，其中就有《通境与通情——也谈李商隐的〈无题〉七律》，21世纪初，刘学锴《李商隐诗歌研究》中又提出“分歧与通融”的观点。在此前提下，对李商隐无题诗解读的主题已经从“寄托说”转变成如何实现“通境”“通情”“通融”等解读观念。

关于“无题诗”寄托什么的问题，历代文学批评家争论不休。明代杨基《无题和李义山商隐》中说道：“李义山（无题）诗……皆托于臣不忘君之义，而深惜乎才之不遇也。”这种说法可说是“无题诗”研究中寄托说的滥觞，对后代有深远影响。明谢榛、明末清初钱谦益、清冯浩都延承了此说，谢榛《四溟诗话卷三》评李商隐无题诗说：“李商隐作《无题》诗五首，格新意杂，托寓不一，难以命题，故曰‘无题’”。钱谦益《（释道源）注李义山诗集序》中说无题诗：“婉娈托寄，隐谜连比”；冯浩《玉谿生诗笺注》中将此说法进一步细说：“自来解无题诸诗者，或谓其皆属寓言，或谓其尽赋本事，各有偏见，互持莫决。余细读全集，乃知实有寄托者多，直作艳情者少。夹杂不分，令人迷乱耳。”另有清人屈复作《玉谿生诗意》曰：“凡诗无自序，后之读者，但就诗论诗而已，其寄托或在君臣朋友夫妇昆弟间，或实有其事，俱不可知……若必强牵其人其事以解之，作者固未尝语人，解者其谁曾起九原而问之哉?”《玉谿生诗意·凡例》中又说：“凡诗有所寄托，有可知者，不可知者。如‘日月霜里斗婵娟’‘终遗君王怒偃师’诸篇，寄托明白，且属泛论，此可知者。若《锦瑟》《无题》《玉山》诸篇，皆男女慕悦之词，知其有寄托而已，若必求其何事何人以实之则矣。今但就诗论诗，不敢附会牵扯。”此说法较前人而言相对中肯，比较符合李商隐“无题诗”的创作实际。当代刘学锴、余恕诚二位学者认为，李商隐“无题诗”一部分“寄托的痕迹比较明显，寄意也比较清楚”，另一部分“寄托的痕迹似有似无，多数和纯粹的爱情诗非常相似”，也有“明显是艳情冶游之作”。以上各家评论都认为李商隐“无题诗”运用了“兴寄”手法，并具有深刻含义，而这个含义到底是指向什么呢？没有定论或争论不休。我们不妨从李商隐诗歌“兴寄”特征入手，找出“无题诗”深涩难解的原因，同时也可以探察“兴寄”手法至晚唐时在诗歌实践中的变化发展。李商隐“无题诗”之所以寄托难解，其实是因为诗歌的多义性，也最能体现诗人“沉博绝丽”“深情绵渺”之诗风。

历代以来，《锦瑟》都被举为“无题诗”多义难解之最，“锦瑟无端五十弦，一弦一柱思华年”。“无题诗”抒发诗人“无端”之情感，而情感中包裹着太多复杂甚至莫名惆怅的心理因素，连诗人自己都无法准确地描摹和形状，因而难以确立一个寄托的中心思想，进而名为“无题”。这些发于“无端”的情感，并不是真的没有来由，它是诗人后天所处政治社会环境和个人先天性格特征共同作用的结果，并潜移默化地成为诗人自觉的情感表现，每每出现在诗人的“无题诗”中，久而久之便成了一种无意识的不自觉、不自知，给人以难以捉摸的错觉。李商隐的诗歌注重主观情感及心灵世界的表现，艺术思维模式深受“诗缘情”说的影响。诗人在《献相国京兆公启》文中说道：“人禀五行之秀，备七情之动，必有咏叹以通性灵。故阴惨阳舒，其途不一；安乐哀思，厥源数千。”这种发于“无端”的情感，完全体现了诗人自身的审美体验，有时并没有特别的政治内涵所指，非一般意义上传统诗教中的“比兴”“寄托”。而世人非要用美刺讽喻寄托去附会其义，所以造成了李商隐“无题诗”千年多义性的争辩不休。同时，这种“无端”没有起点、没有终点可寻，暗含着“言有尽意无穷”的审美意味。诗人最私密、细腻、微妙的个人情感，通过有所寄托的“无题”反映、折射出来，诗中诗人所经历的是个人审美体验，以及对审美世界的个体观照。这种审美意境是具有独特性和主观性的，往往在可解与不可解之间呈现出朦胧美。

需要指出的是，“无题诗”所“兴寄”的诗人个人情感是复杂的，其中并没有排除也时刻渗透着儒家诗教的理性观念和道德内涵。李商隐身处的政治环境与人际关系，特别是陷于党争，成为党争的牺牲品所必然导致的自我反省是完全存在的。所以在“兴寄”手法中表现出来的是“壮美”和“幽美”的此消彼长。一般认为李诗的审美趣味倾向于“幽美”，这样更容易体现诗人细微的感情体验，所以诗人选择“比兴”的物象或“寄托”的物象时，总是从小的花草鱼虫入手。但是这些微不足道的物象在诗人笔下往往超出了个体自身所承载的价值，这种情感的体验明显带着儒家道德伦理规范和深刻的社会内涵。也就是说，诗人的个性情感中同时附着儒家诗教的审美判断。李商隐原本具有“欲回天地”的中兴之志，只因“凤巢西隔”，得不到朝廷的重用，无从施展他的抱负和才略。这并不是李商隐个人的命运不济，而是整个时代环境所造成的。“安史之乱”后，文人们都感到回天乏力，进而纷纷钻入艺术天地中，所以中晚唐时期盛行文学至上主义。在这个艺术天地中，诗人对传统诗教的“美”产生了怀疑，所以他的“无题诗”迷茫和难以捉摸的自我意识、个人情感体验越来越强烈。

《无题》之所以为《无题》，本身就包含着不可捉摸的朦胧美，诗人在可知和未可知之间徘徊，始终没有给出这十四首诗歌的题名。世人都说它有所寄托，但始终没能明白它寄托的是什么，即便是诗人本人也未必能说得清楚。这代表着诗人审美观念的转变，就是对诗歌多义性朦胧美的追求，也就是对“纯粹”诗歌艺术的追求，这些“无题诗”都是作者的艺术思维指导下的作品。梁启超先生在《中国韵文里所表现的情感》一文中说：“义山的《锦瑟》《碧城》《圣女祠》等诗，讲的什么事，我理会不着……但我觉得它美，读起来令我精神上得到一种新鲜的愉快。须知美是多方面的，美是含有神秘性的。我们若还承认美的价值，对于此种文字，便不容轻轻抹煞。”这些“无题诗”运用“比兴”表现手法构成的美感，营造了情思缥缈朦胧的意境。以《无题》为代表的中晚唐的一批诗人，将兴寄诗的寄托内容，从宏观的社会层面，拓展到了微观的心灵世界，诗歌中渗透和弥漫着一种强烈的自我意识，主观化创作倾向使兴寄理论内涵从偏重诗教观念、现实价值转向个人审美观照，并出现此消彼长的变化趋势。

李商隐的“比兴寄托”艺术手法源自屈原的香草美人喻，历代诗家在评论李商隐诗歌时往往也是评价“比兴寄托”艺术手法居多。如清代林昌彝《射鹰楼诗话》“诗外有诗，寓意深而托兴远。其隐奥幽艳，于诗家别开一洞天”；陆昆曾《李义山诗解·凡例》“诗自六朝以来，多工赋体，义山犹存比兴”。“无题诗”大量使用“比兴”手法，如比喻、拟人、想象、联想、意象象征等，婉转曲折，含蓄微妙，意境浓厚深远。由于过于讲求“比兴”，“无题诗”的理解难度增加，但从某种意义上说也成就了其“沉博绝丽”“深情绵渺”的诗风。李商隐的“比兴”手法具有强烈的主观色彩，是个人的情感体验，烙上了诗人个性化的印记，代表其独特的审美追求。正因为这种个性化，陈伯海先生说：“诗人（李商隐）创造了一种新的比兴形式，是通过诗歌的艺术形象来概括传达某些微妙而不易明言的人生体验和内心情绪。”诗人“比兴”手法具有婉讽曲言、感情深沉、比托深微之妙，营造了含蓄委婉的意境。

李商隐对“比兴”手法的开拓在于意象象征艺术，十四首“无题诗”几乎每一首都有意象象征。由于诗人复杂的心理结构、主观审美体验的影响，“无题诗”意象呈现高度的个性化和朦胧化特征。诗人在选取喻象的时候并不是从喻体本身的客观特征出发，而是将主观感受主动赋予外在物象。换言之，诗歌意象并非取自外部世界，而是源于诗人内心，可以说这些物象被完全李商隐化了。比如说“无题诗”中的诸多女性形象，有“八岁偷照镜”“照梁初有情”“凤尾香罗”“何处哀筝”等，作者以女主人公自喻，借人物形象寄托某种情志，这些形象成为特殊的人物意象。李商隐“无题诗”多写待嫁女子，“八岁偷照镜”中未嫁怀春的少女，还有长夜无眠的待嫁的“重帏深下”的“小姑”，有无媒不售的“东家老女”。在以往的思妇诗中多见已婚女性形象，而如诗人般多写待字闺中女子的较少。这些艺术形象在“无题诗”中反复出现，耐人寻味。诗中所表现的人物情感，也不同于一般思妇诗的离情别绪，而是着重揭示内心感情的失落，以及失望中仍不放弃追求的执着。还有以人物形象象征诗人完美人格和人生理想的，如“来是空言”“飒飒东风”，诗人将恋爱对象神仙化和富贵化，深深地打上李商隐完美化、理想化的人格烙印。有“来无定所”“去无踪”的仙人萼绿华，有富贵逼人的“贾氏”“宓妃”。其所塑造的人物形象都蒙上了一层神秘色彩，似乎与现实生活的人物无关，但实际是诗人通过这种非现实的完美形象，抒发他对理想人生的深挚追求，有意营造诗歌意蕴深藏、委婉深润的艺术境界。

李商隐《无题》意象象征的另一特征是朦胧化，喻象本体极为隐蔽、模糊，象征体与本体之间又存在明显距离感，表面看来风马牛不相及，但实际更能激发读者丰富的联想与想象，引发言尽而意有余的审美意味。以《无题》（锦瑟）为例，表面看来，诗中的锦瑟与庄生梦蝶、望帝思蜀、珠泪、玉烟是没有任何逻辑联系的象征体，但其中包含了庄生梦蝶、望帝啼鹃、鲛人泣珠和蓝田玉烟四个典故。前三个典故在古典诗歌中都是常见的，但在不同的语境中，它们的意义又是极不稳定的。比如庄周梦蝶可能表现人生如梦、世事变幻无常，又可以解释为自足自在的人生境界；蜀王望帝杜宇死后化为杜鹃的典故，既可以表现思妇之悲哀，也可用来感叹斯人逝去；鲛人泣珠的典故可以用来吟咏珍珠珍贵，也可以表达沧海遗珠之恨。喻体本身的多义性，以及喻体与本体之间存在的明显差异使得后世对这两联歧解纷纭，莫衷一是。四个典故形成耐人寻味的意象组合，但将四个意象组合在一起的不是逻辑关系上的必然联系，而是诗人表达的感伤惆怅情绪。诗一开头就用“无端”和“思华年”烘托出感伤、怀旧的情绪氛围，在连用四个典故之后，又以“此情可待成追忆，只是当时已惘然”作结，与开头相照应，使得这几个典故都集中于“思华年”这一意义焦点之上。连接其间的四个典故便是诗人设置的意象“通道”，暗示出上述典故都是自己种种情感的象征。

李商隐诗中用于暗示的意象非常丰富，既有现实的，也有虚构的，诗人往往通过自然景物的意象和氛围构成象征世界，暗示作者的思想和情绪，充满了隐喻意味的象征和朦胧感伤的色彩，从而使他的诗托兴更加深幽，意境也更为空灵。

总体来说，李商隐无题诗具有极大的跳跃性和抽象性，这种跳跃性和抽象性直接导致了李商隐诗歌的难解与难懂。无题诗作的主人公多以女性为主，因此诗歌的寄托也是围绕女性形象展开的。在以往研究中，无题诗是否有所寄托是研究者关注的焦点，这与诗歌本身朦胧绮靡的艺术特征相关，还与古代诗歌中常以男女寓仕途或以男女隐喻政治的背景有关。李商隐无题诗是否也隐含这种深层的传统文化心理，在缺乏可信的材料之前，我们也不得不将无题诗与此种心理联系在一起。可以肯定的是，李商隐无题诗所抒发的是一种感情化的情绪，其中以女性的情感为基础，充满了感伤底蕴、忧虑怨愤、抑郁悲愤和悲伤慨叹，多层含义的最基本的诱因是李商隐本人细腻、复杂、委婉、多情的极具个性的性格特征，也与其自身和家族的经历以及所处的社会环境密切关联。这些也为其无题诗创作及其隐喻朦胧风格的形成起到了广泛的背景和前提作用。

《到秋》与《梦令狐学士》：守到清秋还寂寞

到秋

扇风淅沥簟流离，万里南云滞所思。
守到清秋还寂寞，叶丹苔碧闭门时。

梦令狐学士

山驿荒凉白竹扉，残灯向晓梦清晖。
右银台路雪三尺，凤诏裁成当直归。

“悲哉！秋之为气也。萧瑟兮，草木摇落而变衰。”（《楚辞·九辩》）自兰台宋玉赋《九辩》以来，悲秋便成为中国文人表达惆怅、离别、感伤、悲苦、怅惘的颓废消极的情结。“萧瑟兮，草木摇落而变衰。憀栗兮若在远行，登山临水兮送将归。”（潘岳《秋兴赋》）山川草木的变化被文人挪用在个人悲惨命运上，秋景秋物、秋声秋色、秋山秋水等一切都被赋予了生命的意义和情感的寄托。“凉风动万里，群盗尚纵横。家远传书日，秋来为客情。”（杜甫

《悲秋》）“万里悲秋常作客，百年多病独登台。”（杜甫《登高》）这是萧瑟的客在他乡的秋，有遥远的深望也有情感的寄托。“自古逢秋悲寂寥，我言秋日胜春朝。”（刘禹锡《秋词》）“霜威出塞早，云色渡河秋。”（李白《太原早秋》）“秋风吹不尽，总是玉关情。”（李白《子夜吴歌·秋歌》）这是地域时序带来的早秋和言在此而意在彼的秋，本是写秋情，实是为良人罢远征而写。“何处秋风至？萧萧送雁群。”（刘禹锡《秋风引》）这是不屈不挠的贬谪之客眼里的秋，有别具一格的乐观视角和作为贬客的孤单无奈。

杜牧写秋天《山行》，没有悲伤别离，没有颓废失望，却是另一番幽深美好。其中说：“远上寒山石径斜，白云深处有人家。停车坐爱枫林晚，霜叶红于二月花。”字里行间洋溢着勃勃生机与希望，最后一句与春光争艳，倒显得秋天的可爱与美好。当然，《秋夕》中所说的“天阶夜色凉如水，卧看牵牛织女星”，《秋日偶题》中讲的“荷花兼柳叶，彼此不胜秋”也是一种孤单寂寞与离愁。大概千古以来，秋天还是那个秋天，书写秋天的人换了一茬又一茬，却也离不开这些思绪。与杜牧齐名并称的李商隐，向以诗歌凄美朦胧著称，他写秋日又是怎样的呢？

大中元年（847），三十五岁的李商隐接受桂州刺史郑亚的邀请，前往桂林任职。中晚唐的朋党之争此起彼伏，你方唱罢我登场，李商隐本以为这次党争仅是一时之争，大概李德裕、郑亚等人会在不久后重新返回政治舞台的中央。当然李商隐也是充分肯定李德裕一党的执政策略的，认为他们在元和年间穆宗时期、会昌年间武宗时期提出的政治举措，如“西拒吐蕃，南平蛮、蜒”，平叛边境大肆抢掠的回纥、抢回和亲的公主等这些是有利于国家和皇帝的。但无奈，李宗闵为首的“牛党”并不放过李德裕，加上唐宣宗素来不喜欢李德裕，因此，宣宗即位后，次日便免去李德裕宰相之职，将他外放到京南节度使，加授检校司徒、同平章事。同年（会昌六年，846）九月，李德裕又被免去同平章事的职衔，贬为东都留守、东畿汝都防御使。接着，大中元年（847），白敏中等指使党羽李咸，检举李德裕辅政时的过失。李德裕因此被贬为太子少保，分司东都事务。接着又被诬陷再次被贬。最后一次是大中二年被贬至潮州司马，到达潮州后，又贬崖州司户参军。李商隐大概是李德裕第一次被贬后随郑亚远赴桂林，但随着李德裕再次被贬潮州，郑亚也从桂州被贬至循州做刺史，他本人自身难保，当然无法再安置李商隐，李商隐再次失去工作，便在大中二年郑亚被贬循州刺史之时离开桂林北上回京。

这首《到秋》便是写在回京的途中。

从字面意思来看，这首诗似乎是一首怀人思虑之诗，但是一句“守到清秋还寂寞”让这首诗不再是简单的一首悲秋诗。《到秋》这个诗题清晰地传递了这首诗的写作时间。时间快要进入秋季，李商隐一边期盼暑热赶紧消退，一边给在京城的家人写信，打算回家先休整一下再出去谋职。这首诗就创作于这一时期，“到秋”二字，即指诗人盼望着秋天来临消退酷暑的急切心情，更有期待与妻儿团聚的迫切感。

“扇风淅沥簟流离”，首句交代时节特征。扇子和竹席是夏天寻常人家必备的物件，不必非常精致，但居家过日子却不可缺少。但想想诗人此时随郑亚南去桂馆，实是流寓异乡，身上所带东西定不像在家一样样样齐备，一切都是怎么简单怎么来，或许像《樊南甲集序》中说的那样，很多书籍一定是随身携带的，但扇子和竹席这些日用品可能都是临时购置。“淅沥”，唐代乔知之《定情篇》有“碧荣始芬敷，黄叶已淅沥”，《红楼梦》第四五回“（黛玉）又听见窗外竹梢蕉叶之上，雨声淅沥，清寒透幕，不觉又滴下泪来”都是指轻微的风雨声、落叶声，这里形容摇动扇子时轻微的声音。“流离”，这里描述的是竹簟光滑的模样，如阮籍《鸠赋》“终飘摇以流离，伤弱子之悼栗”。杜甫《西阁曝日》诗亦云：“流离木杪猿，翩跹山巅鹤。”“流离”最早指因灾荒战乱流转离散，所谓“况乃逢世乱，流离客他乡”（清方文《秋浦感怀呈刘伯宗》）说的就是这种乱世流转离散。李商隐这里的“流离”已是衍生义。细想诗人独自一人住在客舍里，白天因为夏天的余热未散天气依然炎热，尤其是李商隐此时身在桂林，桂林偏于西南，虽然立秋后天气会稍微转凉，但真正意义上的秋天还没有到来，可想而知，白天的热还没散去，夜晚屋子里因通风不畅，依然会非常闷热。既然这里提到了扇子和竹席，说明天气依然很热。想象一下，稍微闷热的天气里，诗人躺在凉席上，手里摇着蒲扇，心里想着很多事情，关于妻子、儿女，以及眼前身处荒蛮之地的处境，这些或许越想越心里起燥吧。这就为下一句做好了充分的心理准备。

第二句由上面的扇子与竹席等具象描写转为心情的描述，作者思绪万千，正所谓“万里南云滞所思”。桂林与长安（今西安）相距遥远，晚唐时既无先进的交通工具，又经常动荡不安，要想回到京城绝非易事。“万里”二字，极写出空间距离，古人没有具体的空间距离的计算，用“万里”就是指极远，苏轼《定风波·南海归赠王定国侍人寓娘》中就有“万里归来颜愈少”，说的是侍人寓娘从海南那个万里之远的地方归来本应是沧桑憔悴的模样，却不想愈发显得年轻了。李商隐用“万里”与“到秋”的题目内隐的含义相切，都是在影射思绪更多。接着一个“滞”字，展现的不仅是青山阻隔视线、云雾迟滞思维的状况，更是内心有万般思绪堵塞之意。清代冯浩在《玉谿生诗集笺注》中说到此诗云：“所思在南云，非身在南云，解作‘桂馆’者误也。此楚游时，其人已去，而义山犹守客舍，时亦将归矣。”他这里将李商隐滞留桂馆说成是从楚之游，是否可信还要再做商榷。所以，刘学锴、余恕诚《李商隐诗歌集解》中评冯浩此种解释时说：“冯氏既云‘所思在南云，非身在南云’（按此解是），又谓‘义山犹守客舍’‘楚游将归’，何矛盾至此！”这其中有作为解诗者和作者本人的两层理解，到底是思念“南云”，还是在“身在南云”而因空间的阻塞隔断了思念？义山此时“思”者为何呢？

李商隐大概是大中元年（847）的春夏之交跟随郑亚去

的桂林，诗人在桂林大概生活了三个月，他本想不负郑亚的期望，努力工作，争取建功立业，以求仕进之路得到转机。可是事与愿违，郑亚自己大概也没有料到李宗闵一党会赶尽杀绝，看惯了两党相争的几十年里，你方唱罢我登场，本以为只是一次简单的摔倒，谁想到此次失利后再也找不到机会反击。当然，我们是站在同情李商隐的立场上来看这次党争事件，我们甚至也隔着时光同情了李德裕和郑亚，其实作为任何一个执政党来说，在当时的环境下一定会选择有利于自己的立场行事。李德裕被贬潮州后，便昭示着此事再也无法卷土重来。而作为李商隐个人来说，这次鲜明地站队虽然是主动选择，却缺乏了敏锐的政治态势发展的准确判断能力。因此，三个月过去，还未等到自己熟悉桂林当地的风俗人情，就不得不因李德裕一党的彻底倒台而被迫返回长安，不得不写信告诉家人，自己不幸遭遇了如此难堪的结局。总结以上两句来看，诚如徐德泓所言："上二句，夏意也。言簟者，本江文通赋中'夏簟青兮书不尽暮'语耳。南云，亦为夏云。故第三句直接，今日望明日，来年思去年，同此一叹。""南云"，南飞之云，陆机《思亲赋》有云："指南云以寄欸，望归风而效诚。""南云"常被冠以寄托思亲、怀乡之情。从整首诗的情绪来看，解作思亲、怀乡似乎更为确切。正是在这种思亲的情感基调下，接下来的一句正应了徐德泓说的"今日望明日，来年思去年"传递的绵绵不断的情绪波澜。

第三句直接点题，"守到清秋还寂寞"，这里的"守到清秋”与“到秋”恰如纪昀评此诗所说的那样：“‘到’字好，以前有多少话在。不言愁而愁自见，住得恰好。”这一句道出了作者多少无奈之情，这句直译便是：诗人虽孑然一身，倍感孤寂，但是他依然耐着性子坚守，希望自己可以得到更多的机会。这种说法也是有可能的，李商隐离开长安随郑亚远赴桂林，从来没有想到会那么快就要做折返的打算。因为在李商隐看来，李德裕一党虽然一时敌不过李宗闵党，但李德裕中兴时期的一些举措是深得李商隐崇尚的。原本以为能够得到郑亚的欣赏，或许也可以大展宏图，待到“李党”东山再起时，或许又是另一番风景。可惜此时郑亚已自顾不暇，原以为主仆相知或许也能够抵挡住政治的风波和桂林的阴风冷雨，但此时郑亚心里想的是如何活下去，哪里会关心李商隐的生活和工作，这里说“守到清秋”已是十分寂寥无奈之事，一个“还”字加剧了这份寂寞，在寂寞的基础上又累加上更深的寂寞，这是时光蹉跎、光阴不再的慨叹，正所谓“今日望明日，来年思去年”是也。有家想回却又觉得事业上没有丝毫起色，还白白蹉跎了大好光阴，这本身就是一发不可收拾的愁苦，所以有“归心不遂，到秋则一发不堪矣”的说法。

结句更耐人寻味，“叶丹苔碧闭门时”，“叶丹”与“苔碧”形成多么醒目的对比，是颜色上的对比，更是门可罗雀和人前冷落的现实对比。枫叶已经被秋风染红，但由于门前冷落鞍马稀，那些苔藓无人踩踏，却显得更加青碧。屈复评此句说：“当长夏相思，意到秋时必能相见；今叶丹苔碧，而闭门寂寞，何以为情乎?”诗人无所事事又心事重重，每天闭门不出，心里更加怀念远方的亲人了。

纵览李商隐的这首绝句，作者流寓异乡，盼望秋凉，只用寥寥数语就抒写了一首蕴含丰富的佳作，值得后世细细品味。刘学锴、余恕诚《李商隐诗歌集解》中说：“‘到秋’者，自夏到秋也。所思者滞留南方，迟迟未归，故云‘万里南云滞所思’。”作者由盛夏写到凉秋，时间跨度虽然不大，但是义山却好像度日如年，每天在希望中开始又在失意中结束，诗人逐渐感到心灰意冷，以至于干脆大门紧闭。刘、余二先生建议将本诗与《端居》参读，会另有一番风味。

《端居》诗云：

远书归梦两悠悠，只有空床敌素秋。
阶下青苔与红树，雨中寥落月中愁。

这两首对照来读，其中之思亲、怀乡之情更切。刘学锴、余恕诚《李商隐诗歌集解》中说：“南北相隔，彼此相思，情景略似，故一则云‘只有空床敌素秋’，一则云‘守到清秋还寂寞’；一则云‘阶下青苔与红树，雨中寥落月中愁’，一则曰‘叶丹苔碧闭门时’。”全文围绕“到秋”二字，既有强烈的期盼，又有无尽的惆怅。作者虽然不着一个“愁”字，读者却能想象出诗人一定是愁绪满怀，更是归心似箭。

在另一首《梦令狐学士》中，诗意本不是写秋，但诗中透露出深秋的冷却不言自表。诗的白话译文大致如下：

山中的驿站十分荒凉，用白竹制作的大门里面冷冷清清，看不到一个人影。即将燃尽的灯火一直照到天快亮了，睡梦中仿佛梦到天亮时清晨的阳光。通向右银台的道路，大雪有三尺厚，待皇上圣旨下诏裁定，令狐学士完成值班的任务才能回来。

《旧唐书·令狐绹传》有云："（大中）二年，召拜考功郎中，寻知制诰。其年召入充翰林学士。"《翰苑群书·重修承旨学士壁记》中载："绹大中二年二月十日自考功郎中知制诰充。"此诗作于大中二年（848）深秋，李商隐当时正从桂林返回长安途中。在对这首诗进行阐释前，还是要追溯一下大中元年的朝廷罢免。

大中元年，宰相李德裕以太子少保分司东都，被朝廷罢免了一切职务。曾被李德裕重用的几个人也都纷纷被贬，郑亚便是其中之一。郑亚与李德裕属于同一阵营，随着李德裕的罢相，郑亚很快失势，二月，郑亚被免去给事中职务，改任桂州刺史兼桂馆防御、观察等使。郑亚在接到任命后，很快向当时在秘书省担任校书郎的李商隐发出了邀请，希望他加盟幕府，给他的职务是观察支使、掌书记。

郑亚是荥阳人，可以算是李商隐的同乡前辈，也许他既是出于同乡之谊，又早知李商隐文名，出于欣赏其才华，又或者他了解李商隐在秘书省干得并不痛快，不见得多么留恋校书郎的职位。郑亚估计得没有错，三十五岁的诗人李商隐果真同意辞去秘书省校书郎的职务，接受桂州刺史郑亚的邀请，前往桂林任职。然而，时不我与，大中元年九月，已经离开相位、在洛阳待罪的李德裕又被告了一状。于是，李德裕再次被贬为潮州司马，李回被削去光禄大夫、检校吏部尚书、同平章事的头衔，由剑南节度使责授湖南观察使，郑亚由桂馆观察使贬为循州刺史。

这首《梦令狐学士》便是李商隐在郑亚被贬循州刺史后从桂林返回长安的路途中写的。羁旅孤寂、寒夜难眠，诗人不禁回想起很多往事，梦中更回到了青年时代，这里的“令狐学士”便是“大中二年二月二十日自考功郎中知制诰充”（《翰苑群书·重修承旨学士壁记》）的令狐绹。李商隐参加科考前曾在令狐楚府中与令狐绹兄弟二人生活了近十年的美好时光。李商隐十六岁进令狐府中做门客，以其出色的才华被令狐楚器重，在令狐府中的日子也是李商隐与令狐父子情深谊长的日子。令狐绹比李商隐大十三岁，对待李商隐自然是温厚有加的。这十年里，李商隐与令狐绹一起花下饮酒、雪夜吟诗，既是伴读，亦如兄弟。李商隐曾在《与陶进士书》中回忆自己参加科考的经历时说道：“时独令狐补阙最相厚，岁岁为写出旧文纳贡院。既得引试，会故人夏口主举人，时素重令狐贤明，一日见之于朝，揖曰：‘八郎之交谁最善?’绹直进曰‘李商隐’者，三道而道，亦不为荐讬之辞，故夏口与及第。”文中回忆开成二年的进士及第之事，当时令狐绹为左补阙。李商隐用“时独令狐补阙最相厚”，“独”与“最”体现出二人交情深厚。这里提到的“写出旧文纳贡院”就是纳省卷，是礼部对应试举子之规定，纳省卷通常在考试前一年冬天，亦有在考试当年正、二月者。“夏口”指现任鄂岳观察使高锴。《旧唐书·高锴传》曰：“大和七年，迁中书舍人。九年十月，以本官权知礼部贡举。开成元年，为礼部侍郎。凡掌贡部三年，每岁登第四十人。”开成二年正是高锴主持科举考试。“八郎”便是令狐绹了，令狐绹在家行八，李商隐《令狐八拾遗见招送裴十四归华州》中也用了行八的说法。从这段话不难看出，在李商隐参加科举考试的这些年里，令狐楚父子在精神和物质上给予李商隐无限关怀，利用积攒多年的人脉为李商隐科举考试铺路。

“山驿荒凉白竹扉”，诗歌开篇提到“山驿”交代了地点，“荒凉”说明了诗人所处的环境，荒山野岭、一片冷清，独居驿站、竹扉半掩，说明从桂林返回的路上一派荒凉，就连山上的驿站都因为过客稀少、商旅罕至而显得荒凉无比。正是这荒凉之地的小梦，让李商隐梦见了令狐绹。与此时的荒蛮凄凉相比，令狐绹彼时带给李商隐的情谊恰好形成了鲜明对比。台湾学者欧丽娟在《李商隐诗歌》的前言中曾评价李商隐说道：“他可以说是一位弱者，出于感伤的性格、脆弱的心灵、纤细的情感，处世之际往往过度夸大周遭世界的威势与压迫，以致产生浓厚的受虐意识而充满极度的自怜情绪。”这个极其主观的评价，却也极其符合李商隐的性格特点。可以想象一下李商隐从桂林归返长安途中的心境，当初毫不犹豫为李德裕一党鸣不平、强力支持“李党”的李商隐，在李德裕一党一贬再贬的现实面前，他对自己在政治面前的不敏感和判断失误产生了怀疑，甚至是否定。此刻的荒凉更加重了这种心境，奥地利心理学家阿德勒说过：幸福的人用童年治愈一生，不幸的人用一生治愈童年。李商隐幼时随父迁往浙东，又因父去世万里迁回河南老家，孤儿寡母的幼年伤痛让他的心理产生了无法填补的空缺，像王蒙先生《说无端》一文中所说的那样，他的伤是一种病态的伤。此时此刻，幼年时“四海无可归之地，九州无可依之亲”（《祭裴氏姊文》）的伤感和痛楚又一次袭来，此时的荒山野岭秋风凄冷，恰好是李商隐脆弱心境的写照。李商隐和令狐绹青年时期虽有过一段交情，但他们之间的交谊，原非建立在进步的思想基础上，也没有共同的政治理想和抱负，其后的失和也并不是因为彼此产生了进步和落后的思想矛盾。《新唐书》《旧唐书》所说的“牛、李党人蚩谪商隐，以为诡薄无行，共排笮之”“商隐背恩，尤恶其无行”等说法，似有恨李商隐背恩弃义之感，很多人说李商隐先有意攀附权贵（王茂元），但史料中并没有王茂元随属“李党”一说，失势后仍妄想与对方（令狐绹）言归于好，所以一旦梦想破灭，必然非常痛苦。“荒凉”二字，既抒写了环境的荒芜，更传达出诗人内心的凄凉。“荒凉”二字与后面的“残灯”相对，既是现状的表露，也是对自己所处时局的感慨。与李商隐另一首《宿骆氏亭寄怀崔雍崔衮》一句对应来读，似乎秋意耿明。一则曰“山驿荒凉白竹扉”，一则曰“秋阴不散霜飞晚”；一则曰“残灯向晓梦清晖”，一则曰“留得枯荷听雨声”。

按照史书所说，令狐绹肯定是没有给予桂馆归返、失意清冷的李商隐像往日一起读书时的温暖，世人对李商隐的诟病和痛恨并非令狐绹的本意，也有可能是令狐绹阵营中嫉妒李商隐才华的人故意排挤，才使得二人情感的破裂加剧。另一方面，令狐绹与李商隐有过十年的共处时光，对于李商隐的政治才能，令狐绹是十分了解的，宁折不弯的性格、脆弱的心灵、动不动挂靴走人的行事风范，李商隐缺乏政治的敏感和身处晚唐乱离社会的隐忍，或许才是令狐绹为巩固自己单薄的家族体系所顾忌的。

“残灯向晓梦清晖”，昏暗的灯光在黎明时分逐渐消散，如同清晨明亮的阳光洒在梦中一般。白天尚且看不到几个人影，满眼的荒凉寂静，夜晚的孤独可想而知。这里，李商隐用“残灯”来形容更加荒凉寂静甚至肃杀的夜晚。常人一般说“孤灯”，已经尽显孤独寂寞冷了，李商隐的孤独寂寞、失落、失望以及痛苦似乎比常人还要更厉害，他没有使用“孤”字，仅一个“残”字就体现了他的全部心境。史书记载，李商隐归返途中，其妻王氏因病去世，政途的失意加上归家途中得知妻子病逝的消息，想来这里用“残”字也有对妻子的纪念吧。元稹《闻乐天降江州司马》第一句说“残灯无焰影幢幢，此夕闻君谪九江”，这里的“残灯”是说夜深的时候灯油燃尽，昏黄的火苗做最后的挣扎，摇曳的灯影照在墙上，室内显得格外阴沉幽寂。此时，元稹已被贬通州，心情可想而知，此时又听闻好友白居易被贬九江的消息，此中思绪无可言表。“残灯”本是伤心之物，在李商隐的诗歌里多次被用，如大和九年（835）所作的《滞雨》中写道："滞雨长安夜，残灯独客愁。"这首诗写在《到秋》与《梦令狐学士》之前，大概在崔戎去世后，李商隐回京凭吊、滞留长安时所写，所以诗的开篇不说"夜雨滞长安"，而写作"滞雨长安夜"，既写了雨下得时间长，又体现了夜的漫长，还体现了作者滞留长安的心情。"残灯"这种意象在李商隐的诗歌创作中，不代表某个特定的时间才写出如此悲凉的意象，而是强烈的内在不安全积累和心理建设的不强大造成的。

想象一下，李商隐在荒凉的山间驿站里，一夜辗转难眠，"残灯向晓梦清晖"，即将燃尽的灯火，一直照到天明，睡梦中却见到了清晨的阳光。李商隐躺在床上思来想去，这一路走来，不仅蹉跎了岁月，而且也连累了妻儿。诗人怨恨自己没有能力让她们过上幸福快乐的生活，反而一直为自己担惊受怕。而今恩师早已撒手人寰，令狐公子却对自己极其冷淡，自己的处境就像这盏残灯，如果没有"清晖"指路，今后将更加迷失方向。而令狐绹就像这指路的"清晖"，也是义山寄寓厚望的靠山。可是这样的梦想不仅无法实现，而且还让义山处境更加窘迫。他多次求见对方，却总是吃了闭门羹。诗人知道他怨恨自己背叛了恩师，但谁又能理解义山心中的悲苦呢？所以李商隐后期的许多诗作都是感遇咏怀、自伤身世，更是如诉如泣、凄怆感人。后两句就展现出鲜明的对比："右银台路雪三尺，凤诏裁成当直归。"通向右银台的路上，积雪足有三尺之深；等待皇上圣旨裁定，令狐学士便完成了值班任务，然后就踏雪归来。《旧唐书·职官志》云：“翰林院在右银台门内。常简当代士人，以备检讨。深谋密诏，皆从中出。贞元以后为学士承旨者，多至宰相。”对比首句的“山驿荒凉”，彼此间的境遇真是天壤之别。右银台门位于唐京师长安城大明宫西宫墙中部，是进出大明宫的主要门户之一。李商隐以“右银台”入诗，可以看出其内心对令狐绹踏雪归来经过右银台的羡慕。元稹《杏花》也以“右银台”入诗，其诗云：“常年出入右银台，每怪春光例早回。”这种常年出入大概也似此时李商隐对令狐绹的羡慕，大概心里也在想何时自己也能常年出入右银台吧！

翰林院在右银台门内，令狐绹与右银台的联系，说明令狐绹在天子身边颇受器重。但此时的李商隐却在荒山驿站之中苦捱残生。李商隐为仕进挣扎了一生，始终失意，后又加上丧偶，日益消沉，就逃入空门，不再梦想富贵了。他曾在《与陶进士书》中这样描写自己的一生，“往年爱华山之为山而有三得：始得其卑者朝高者，复得其揭然无附著，而又得其近而能远”。这几句话形象地阐述了义山人生的不同阶段：始欲委屈夤缘，继悟孤立无援，终于疏远名利。

诗人原本以为寒窗苦读，又才华横溢，本该堪当大任，可是一步错步步错，使得他的人生曲折坎坷，甚至在十年的时间内竟然原地踏步。诗人身穿九品青袍，却心想重振家声、光宗耀祖，更希望留名凌烟阁，这既是极大的讽刺，也是令人叹息的悲剧。人单势薄、世态炎凉，让他饱受悲苦，经过一系列打击，诗人终于变得淡泊，但可惜已经人到暮年。不久之后妻子就离开了人世，他的身体也每况愈下，最后孤独地离世。

程梦星评论此诗说："此望绹荐引之作。"（《李义山诗集笺注》）人只有在失意时才会想起故旧或多年不曾联系的好友。李商隐此时从南向北一路入京途中，在失去了郑亚的庇佑后，该去投靠谁，他心中实在是没有主意。而此时的令狐绹已是皇帝身边人，想起当年一起花下饮酒作诗的过往，不管是纪昀所说的"做作之态"，还是程梦星所说的"荐引"之作，都是李商隐的本能反应，为了生存的本能反应。原是同学、旧友、兄弟，如今境遇却有天壤之别：一个在荒山驿馆之中，苦捱余生；一个在天子身边，颇受器重。两相对比，感慨油然而生！

《锦瑟》：情无端，最难解

锦瑟

锦瑟无端五十弦，一弦一柱思华年。
庄生晓梦迷蝴蝶，望帝春心托杜鹃。
沧海月明珠有泪，蓝田日暖玉生烟。
此情可待成追忆，只是当时已惘然。

李商隐及其诗文研究在宋、元、明三代近七百年间备受冷落和鄙视，但到了清代却出现了一个长达二百多年的李商隐研究热潮，研究内容既有对李商隐生平经历和政治归属的考证，又有对其诗文的年系考辨、笺注、解说与评点，还有对其无题诗、锦瑟等作品进行新的诠释，较有代表性的便是对李商隐《锦瑟》诗的理解。

《锦瑟》以其深邃的意象和朦胧的情感，历来为诗家所推崇。这首诗不仅在艺术上达到了极高的境界，而且在思想内涵上也充满了丰富的哲理。仅“无端”一词，就有不同的阐释。清代屈复《玉谿生诗意》中评论此诗说道：“以‘无端’吊动‘思华年’。中四紧承。‘此情’紧收‘可待’

字、‘只是’字，遥应‘无端’字。一，兴也。二，一篇主句。中四皆承‘思华年’。七八总结。诗面与‘无题’同，其意或在君臣朋友间，不可知也。”屈复从情感的角度出发，认为这首诗出于对君臣朋友的友谊之情而作。杜诏在《中晚唐诗叩弹集》中云：“诗以锦瑟起兴，‘无端’二字便有自讶自怜之意，此瑟之弦遂五十邪？瑟之柱如其弦，而人之年已历历如其柱矣。”同样是以“无端”为由阐释这首诗，却是从流年易逝的角度，认为“无端”的“瑟”便如李商隐五十岁转瞬即逝的人生，如同原本二十五弦的瑟变成五十弦一样无端，岁月流逝的讶异带来的猝不及防和这无端的琴声一样让人不解。清代薛雪在《一瓢诗话》中也对“无端”进行了阐释，他说道：“此诗全在起句‘无端’二字，通体妙处，俱从此出。意云：锦瑟一弦一柱，已足令人怅望年华，不知何故有此许多弦柱，令人怅望不尽；全似埋怨锦瑟无端有此弦柱，遂使无端有此怅望。即达若庄生，亦迷晓梦；魂为杜宇，犹托春心。沧海珠光，无非是泪；蓝田玉气，恍若生烟。触此情怀，垂垂追溯，当时种种，尽付惘然。对锦瑟而兴悲，叹无端而感切。如此体会，则诗神诗旨，跃然纸上。”可以看出，薛雪的观点是针对《锦瑟》诗中的典故叠加而展开论述的。仅从“无端”起势，诸家对这首诗的理解就有着各自不同的观点。自宋代开始，对于《锦瑟》诗的关注和理解就很多，到清代李商隐诗文研究鼎盛时期更是层出不穷，清代叶矫然《龙性堂诗话》、陆次云《五朝诗善鸣集》、查慎行《初白庵诗评》、何焯《义门读书记》、周咏棠《唐贤小三昧集续集》、汪师韩《诗学纂闻》、姜炳璋《选玉溪生补说》、黄叔灿《唐诗笺注》、吴瑞荣《唐诗笺要》、沈厚塽《李义山诗集辑评》、吴汝纶《桐城吴先生评点唐诗鼓吹》等都有评述。《锦瑟》诗到底写了什么，需要结合李商隐其人其事来综合考量。就这首诗而言，作者在诗中以典故堆砌的方式营造了一串深邃的意象，让读者感觉走进一片朦胧模糊的情感森林里。

总体而言，诸家对这首诗的阐释不出情感二字，以“悼亡诗”主题的推测最多，所悼何人是诸家推测最多的。宋明两代唐诗评点或诗话中都有关于《锦瑟》所念之人的推测，多为令狐楚家女眷，宋代刘攽《中山诗话》有云：“李商隐有《锦瑟》诗，人莫晓其意，或谓是令狐楚家青衣名也。”明代顾璘《批点唐音》说：“此诗自是闺情，恐不泥在锦瑟耳。”明代胡震亨《唐音癸签》云：“以锦瑟为真瑟者痴。以为令狐楚青衣，以为商隐庄事楚，狎绹，必绹青衣，亦痴。商隐情诗，借诗中两字为题者尽多，不独《锦瑟》。”但是到了清代，又发生一些变化，清代何焯《义门读书记》说：“此悼亡诗也。首特借素女鼓五十弦之瑟而悲，泰帝禁不可止，发端言悲思之情有不可得而止者。次联则悲其遽化为异物。腹联又悲其不能复起之九泉也。曰‘思华年’，曰‘追忆’，旨趣晓然，何事纷纷附会乎?”无独有偶，清代吴瑞荣《唐诗笺要》中也说：“即用黄帝命素女鼓五十弦，悲不自止之意。中四句曲尽情致。”不管是令狐家的女眷，还是黄帝命鼓瑟的素女，都是以“悼亡”主题切入的。当然，更多的是如本篇阐释的一样，以感慨流年易逝为多。李商隐一生经历，有难言之痛，至苦之情，郁结中怀，发为诗句，幽伤要眇，往复低徊，感染于人者至深。他在《送千牛李将军赴阙五十韵》这首送别诗中说：“瘐信生多感，杨朱死有情；弦危中妇瑟，甲冷想夫筝！”筝瑟为曲，常系乎生死哀怨之深情苦意，可想而知。循此以求，所谓锦瑟之诗中如有生离死别之恨，恐怕也不能说是全出臆断。《锦瑟》中，诗人大量借用庄生梦蝶、杜鹃啼血、沧海珠泪、良田生烟等典故，采用比兴手法，运用联想与想象，把听觉的感受转化为视觉形象，以片段意象的组合创造朦胧的境界，从而借助可视可感的诗歌形象来传达其真挚浓烈而又幽约深曲的深思。

诗以《锦瑟》为题，实与“瑟”无关，但他借用了《诗经》以物起兴的手法，以“瑟”起兴，拉开全诗帷幕，借“瑟”隐题，实是无题。但周汝昌认为，这首《锦瑟》虽非咏物诗，但他也非一般的以物起兴诗，更不是借“瑟”起兴而与题目无关的无题诗，因为诗句中描述的情感朦胧绮靡又与“瑟”相关。

“锦瑟无端五十弦”，锦瑟啊，你为何无端地拨弄五十弦？“瑟”，古代一种管弦乐器，形状像琴，最早见于战国。《诗经·周南·关雎》说：“窈窕淑女，琴瑟友之。”《诗经·唐风·山有枢》有云：“子有酒食，何不日鼓瑟。”《礼图》记载：“雅瑟八尺一寸，广一尺八寸，二十三弦，其常用者十九弦。颂瑟七尺二寸，广同二十五弦，尽用。《尔雅·释乐》：大瑟谓之洒。注：长八尺一寸，广一尺八寸，二十七弦。”《锦瑟》诗首句却道“锦瑟无端五十弦”，这显然与史书记载的“瑟”的琴弦数不相符，所以说是“无端”。“瑟”之严肃也，楚辞有秋气萧瑟之说。诗开篇便以一种没有缘由的萧瑟情感说起，如宋代黄朝英《湘素杂记》中记载苏东坡说的一段话：“东坡云：此出《古今乐志》，云：‘锦瑟之为器也，其弦五十，其柱如之，其声也适、怨、清、和。’案李诗，‘庄生晓梦迷蝴蝶’，适也；‘望帝春心托杜鹃’，怨也；‘沧海月明珠有泪’，清也；‘蓝田日暖玉生烟’，和也。一篇之中，曲尽其意。”“适怨清和”是李商隐诗作中常用的四个概念，分别代表不同的情感和意境。“适”指的是适意自得，如“迷蝴蝶”的自由自在；“怨”则表示哀怨，如“托杜鹃”的长期哀怨；“清”象征着清澈明亮，如“珠有泪”的晶莹剔透；“和”则表示和谐美好，如“玉生烟”的朦胧美好。李商隐在《锦瑟》中运用了这四个概念，通过具体的诗句表达了丰富的情感和意境。宋代陈允平《还京乐》中就有“彩鸾去，适怨清和，锦瑟谁共理”的句子，通过彩鸾离去、春光老去等形象，表达了离别之情和时光流逝的无奈。可见，宋人是认同李商隐“适怨清和”的情感表达方式的，所以他们在诗评和词创作中灵活运用了这四个概念，但这是不是李商隐诗作的本意呢？或许又未可知。因为“锦瑟”后面用了“无端”两个字，“无端”就是“无来由的”“平白无故的”，这显然是李商隐在埋怨锦瑟琴弦多。但瑟本身就是有很多琴弦的，并不是平白无故地多出了很多弦。所以，作者的埋怨是无端的，正是这无端的埋怨才使这首诗的主旨让人倍感迷惑。虽然《礼图》记载的“瑟”的弦数与李商隐所说的“五十弦”不相符，但也有记载说古瑟五十弦。李商隐这里用“五十弦”或许并无特殊意义，因其在其他诗作中也常以“五十弦”入诗，如《七月二十八日夜与王郑二秀才听雨后梦作》有“雨打湘灵五十弦”，《和郑愚赠汝阳王孙家筝妓二十韵》中也有“因令五十丝，中道分宫徵”等。

“一弦一柱思华年”，这一句中关键是“华年”二字。“一弦一柱”像是在说一音一节，古“瑟”有五十弦，其音节的繁复可想而知，其繁音促节，常令听者难以为怀。诗人绝没有让人去死抠“五十弦”的意思。他是说：听到锦瑟奏出的乐声繁杂凌乱，心里更加烦乱，思绪回到年轻的时候，往事历历在目；音节的烦乱扰得人思绪也乱，让人心中怅惘难言。这里听者耳朵听到的是琴声，也是作者本人的心声，其中包含着作者辗转迁幕、奔波岁月的艰辛。所以锦瑟五十弦，正为这种烦乱的情绪增添气氛，可见往事在李商隐的心里如千斤重，逝去的情感如九曲黄河，扰人心烦。明末清初钱谦益《唐诗鼓吹评注》评论此诗说道：“此义山有托而咏也……顾其意言所指，或忆少年之艳冶，而伤美人之迟暮，或感身世之阅历，而悼壮夫之晼晚，则未可以一辞定也。”这里既有少年艳冶的猜测，也有身世阅历的感慨，更有壮夫之晼晚的追悼，可想而知，后人对这首诗中交错复杂的情感的猜测也随着这首诗意象的烦琐达到了叠加繁复的程度，因此，要想欣赏玉谿此诗，先宜领会诗的主旨，否则就如坠入一片云深雾罩的森林之中。后人常将锦瑟与华年相连感慨岁月流逝，宋代贺铸《青玉案》说："锦瑟华年谁与度？"元好问在《论诗三十首·十二》中评论这首《锦瑟》，直引原诗："望帝春心托杜鹃，佳人锦瑟怨华年！"前两句为这首诗定下了感慨流年的基调。

"庄生晓梦迷蝴蝶，望帝春心托杜鹃"，颔联的首句用了庄周梦蝶的寓言，《庄子·齐物论》结尾处解释"物化"时说："昔者庄周梦为蝴蝶，栩栩然蝴蝶也，自喻适志与！不知周也。俄然觉，则蘧蘧然周也。不知周之梦为蝴蝶与，蝴蝶之梦为周与？周与蝴蝶，则必有分矣。此之谓物化。"这则寓言说的是庄周梦见自己身化为蝶，栩栩然而飞，浑忘自己便是"庄周"本人了；后来梦醒，发现自己仍然是庄周，却不知蝴蝶已经飞往何处。李商隐在这里引用这则寓言想要表述的是佳人锦瑟，一曲哜哜嘈嘈的繁弦，惊醒了诗人的梦景，不复成寐。"迷"包含"迷失、离去、不至"等意，这是一种无法得到的怅惘。而这种怅惘在他的《秋日晚思》中也同样出现，诗中说道："枕寒庄蝶去，窗冷胤萤销。"这里的"去"即离、逝，也就是前面所说的他所谓"迷"者。在李商隐辗转幕府的人生里，"樊南穷冻"是人生主题，他希望像庄周梦蝶一样忘却这人世间的寒冷，所有的怀才不遇都化作梦中的蝴蝶，翩翩起舞，快意人生。但现实情况并不允许，晓梦蝴蝶，虽出自庄生，但经李商隐的运用，已经不止是一个“蘧蘧然”的问题，这里面隐约包含着美好的情境，却又是虚缈的梦境，而这梦境也恰恰是他在现实世界中无法达到的。“望帝春心托杜鹃”，望帝是传说中周朝末年蜀地的君主，名叫杜宇，后来禅位退隐，不幸国亡身死，魂化为鸟，暮春啼苦，以致口中流血，其声哀怨凄悲，动人心腑，名为杜鹃。杜宇啼春，这与锦瑟又有什么关联呢？原来，锦瑟繁弦，哀音怨曲，引起诗人无限的悲感，难言的怨愤，如闻杜鹃之凄音，送春归去。一个“托”字，不但写了杜宇之托春心于杜鹃，也写了佳人之托春心于锦瑟，手挥目送之间，花落水流之趣，诗人妙笔奇情，于此已然达到一个高潮。这里，诗人运用了庄子的“蝴蝶梦”和望帝化杜鹃的典故。庄周梦蝶这个典故表达了人生如梦、物我两忘的哲学思考。而“望帝春心托杜鹃”，则表达了诗人对故国、故人的深深思念。这两个典故相互映衬，共同构成了诗人对生命和情感的深刻反思。

首联与颔联结合来看，李商隐的“春心托杜鹃”是借杜鹃这种自然界的冤禽托写诗人内心的恨怀，所以，元好问《论诗三十首·十二》中直接说“佳人锦瑟怨华年”，正切中诗旨提出一个“怨”字，恰是得此诗的真实。这里可以看出，李商隐以锦瑟为题咏叹年华，非同一般闲情琐绪，其中自有一段奇情深恨。这里写出了二人被迫分别之苦与分别的恋恋不舍，作者以托王之心暗喻面对结局的愤恨，正与恋恋不舍的情感形成繁杂交错的情绪，与“五十弦”声形成呼应。

律诗讲究“起承转合”，首联颔联“起”“承”之后，就到了颈联“转”笔之时，笔到此间，大抵前面的诗情以及营造的文情、文境都已然达到一个小的高潮，看似结束但实际上还有话要说，其中隐含的意思还需要通过下面的两联来收束。因此，下面的两联又进入一个新的维度，点笔落墨，似乎重新再“起”似的。其笔势或如奇峰突起，或如藕断丝连、草蛇灰线，或推笔宕开、一泻千里，或者明缓暗紧、戛然而止。其写作手法可以不尽相同，但总体上主旨明确、神理脉络、一脉相承，虽然有转折但又始终如一。

颈联“沧海月明珠有泪，蓝田日暖玉生烟”这一句扑面而来似乎顺理成章。沧海明月高照，鲛人泣泪皆成珠；蓝田红日和暖，可看到良玉生烟。“沧海月明珠有泪”这里有四个意象——海、月、珠、泪，这四个意象都有明亮、晶莹的特点，诗人将他们串在一起，形成惝恍迷离可望而不可及的带有哀婉的境界。珠生于蚌，蚌在于海。民间有个说法，每当月明宵静，蚌则向月张开，以养其珠，珠得月华，始极光莹。中国人对月亮有着独特的情怀，月亮作为一个物象，没有直接情感，在文学家赋予其情感之后才有了情感意涵，成为一个意象。文学的意象通常通过物象来反映。作为意象的月亮，内涵非常丰富，常见的比如思念亲友，杜甫有很多对月思亲的诗歌，《月夜》诗云：“今夜鄜州月，闺中只独看。遥怜小儿女，未解忆长安。”他在安史之乱时怀念自己在外地的妻子，用月亮来表达自己的思念。“露从今夜白，月是故乡明”（《月夜忆舍弟》）是杜甫对战乱中离散兄弟的思念。《水调歌头·明月几时有》是中秋时节苏轼写给思念的弟弟苏辙的。当然，朋友之间也可以用月亮作为意象来表达思念，比如李白的“我寄愁心与明月，随君直到夜郎西”（《闻王昌龄左迁龙标遥有此寄》）。再有思乡怀归的，比如卢照邻有“明月流客思，白云迷故乡”（《赠益府群官》）这样的句子。还有表达文人的寂寞孤独的，如李白《月下独酌》“举杯邀明月，对影成三人”把月亮当作自己的朋友。月亮对于农事生产有非常重要的意义，农耕民族中人们依据月亮的变化掌握物候。在我国月亮的神话原型里，我们的先民们认为月亮生生不息，从满到亏，从亏复原，周而复始。当中可以看到圆满、希望，尚圆的意识也由此而生。月圆让人想到家人的团圆，月缺则让人想到家人的离别。月亮最贴近我们的生活，同时也给每一个中国人心底留下非常丰厚的文化意蕴。《说文解字》说：“月，阙也。大阴之精。象形。”在古代文学作品中，我们用月亮来描写、比喻女性，明清小说有一些非常格式化描写女性容貌的，如面似银盘，银盘就是指的满月。月亮也给爱情诗词做了背景，比如欧阳修就有“月上柳梢头，人约黄昏后”（《生查子·元夕》）的诗句。因此，李商隐这里用沧海月明两个意象，其中意义可想而知了。月本天上明珠，珠似水中明月；泪以珠喻，自古为然，鲛人泣泪，颗颗成珠，亦是海中的奇情异景。明月挂在沧海之上，明珠沐浴在月亮洒下的洁白光影里，月亮、明珠、泪水，三者交汇在一起，由三而一，一化为三，已然形成一个难以分辨的妙境。那么，海月、泪珠和锦瑟是否也有什么关联可以寻味呢？钱起《归雁》中就有“二十五弦弹夜月，不胜清怨却飞来”的诗句，这就与宋人所说的“适怨清和”相映照，明月之夜，瑟琴弹起，清怨尤深，月夜尤深。这与“樊南穷冻”的本色相宜，李商隐内心永远是孤独且脆弱的，诗歌中的幽怨与愤恨恰是其心理路程的体现。所以，沧海、明月、夜深、明珠、鲛人泪等，这些意象的叠加出现，都是在突出他们与“瑟”的关联。对于诗人来说，沧海月明这个境界，尤具特殊的深厚感情。有一次，他因病中未能躬与河东公的“乐营置酒”之会，就写出了“只将沧海月，高压赤城霞”（《病中闻河东公乐营置酒口占寄上》）的句子。对比来看，李白、杜甫、苏轼的月亮是明月，是思念的月，寄思念于月光。而李商隐笔下的月，虽也高旷皓静，但总有些凄寒孤寂的感伤和复杂的难以言表的惆怅。

司空图在《与极浦书》中引用戴叔伦的一段话：“戴容州云：‘诗家之景，如蓝田日暖，良玉生烟，可望而不可置于眉睫之前也。’象外之象，景外之景，岂容易可谭哉？然题纪之作，目击可图，体势自别，不可废也。”所谓“蓝天日暖，良玉生烟”与“象外之象，景外之景”恰好相对，一个具象，一个抽象。李商隐是不是借用了这八个字中的七个字，文献上并没有记载，但“象外之象”的解释与李商隐所描绘的境界确实有相像之处。陆机《文赋》里有一联名句："石韫玉而山辉，水怀珠而川媚。"蓝田，山名，在今陕西蓝田东南，是有名的产玉之地。此山为日光煦照，蕴藏其中的玉气（古人认为宝物都有一种一般目力所不能见的光气），冉冉上腾，但美玉的精气远察如在，近观却无，所以可望而不可置诸眉睫之下，这代表了一种异常美好的理想景色，然而它却是不能把握和无法亲近的。李商隐这里正是在"韫玉山辉，怀珠川媚"的启示和联想下，用"蓝田日暖"对上句"沧海月明"，造成了异样鲜明强烈的对比。前面一句让人觉得凄苦孤寂荒凉感伤，后面又让人感觉美好温暖良玉生烟，一阴一阳，美玉明珠，阴阳冷暖、孤寂温暖，境界虽殊，但怅恨则一。可以想见，在诗人内心深处，这份情感是高洁无瑕的，是爱慕的、执着的，但又是不敢亵渎、哀思叹惋的。

"此情可待成追忆，只是当时已惘然"，尾联拢束全篇，"此情"是何情？这与诗歌开篇的"锦瑟华年"相呼应，直接回应前面的谜团朦胧和各种推测，笔势未尝闪遁。这份美好的感情，原本是值得回忆追念的，"当时"，大概是指诗人执着追求的一生，诗人迷惘了一生，执着了一生，只是当时身历其境，毫不在意，如今想起来，只留下一份惆怅与迷茫。这两句话表达了几层曲折和无奈，几许惆怅和不舍，这几层曲折又只是为了说明那些怅惘的苦痛心情。这就是李商隐诗歌的魅力所在，袁行霈、罗宗强《中国文学史》认为，晚唐诗歌与初盛唐相比，已经气象不再、创造性不大，但李商隐"以其善感的灵心、细腻丰富的感情，用象征、暗示、非逻辑结构的手法，表现朦胧情思与朦胧境界，把诗歌表现心灵深层世界的能力推向了无与伦比的高峰，创造了唐诗最后的辉煌”。罗宗强先生说：“是唐诗发展中的最后一个高峰，是一个余韵悠扬、令人神往的尾声。”而这首诗的结尾句，正向罗先生所说的那样，给整首诗留下了一个令人唏嘘又让人向往的情感境界，这是一种高洁的不可亵渎的情感境界，是一片神秘之地。

总结全诗来看，一句一典，句句是典，句句是情，是悲情、空情、怨情、伤情、叹情。“锦瑟无端”是悲，“庄周梦蝶”是空，“杜鹃啼血”是怨，“沧海月明”是伤，“良玉生烟”是叹。不管是悲伤怨恨，还是渺茫自怜，整首诗都是悲愁与苦情，这符合李商隐多伤的心理特征和凄苦文人的气质，像那首《无题》诗所说的那样：“来是空言去绝踪”，一切都是虚幻，这种强烈的悲伤带给诗人无法具象的幻灭感。诗人一生命途坎坷、仕途不顺，虽有凌云壮志，但终不得人赏识，以至于心绪低迷、抑郁而终。这种淤积在心底的悲愁和痛苦，随着时间的流逝和亲人的相继离世，愤而发为诗歌，以至于悲伤无端，幻灭之感铺天盖地袭来，留给古今读者一片唏嘘。《锦瑟》所造之境虽唯美，终也归之于“惘然”。

《夜雨寄北》：君问归期未有期

夜雨寄北

君问归期未有期，巴山夜雨涨秋池。
何当共剪西窗烛，却话巴山夜雨时。

一首诗，一篇文章，一部作品，不同的人阅读有不同的接受效果，正是因为个体不同、年龄段不同的人去阅读，才会产生风格不一却又非凡独特的感受和语境，文学和艺术的美就在于没有任何一种解释可以固定成式，有大量想象的空间留给读者去遐想。德国接受美学代表人物汉斯·赫伯特·姚斯（Hans Robert Jauss，1921—1997）在文学研究中讨论，“进行文学创作时常被忽略的接受方面，即读者对拿到的艺术作品在感受、理解、反馈的历史，进而阅读后读者的反映和期待如何反向构造文学艺术创作的历史”，他比较重视读者的接受效果以及这个效果反向于作者产生的作用。

李商隐诗以朦胧著称，给读者带来美感的同时也给阅读带来很多困惑，这种困惑反映在诗歌理解效果上五花八门，就如诸家对《锦瑟》篇的解释一样，并没有固定的解释。同样的感受也出现在其他诗歌中，这首《夜雨寄北》也是这样，这是作者身居异乡巴蜀时以诗的形式写给远在长安的妻子（一说友人）的复信。此诗前两句以问答和对眼前环境的抒写，阐发了孤寂的情怀和对妻子的深深思念；后两句设想来日重逢谈心的欢悦，反衬今夜的孤寂。诗即兴写来，写出了作者刹那间情感的曲折变化。语言朴实，在遣词、造句上看不出修饰的痕迹。与李商隐的大部分诗词表现出来的辞藻华美，用典精巧，长于象征、暗示的风格不同，这首诗质朴、自然，同样也具有“寄托深而措辞婉”的艺术特色。在这首诗中，作者将隐喻的思维与深厚的情感加以文学处理，让读者从中可以体会诗人通过一首七言绝句传递的时空观念和审美意识等。

关于《夜雨寄北》这首诗的题目，南宋洪迈编的《万首唐人绝句》里标为《夜雨寄内》，意思是诗是寄给妻子王晏媄的。直到清代冯浩编《玉谿生年谱》、张彩田《玉谿生年谱汇笺》等，均说此诗为大中二年（848）李商隐滞留巴蜀时写给妻子的诗。冯浩《玉谿生诗集笺注》中说：“语浅情深，是寄内也。然集中寄内诗皆不明标题，仍当作‘寄北’”。清末俞陛云在《诗境浅说》里点评此诗说：“清空如话，一气循环，绝句中最为擅胜。诗本寄友，如闻娓娓清谈，深情弥见。”俞先生认为这首诗是“寄”给友人的。李商隐于大中五年七月赴东川节度使柳仲郢梓州幕府，而王晏媄是在这一年的夏秋之交病故，李商隐过了几个月才得知妻子的死讯。因此，也有人考证认为诗歌作于作者的妻子王氏去世之后，因而不是“寄内”诗，而是写赠长安友人的。现传李商隐诗各本题作《夜雨寄北》，“北”就是北方的人，可以指妻子，也可以指朋友。从诗的整体内容看，按“寄内”解，似乎更确切些。

这首诗的巧妙之处在于时间的回环跳跃，也是李商隐写作这首诗的可贵之处，他能够穿梭于过去、现在和将来，突破自我时间和现在时间，直接跳跃到将来乃至宇宙，不被时间所约束，在无限的时间中去思考个体生命的本质意义。第一句“君问归期未有期”，一问一答，先停顿，后转折，跌宕有致，极富表现力。羁旅之愁与不得归之苦，已跃然纸上。“君”指妻子，妻子问丈夫何时归家，这是过去的时间，丈夫回答的是现在的时间，这一问一答中模拟了相思的夫妻互寄信件的传递过程，形成了两个时间的转换。两个不同时间结点融合在一句中，可见其中的思念之深，无法见面之无奈。第二句“巴山夜雨涨秋池”，那已经跃然纸上的羁旅之愁与不得归之苦，便与夜雨交织，绵绵密密，淅淅沥沥，涨满秋池，弥漫于巴山的夜空。然而此愁此苦，只是借眼前景而自然显现，作者并没有说什么愁，诉什么苦，却从这眼前景生发开去，驰骋想象，另辟新境。看似是对第一句的回答，但实际上借秋天的画面即涨满秋池、绵绵不尽的巴山夜雨更进一步衬托思念，做到了虚实结合，同时点明了写作的时间，绵绵不断的秋雨让人更加想念远方的亲人，心里或许也有一种问候：远在故乡的妻子，你那里是否也飘着同样的夜雨？而这秋雨时节，羁旅穷愁的旅人有家不可归的心情正回应了前面的“未有期”带来的无奈与失落，也反衬作者内心无法言说的痛苦。前两句图景混融，作者看到的景色也希望被天各一方的妻子共享。第三句“何当共剪西窗烛”，“何当”展现的是未来的状况，这个表示愿望的词是从“君问归期未有期”的现实中迸发出来的；“共”字表明由“君”（你）到“我”再到“我们”的变化，可以看出诗人通过这一句抒发了强烈的情感，对未来充满了憧憬和希望，盼望着“共剪西窗烛”，此时思归之切，不言可知，盼望他日与妻子团聚，归后“共剪西窗烛”，把前两句的现在时跳到了未来时，进入一个希望和美好的梦境，但李商隐的情感总是敏感又克制的，在情感将要迸发的一刻又紧急收回，并定格在某一个时刻。于是转入第四句“却话巴山夜雨时”，这一句是对第二句的重复，“共剪”“却话”乃是由当前苦况所激发的对于未来欢乐的憧憬。“共剪”指向未来，“却话”指引读者看向过去，此时作者独听“巴山夜雨”无人共语，其中滋味不言可知。独剪残烛，夜深不寐，在淅淅沥沥的巴山秋雨声中阅读妻子询问归期的信，而归期无准，其心境之郁闷、孤寂，是不难想见的。但此时的实际情况是爱妻已逝，所以这一句中又包含着现在、过去和将来，因为对于将来而言，现在也终将成为过去，通过“巴山夜雨”这个重复的关键词把现在、过去、将来连接起来。作者却跨越这一切去写未来，盼望在重聚的欢乐中追话今夜的一切。于是，未来的乐自然反衬出今夜的苦，而今夜的苦又成了未来剪烛夜话的材料，增添了重聚时的乐。理论上来看，这首诗的时间顺序是：过去（君问归期）—现在（巴山夜雨）—未来（共剪西窗烛）—现在（巴山夜雨，包含着过去与未来并向两端循环的现在）。这样作者的心理线索便从前三句的一同朝着时间的正方向前进，变成了第四句中围绕情感的主流进入了开放式的时间循环，可过去可未来。

对于这首诗的时间转换和流动，刘若愚有独到的见解，他说："在这首诗里，时间是静止的，或至少没有被描写成在移动，而诗人却在精神上向前移动进入了将来，并想象自己会怎样把现在当成过去来回顾。"同样的分析也出现在日本学者松浦友久的《唐诗语汇意象论》（《却话巴山夜雨时——诗语及其条件》）中，除此以外，他还关注到了诗歌中时间的内部结构，即时间的起点和时间段落的划分。当代作家刘震云也认为这首诗的绝美之处在于时间结构的变化流转，从现在时到将来时，又在其中经过时间的转换回到过去。四句诗，明白如话，却十分曲折，十分深婉，含蓄隽永，余味无穷。

除了时间上的两重性和跳跃性外，这首诗在地理空间上的变化也是匠心独具的。"君问归期未有期"，这里包含两个空间的重合，"君问归期"是说远在北方的妻子写信问身居南方巴蜀的丈夫何时归家，这是由北向南的空间转换；"未有期"，这是诗人的回信，是从南到北的地理跨越，两个相隔千里的空间融合在一句诗中，形成了空间的重复和融合，绝伦之处在于两个空间在中间重合后又因“未有期”而发生转折。接着进入第二句“巴山夜雨涨秋池”，明确诗创作的地点是在巴蜀，再次确认第一句的空间重合在南方，正是因为北方来信的催问，才使得“夜雨”与“秋池”更加具象了相思想念的程度，或许这就是诗人创作的精密之处。第三句中“共剪西窗烛”之“共剪”透露出诗人当下的孤独寂寞和苦闷，但今夜的感受又会成为未来剪烛夜话中美好的回忆，增添了重聚时相处的快乐。这里的空间安排上，不再是地理位置的南北转换，而是某个时段共处一地的美好。最后一句通过重复第二句的地理空间，将地理位置的转换虚化为幸福美好的景象，实际空间变成了心理的美好空间，完成了诗歌的精神升华。《古唐诗合解》说：“此诗内复用‘巴山夜雨’，一实一虚。”这种“此时”的憧憬也是基于“彼时”的幸福回忆进行的心理空间的建设，巴蜀的夜晚，秋池的水涨起来，空间中弥漫的是相思的味道。

诗歌中时间的唯一性和无限性，让读者跟随诗人的脚步去体验过去美好的时光，并一同憧憬未发生的将来，拥有看待未来的眼光，以向前的姿态进一步深化情感。而在长途跋涉的阻碍和思乡恋阙的空间转换中，又让我们看到诗人内心世界情感的跳跃与挣扎。

在前人的诗作中，写身在此地而想彼地之思此地者，不乏其例，如杜甫有“今夜鄜州月，闺中只独看”（《月夜》）的诗句。写时当今日而想他日之忆今日者，为数更多，李白也有“今人不见古时月，今月曾经照古人”（《把酒问天》）的感慨。但把二者统一起来，虚实相生，情景交融，构成如此完美的意境，却不能不归功于李商隐既善于借鉴前人的艺术经验，又勇于进行新的探索，发挥独创精神。《唐才子传》记载：“商隐工诗，为文瑰迈奇古，辞难事隐。”“辞难事隐”说的就是李商隐部分诗歌过于隐晦迷离，难于索解。首句“期”字两见，一则为妻问，一则为己答；妻问说明妻子在催促其早归，己答则表明归期无准从而心生感叹。这两个“期”如果不重复，去掉一个“期”也可以写成别的形式，却失去了诗歌的韵味。第一个“期”是日期、归期，第二个“期”再次重复，表达的不仅仅是日期，还传递了诗人的失望和双重情感意味。日期和期待，双重意味，表面上是日期，深层上是期待，是思念，是无法回去的失望。两个“期”字的重复强调使用，可以看出诗人在构建诗歌时想要传递和突显的无期可归、无比失落的复杂情感。这种重复同样也出现在别的诗句中，比如《无题》诗中就有“相见时难别亦难，东风无力百花残”，“春心莫共花争发，一寸相思一寸灰”，两个“难”和两个“一”，从数量上是相似的，但从深层意思来看，又各有不同。第二句与第四句的“巴山夜雨”重复出现，第二句是客中实景，紧承己答；第四句是憧憬归后谈话内容，与首句中“君问”遥相呼应。但“何当”介乎其间，承前启后，化实为虚，开拓出一片想象境界，使时间与空间的回环对照融合无间。巴山夜雨、秋池涨水、西窗剪烛这三者到底是何种关系？可以看出，山水是阻隔，共剪西窗烛是团聚，团聚后回顾依然无法摆脱山水是阻隔的现实。从“巴山夜雨涨秋池”到“共剪西窗烛”是情感和时空的第一次跳跃，从“共剪西窗烛”到“却话巴山夜雨时”是情感与时空的第二次迸发，彼时彼地与此时此地的场景实现了重合。在这跳跃的音节中，“期”字的两见，特别是“巴山夜雨”的重出，正好构成了音调与章法的回环往复之妙，恰切地表现了时间与空间回环往复的意境之美，达到了内容与形式的完美结合。

诗人的创作感觉总是相通的，王安石《与宝觉宿龙华院》诗云：“与公京口水云间，问月何时照我还。邂逅我还还问月，何时照我宿金山。”这首诗是写给金山寺住持宝觉的，里面使用的重复手法以及诗歌意境的构思，与李商隐《夜雨寄北》有异曲同工之感。杨万里《听雨》诗云：“归舟昔岁宿严陵，雨打疏篷听到明。昨夜茅檐疏雨作，梦中唤作打篷声。”这首诗与王安石那首相比，更加俊爽明快，其在构思谋篇方面俨然也是受《夜雨寄北》的启发。

与其他同类题材的作品相比，《夜雨寄北》在情感表达上虽有相似之处，但也有其独特之处。唐代王涯的《秋思赠远二首》以及北宋欧阳修的《宿云梦馆》等作品也抒发了对爱人的思念之情，且情感真挚、缠绵悱恻。然而，《夜雨寄北》在艺术构思和表现手法上更为巧妙，尤其是诗中巧妙运用了时空的转换，诗人在时空穿梭中通过借景抒情、虚实结合的手法，诗人的思绪在现实—想象—想象中的现实之间流动，回环往复，曲折缠绵，颇似爱尔兰现代主义剧作家塞缪尔·贝克特的悲剧《等待戈多》，其意识流的表现手法将其思乡思亲之情表达得淋漓尽致，这好像是一个“什么也没有发生，谁也没有来，谁也没有去”的悲剧。同时，诗中的“巴山夜雨”这一意象也独具特色，融合了山的旷远、夜的宁静、雨的缠绵和悠悠的相思味，既是对现实环境的描绘，又是未来相聚时谈论的话题，使得全诗在情感表达上更加深邃和丰富。

参考文献

一、专著

[1] 左丘明. 左传 [M]. 蒋冀骋，标点. 长沙：岳麓书社，1988.

[2] 司马迁. 史记 [M]. 北京：中华书局，1963.

[3] 许慎. 说文解字注 [M]. 段玉裁，注. 上海：上海古籍出版社，1981.

[4] 刘向. 说苑全译 [M]. 王锳，王天海，译注. 贵阳：贵州人民出版社，1992.

[5] 王素. 孔子家语 [M]. 廖明春，邹新明，校点. 北京：中华书局，2002.

[6] 许慎. 说文解字 [M]. 徐铉，等校. 上海：上海古籍出版社，2007.

[7] 曹植. 曹植集校注 [M]. 赵幼文，校注. 北京：人民文学出版社，1984.

[8] 葛洪. 抱朴子 [M]. 上海：上海古籍出版社，1990.

[9] 郭象，成玄英. 庄子注疏 [M]. 北京：中华书局，2011.

[10] 刘勰. 文心雕龙 [M]. 范文澜，注. 北京：人民文学出版社，1958.
[11] 刘勰. 文心雕龙义证 [M]. 詹锳，义证. 上海：上海古籍出版社，1989.
[12] 刘勰. 增订文心雕龙校注 [M]. 黄淑琳，李详，杨明照，注. 北京：中华书局，2017.
[13] 萧统. 文选 [M]. 李善，注. 上海：上海古籍出版社，1983.
[14] 萧统. 六臣注文选 [M]. 李善，等注. 北京：中华书局，1987.
[15] 徐陵. 徐陵集校笺 [M]. 许逸民，校笺. 北京：中华书局，2008.
[16] 庾信. 庾子山集注 [M]. 倪璠，注. 许逸民，校点. 北京：中华书局，1980.
[17] 魏徵. 隋书 [M]. 北京：中华书局，1973.
[18] 杜牧. 樊川文集 [M]. 陈允吉，校点. 上海：上海古籍出版社，1978.
[19] 柳宗元. 柳宗元集 [M]. 北京：中华书局，1979.
[20] 李商隐. 玉谿生诗集笺注 [M]. 冯浩，笺注. 上海：上海古籍出版社，1979.
[21] 段成式. 酉阳杂俎 [M]. 方南生，点校. 北京：中华书局，1981.
[22] 刘肃. 大唐新语 [M]. 北京：中华书局，1984.
[23] 骆宾王. 骆临海集笺注 [M]. 陈熙晋，笺注. 北京：

中华书局，1985.
［24］韩愈．韩昌黎文集校注［M］．马其昶，校注．马茂元，整理．上海：上海古籍出版社，1986.
［25］刘禹锡．刘禹锡集笺证［M］．翟蜕园，笺证．上海：上海古籍出版社，1989.
［26］李林甫，等．唐六典［M］．北京：中华书局，1992.
［27］王勃．王子安集［M］．蒋清翊，注．上海：上海古籍出版社，1995.
［28］陆贽．陆贽集［M］．王素，点校．北京：中华书局，2006.
［29］吴兢．贞观政要［M］．滕帅，李明，译注．长沙：岳麓书社，2014.
［30］刘昫，等．旧唐书［M］．北京：中华书局，1975.
［31］洪迈．容斋续笔［M］．四部丛刊本．
［32］洪迈．宋洪魏公进万首唐人绝句［M］．赵宧光、黄习远，增补．吴郡赵氏刻本．
［33］司马光．资治通鉴［M］．胡三省，音注．北京：中华书局，1956.
［34］司马光．资治通鉴［M］．北京：中华书局，1956.
［35］李昉等．太平御览［M］．北京：中华书局，1960.
［36］王钦若，等．册府元龟［M］．北京：中华书局，1960.
［37］王溥．唐会要［M］．北京：中华书局，1960.
［38］朱熹．四书章句集注［M］．北京：中华书局，1983.

[39] 欧阳修，宋祁. 新唐书 [M]. 北京：中华书局，1975.
[40] 吴炯. 五总志 [M]. 北京：中华书局，1985.
[41] 谢采伯. 密斋笔记 [M]. 台北：台湾商务印书馆影印本，1986.
[42] 陈振孙. 直斋书录解题 [M]. 上海：上海古籍出版社，1987.
[43] 计有功. 唐诗纪事 [M]. 上海：上海古籍出版社，1987.
[44] 欧阳修. 集古录跋尾 [M]. 邓宝剑，王怡临，注释. 北京：人民美术出版社，2002.
[45] 晁公武. 郡斋读书志校证 [M]. 孙猛，校. 上海：上海古籍出版社，2011.
[46] 杨亿. 西昆酬唱集注 [M]. 王仲荦，注. 北京：中华书局，2018.
[47] 郝天挺. 唐诗鼓吹笺注 [M]. 廖文炳，解. 台北：新文丰出版公司，1979.
[48] 白珽. 湛渊静语 [M]. 北京：中华书局，1985.
[49] 马端临. 文献通考 [M]. 北京：中华书局，1986.
[50] 辛文房. 唐才子传校笺 [M]. 傅璇琮，主编. 北京：中华书局，2002.
[51] 辛文房. 唐才子传笺证 [M]. 周绍良，笺证. 北京：中华书局，2010.
[52] 王彦泓. 疑雨集 [M]. 上海扫叶山房影印本. 1926.
[53] 郎瑛. 七修类稿 [M]. 北京：中华书局，1959.

[54] 吴讷. 文章辨体序说 [M]. 于北山，校点. 北京：人民文学出版社，1962.
[55] 何良俊. 四友斋丛说 [M]. 北京：中华书局，1959.
[56] 胡震亨. 唐音癸签 [M]. 上海：上海古籍出版社，1981.
[57] 王志坚. 四六法海 [M] //影印文渊阁四库全书. 台北：商务印书馆，1982.
[58] 徐师曾. 文体明辨序说 [M]. 罗根泽，校点. 北京：人民文学出版社，1962.
[59] 许学夷. 诗源辨体 [M]. 北京：人民文学出版社，1987.
[60] 方以智. 通雅 [M]. 北京：中国书店，1990.
[61] 杨基. 眉庵集 [M]. 成都：巴蜀书社，2005.
[62] 张溥. 汉魏六朝百三家集题辞注 [M]. 殷孟伦，注. 北京：中华书局，2007.
[63] 袁子让. 字学元元 [M]. 湖南：岳麓书社，2012.
[64] 纪昀. 点论李义山诗集 [M]. 镜烟堂藏版.
[65] 冯浩. 冯注李义山诗集 [M]. 民国十五年重印崇古山房石印本.
[66] 冯浩. 玉谿生诗详注 [M]. 清乾隆二十八年德聚堂本.
[67] 姚培谦. 李义山诗集笺注 [M]. 上海：中华书局，1918.
[68] 吴乔. 西昆发微 [M]. 上海：商务印书馆，1937.

[69] 永瑢，等. 四库全书简明目录 [M]. 北京：中华书局，1965.
[70] 朱鹤龄. 李义山诗集 [M]. 沈厚塽，辑评. 台北：学生书局，1967.
[71] 王夫之，等. 清诗话 [M]. 上海：上海古籍出版社，1978.
[72] 冯浩. 玉谿生诗详注 [M]. 台北：华正书局，1979.
[73] 陈永正. 李商隐诗选 [M]. 香港：生活·读书·新知三联书店，1980.
[74] 杜诏，杜庭珠. 中晚唐诗叩弹集 [M]. 北京：中国书店，1981.
[75] 许梿. 六朝文絜笺注 [M]. 黎经诰，笺注. 上海：上海古籍出版社，1982.
[76] 董诰，等. 全唐文 [M]. 北京：中华书局，1983.
[77] 张采田. 玉谿生年谱汇笺 [M]. 上海：上海古籍出版社，1983.
[78] 姜炳璋，郝世峰. 选玉谿生诗补说 [M]. 天津：南开大学出版社，1985.
[79] 陆昆曾. 李义山诗解 [M]. 上海：上海书店，1985.
[80] 严可均. 全上古三代秦汉三国六朝文 [M]. 北京：中华书局，1985.
[81] 章学诚. 章学诚遗书 [M]. 北京：文物出版社，1985.
[82] 冯班. 钝吟杂录 [M]. 台北：台湾商务印书馆影印本，1986.

[83] 何焯. 义门读书记 [M]. 北京：中华书局，1987.
[84] 何焯. 义门读书记 [M]. 崔高维，点校. 北京：中华书局，1987.
[85] 钱谦益. 东涧写校李商隐诗集三卷 [M]. 台北：学海出版社，1998.
[86] 过珙，等. 详订古文评注全集 [M]. 上海：上海古籍出版社，1989.
[87] 纪昀. 四库全书总目提要 [M]. 北京：商务印书馆，1997.
[88] 冯浩. 玉谿生诗集笺注 [M]. 上海：上海古籍出版社，1998.
[89] 李兆洛. 骈体文钞 [M]. 上海：上海古籍出版社，2001.
[90] 阮元，等. 十三经注疏 [M]. 台北：艺文印书馆，2001.
[91] 何文焕. 历代诗话 [M]. 北京：中华书局，2004.
[92] 丁福保. 历代诗话续编 [M]. 北京：中华书局，2006.
[93] 孙德谦. 六朝丽指 [M] //王水照. 历代文话. 上海：复旦大学出版社，2007.
[94] 孙梅，李金松. 四六丛话 [M]. 北京：人民文学出版社，2010.
[95] 朱鹤龄. 李义山诗集笺注 [M]. 程梦星，删补. 新北：广文书局，2014.

[96] 冯浩. 樊南文集 [M]. 钱振伦，钱振常，笺注. 上海：上海古籍出版社，2015.

[97] 屈复. 玉谿生诗意（一函六册）[M]. 北京：文物出版社，2016.

[98] 许梿. 六朝文絜 [M]. 沈泓，汪政，注. 杭州：浙江古籍出版社，2017.

[99] 王国维. 人间词话 [M]. 北京：人民文学出版社，1960.

[100] 刘学锴，余恕诚. 李商隐诗选 [M]. 北京：人民文学出版社，1986.

[101] 刘奇. 李商隐诗选注 [M]. 吉林：吉林文史出版社，2000.

[102] 刘学锴，余恕诚. 李商隐文编. 校注 [M]. 北京：中华书局，2002.

[103] 刘学锴，余恕诚. 李商隐诗歌集解（校订重排本）[M]. 北京：中华书局，2004.

[104] 黄世中. 类纂李商隐诗笺注疏解 [M]. 合肥：黄山书社，2009.

[105] 吴慧. 李商隐诗要注新笺 [M]. 北京：方志出版社，2010.

[106] 周振甫. 李商隐选集 [M]. 上海：上海古籍出版社，2012.

[107] 叶葱奇. 李商隐诗集疏注（重排本）[M]. 北京：人民文学出版社，2015.

[108] 黄寿祺，张善文. 周易译注［M］. 北京：中华书局，2016.
[109] 谢无量. 骈文指南［M］. 上海：中华书局，1925.
[110] 蒋伯潜，蒋祖怡. 骈文与散文［M］. 上海：世界书局，1942.
[111] 范文澜. 中国通史简编［M］. 北京：人民出版社，1965.
[112] 顾翊群. 李商隐评论［M］. 台北：中华诗苑，1969.
[113] 黄侃. 李义山诗偶评［M］. 台北：学海出版社，1974.
[114] 朱偰，等. 李商隐和他的诗［M］. 台北：台湾学生书局，1976.
[115] 吴弘一，叶庆炳. 清代文学批评资料汇编［M］. 台北：成文出版社，1979.
[116] 刘学锴，余恕诚. 李商隐［M］. 北京：中华书局，1980.
[117] 杨柳. 李商隐评传［M］. 南京：江苏人民出版社，1981.
[118] 缪钺. 诗词散论［M］. 上海：上海古籍出版社，1982.
[119] 任半塘. 唐声诗［M］. 上海：上海古籍出版社，1982.
[120] 吴调公. 李商隐研究［M］. 上海：上海古籍出版社，1982.

[121] 遍照金刚．文镜秘府论校注［M］．王利器，校注．北京：中国社会科学出版社，1983.
[122] 丁福保．历代诗话续编［M］．北京：中华书局，1983.
[123] 郭绍虞．清诗话续编［M］．富寿荪，校点．上海：上海古籍出版社，1983.
[124] 张仁青．骈文学［M］．台湾：文史哲出版社，1984.
[125] 朱狄．当代西方美学［M］．北京：人民出版社，1984.
[126] 马绪传．全唐文篇名目录及作者索引［M］．北京：中华书局，1985.
[127] 姜书阁．骈文史论［M］．北京：人民文学出版社，1986.
[128] 姜书阁．骈文史论［M］．北京：人民文学出版社，1986.
[129] 钱锺书．管锥编［M］．北京：中华书局，1986.
[130] 杜松柏．清诗话访谈佚初编石园诗话［M］．台北：新文丰出版公司，1987.
[131] 黄盛雄．李义山诗研究［M］．台北：文史哲出版社，1987.
[132] 施蛰存．唐诗百话［M］．上海：上海古籍出版社，1987.
[133] 张淑香．李义山诗析论［M］．台北：艺文印书馆，1987.

［134］刘学锴，余恕诚．李商隐诗歌集解［M］．北京：中华书局，1988.
［135］苏雪林．玉谿诗谜正续合编［M］．台北：商务印书馆，1988.
［136］骆鸿凯．文选学［M］．北京：中华书局，1989.
［137］傅璇琮．唐才子传校笺［M］．北京：中华书局，1990.
［138］于景祥．唐宋骈文史［M］．沈阳：辽宁出版社，1991.
［139］董志广．潘岳集校注［M］．天津：天津人民出版社，1993.
［140］莫道才．骈文通论［M］．桂林：广西教育出版社，1994.
［141］王运熙，杨明．隋唐五代文学批评史［M］．上海：上海古籍出版社，1994.
［142］尹恭弘．骈文［M］．北京：人民文学出版社，1994.
［143］刘麟生．中国骈文史［M］．北京：东方出版社，1996.
［144］王蒙．双飞翼［M］．北京：生活·读书·新知三联书店，1996.
［145］袁行霈．中国诗歌艺术研究［M］．北京：北京大学出版社，1996.
［146］林美清．想象的边疆——论李商隐诗中的否定词［M］．台北：文史哲出版社，1997.

[147] 钟涛. 六朝骈文的艺术形式与文化内蕴 [M]. 北京: 人民文学出版社, 1997.

[148] 程千帆, 徐有富. 校雠广义·目录编 [M]. 济南: 齐鲁书社, 1998.

[149] 刘学锴. 李商隐诗歌研究 [M]. 合肥: 安徽大学出版社, 1998.

[150] 罗宗强. 隋唐五代文学思想史 [M]. 北京: 中华书局, 1999.

[151] 袁行霈. 中国文学史 [M]. 北京: 高等教育出版社, 1999.

[152] 傅璇琮, 周建国. 李德裕文集校笺 [M]. 石家庄: 河北教育出版社, 2000.

[153] 郭预衡. 中国古代文学史长编 [M]. 北京: 首都师范大学出版社, 2000.

[154] 刘崇德, 等. 汉魏六朝诗文精华 [M]. 北京: 人民文学出版社, 2000.

[155] 刘学锴, 余恕诚, 黄学中. 李商隐资料汇编 [M]. 北京: 中华书局, 2001.

[156] 卢清青. 李商隐绝句诗阐微 [M]. 台北: 天工书局, 2001.

[157] 钱锺书. 谈艺录 [M]. 北京: 生活·读书·新知三联书店, 2001.

[158] 童庆炳, 程正民. 文艺心理学教程 [M]. 北京: 高等教育出版社, 2001.

[159] 童庆炳. 维纳斯的腰带——创作美学 [M]. 上海: 上海文艺出版社, 2001.

[160] 吴礼权. 修辞心理学 [M]. 云南: 云南人民出版社, 2001.

[161] 曹道衡. 中古文学史论文集 [M]. 北京: 中华书局, 2002.

[162] 黄世中. 相见时难别亦难 [M]. 郑州: 河南文艺出版社, 2002.

[163] 刘学锴, 余恕诚. 李商隐文编年校注 [M]. 北京: 中华书局, 2002.

[164] 刘学锴. 汇评本李商隐诗 [M]. 上海: 上海社会科学院出版社, 2002.

[165] 刘学锴. 李商隐传论 [M]. 合肥: 安徽大学出版社, 2002.

[166] 刘学锴. 李商隐传论 [M]. 合肥: 安徽大学出版社, 2002.

[167] 刘学锴. 李商隐诗歌接受史 [M]. 合肥: 安徽大学出版社, 2002.

[168] 王蒙. 心有灵犀 [M]. 北京: 人民文学出版社, 2002.

[169] 夏承焘. 唐宋词欣赏 [M]. 北京: 北京出版社, 2002.

[170] 于景祥. 中国骈文通史 [M]. 长春: 吉林人民出版社, 2002.

［171］弗洛伊德．释梦［M］．孙名之，译．北京：商务印书馆，2004．

［172］蔼理士．性心理学［M］．潘光旦，译．北京：商务印书馆，2004．

［173］刘学锴．李商隐诗歌接受史［M］．合肥：安徽大学出版社，2004．

［174］刘衍．中国散文通史［M］．北京：高等教育出版社，2004．

［175］王运熙．中古文论要义十讲［M］．上海：复旦大学出版社，2004．

［176］詹满江．李商隐研究［M］．东京：汲古书院，2005．

［177］王力．汉语诗律学［M］．上海：上海教育出版社，2005．

［178］方莲华．李商隐不圆满诗境探微［M］．台北：文津出版社，2006．

［179］赵宪章．文艺学方法通论（修订版）［M］．杭州：浙江大学出版社，2006．

［180］周振甫．李商隐选集［M］．南京：江苏教育出版社，2006．

［181］程千帆．量守庐学记［M］．北京：生活·读书·新知三联书店，2007．

［182］米彦青．清代李商隐诗歌接受史稿［M］．北京：中华书局，2007．

［183］龚鹏程．中国文学史［M］．台北：里仁书局，2008．

[184] 王梦鸥. 文学概论［M］. 台北：艺文印书馆，2008.
[185] 陈玉刚. 中国文学通史［M］. 北京：西苑出版社，2009.
[186] 吴振华. 李商隐诗歌艺术研究［M］. 合肥：安徽人民出版社，2009.
[187] 库尔特·考夫卡. 格式塔心理学原理［M］. 李维，译. 北京：北京大学出版社，2010.
[188] 韦勒克，等. 文学理论［M］. 北京：文化艺术出版社，2010.
[189] 宇文所安. 晚唐：九世纪中叶的中国诗歌（827—860）［M］. 北京：生活·读书·新知三联书店，2011.
[190] 刘道中. 李商隐诗集正解［M］. 桃园：皇加打字印刷公司，2011.
[191] 王瑶. 中古文学史论［M］. 北京：商务印书馆，2011.
[192] 于景祥. 骈文论稿［M］. 北京：中华书局，2011.
[193] 董乃斌. 李商隐传［M］. 上海：上海古籍出版社，2012.
[194] 董乃斌. 李商隐的心灵世界［M］. 上海：上海古籍出版社，2012.
[195] 穆克宏. 魏晋南北朝文论全编［M］. 上海：上海远东出版社，2012.
[196] 顾随. 驼庵诗话（修订本）［M］. 北京：生活·读书·新知三联书店，2013.

[197] 刘学锴. 李商隐传论（增订版）[M]. 合肥：黄山书社，2013.

[198] 吴慧. 李商隐研究论集 [M]. 北京：社会科学文献出版社，2013.

[199] 陈振鹏，章培恒. 古文鉴赏辞典 [M]. 上海：上海辞书出版社，2014.

[200] 张可礼，宿美丽. 曹操曹丕曹植集 [M]. 江苏：凤凰出版社，2014.

[201] 朱光潜. 诗论 [M]. 北京：生活・读书・新知三联书店，2014.

[202] 曾枣庄. 宋代序跋全编 [M]. 济南：齐鲁书社，2015.

[203] 向思鑫，黄涛. 无题诗本事：李商隐、王氏婚恋之谜 [M]. 武汉：湖北人民出版社，2015.

[204] 肖占鹏. 隋唐五代文艺理论 [M]. 天津：南开大学出版社，2015.

[205] 罗宗强. 隋唐五代文学思想史 [M]. 北京：中华书局，2016.

[206] 川合康三. 中国的恋歌——从《诗经》到李商隐 [M]. 郭宴如，译. 上海：复旦大学出版社，2017.

[207] 毕宝魁. 锦瑟流. 最痴情——李商隐传 [M]. 北京：现代出版社，2017.

[208] 李昌年. 沧海月明珠有泪——惊艳李商隐 [M]. 台北：万卷楼图书股份有限公司，2018.

[209] 刘青海. 李商隐诗学体系研究 [M]. 上海：上海古

籍出版社，2018.
［210］刘青海. 晚唐文学变局中的“温李新声”研究［M］. 北京：中华书局，2018.
［211］叶嘉莹. 美玉生烟——叶嘉莹细讲李商隐［M］. 北京：北京大学出版社，2018.
［212］张诗群. 锦瑟年华是情痴——李商隐诗传［M］. 南京：江苏凤凰文艺出版社，2018.
［213］鲁道夫·阿恩海姆. 艺术与视知觉［M］. 藤守尧，译. 成都：四川人民出版社，2019.
［214］刘学锴. 刘学锴讲唐诗［M］. 郑州：中州古籍出版社，2020.
［215］欧丽娟. 李商隐诗歌［M］. 北京：北京大学出版社，2020.
［216］聂时佳. 李商隐无题诗与唐传奇关系新证［M］//中国诗学. 北京：人民文学出版社，2012：140-152.
［217］宇文所安. 关于“文献学”［C］//黉门对话专家主题论坛“中国古代文献的阅读与理解——中美学者对话”，2015.

二、论文

［1］陈寅恪. 读哀江南赋［J］. 清华大学学报（自然科学版），1941，13（1）：23-28.
［2］马茂元. 读李义山诗札记三则——唐诗论丛之一［J］. 人文杂志，1958（2）：7.

［3］陈贻焮．关于李商隐［J］．北京大学学报（人文科学），1962（2）：57-65.

［4］陈贻焮．谈李商隐的詠史诗和詠物诗［J］．文学评论，1962（6）：97-109.

［5］童新．李商隐的无题诗和晚唐的儒法斗争［J］．东北师大学报：哲学社会科学版，1975（1）：74-74.

［6］谢宏．覆灭前的哀鸣——评梁效《论李商隐的〈无题〉诗》［J］．历史研究，1977（2）：8.

［7］陈贻焮．李商隐恋爱事迹考辨［J］．文史（第 6 辑）．北京：中华书局，1979：282-324.

［8］何林天．关于李义山几首《无题》诗解释辨正［J］．山西师院学报（哲学社会科学版），1979（1）：58-64.

［9］何林天．李商隐《锦瑟》诗解辨——义山诗研究之二［J］．山西师院学报（哲学社会科学版），1979（4）：8-13.

［10］彭泽陶．李商隐难诗易解［J］．广西师范大学学报（哲学社会科学版），1979（1）：63-78.

［11］吴调公．评李商隐的爱情诗［J］．社会科学战线，1979（3）：257-269.

［12］徐朔方．论李商隐的无题诗［J］．杭州大学学报（哲学社会科学版），1979（Z1）：77-85.

［13］周振甫，孙玄常，吴世昌．关于李商隐《无题》诗的通信［J］．山西师院学报（哲学社会科学版），1979（2）：92-94.

［14］魏明安．评《锦瑟》诗的笺解［J］．兰州大学学报，

1980（1）：101-111.

［15］吴调公. 李商隐无关于牛李党局说［J］. 南京师大学报（社会科学版），1980（2）：60-63.

［16］杨柳. 如何确解李商隐诗——评近年来研究李商隐诗的一些问题［J］. 人文杂志，1980（6）：69-78.

［17］吴调公. 关于李商隐诗歌的评价问题［J］. 学术月刊，1981（4）：67-73.

［18］董乃斌. 李商隐诗风格分期论纲［J］. 西北大学学报（哲学社会科学版），1982（3）：43-46＋35.

［19］傅璇琮. 李商隐研究中的一些问题［J］. 文学评论，1982（3）：76-85.

［20］黄世中. 李商隐《无题》诗校注笺评［J］. 温州师专学报（社会科学版），1982（1）：106-123＋63.

［21］荀运昌. 李商隐诗歌中的反传统倾向［J］. 西南师范大学学报（人文社会科学版），1982（4）：95-101.

［22］杨柳. 李商隐咏女冠詩初探［J］. 齐鲁学刊，1982（1）：60-66.

［23］叶嘉莹. 从几首诗例谈中国古典诗歌中形象与情意之间的关系［J］. 天津师院学报，1982（3）：37-45.

［24］周振甫. 李商隐诗的艺术特色浅谈［J］. 社会科学战线，1982（1）：271-274.

［25］董乃斌. 论樊南文［J］. 文学遗产，1983（1）：43-54.

［26］梁枢.《锦瑟》新论［J］. 西北师大学报（社会科学

版)，1984 (2)：33-38.
[27] 周汝昌. 李商隐诗二首赏析 [J]. 名作欣赏，1983 (6)：7-10.
[28] 董乃斌. 李商隐散文简论 [J]. 西南师范大学学报 (人文社会科学版)，1984 (3)：119-124+95.
[29] 钟来因.《锦瑟》非音乐诗而是《玉谿生诗集序》——兼与梁枢同志商榷 [J]. 西北师大学报 (社会科学版)，1985 (1)：30-36.
[30] 马国良. 政治与爱情的交叉点——试论李商隐的无题诗 [J]. 学术交流，1986 (6)：82-86.
[31] 葛晓音. 中晚唐古文趋向新议 [J]. 北京大学学报 (哲学社会科学版)，1987 (5)：23-29+22.
[32] 蔡良骥. 诗的色彩学 [J]. 文艺理论研究，1988 (3)：60-67.
[33] 董乃斌. 阐释者的文化意识与心灵历程——以李商隐诗歌之阐释为中心 [J]. 福建论坛 (文史哲版)，1988 (1)：1-7.
[34] 杨琳. 李商隐无题诗的朦胧美 [J]. 宝鸡师院学报 (哲学社会科学版)，1988 (4)：89-90.
[35] 董乃斌. 李商隐诗的语象—符号系统分析——兼论作家灵智活动的物化形式及其文化意义 [J]. 文学遗产，1989 (1)：59-70.
[36] 周建国. 李商隐无题诗、寄托诗考辨举隅 [C] //中国唐代文学学会. 唐代文学研究——中国唐代文学学

会第四届学术讨论会论文集. 广西师范大学出版社，1989.
[37] 青峰. 谈李商隐《无题》诗“相见时难”的心绪描写[J]. 赣南师范学院学报，1990（2）：37-41.
[38] 王蒙. 通境与通情——也谈李商隐的《无题》七律[J]. 中外文学，1990（4）：22-27.
[39] 王蒙. 再谈《锦瑟》[J]. 读书，1990（10）：108-112.
[40] 王拾遗. 李商隐《无题》诗探微 [J]. 宁夏大学学报（社会科学版），1990（4）：50-58.
[41] 杨懿斐. 浅谈李商隐《无题》诗的美学倾向 [J]. 东北林业大学学报，1990（S1）：90-93.
[42] 永秀芝，张式铭.《锦瑟》诗与朦胧美——论李商隐诗歌的美学特征 [J]. 长沙水电师院学报（社会科学版），1990（2）：54-59.
[43] 赵景波. 论李商隐无题诗的朦胧机制——兼论中国古典意象诗的解读规律 [J]. 齐齐哈尔师范学院学报（哲学社会科学版），1990（6）：44-50.
[44] 刘学锴. 李商隐的托物寓怀诗及其对古代咏物诗的发展 [J]. 安徽师大学报（哲学社会科学版），1991（1）：88-96.
[45] 王蒙. 对李商隐及其诗作的一些理解 [J]. 文学遗产，1991（1）：31-39.
[46] 赵谦. 论李商隐七律的内在结构效应 [J]. 华中师范大学学报（哲学社会科学版），1991（4）：83-87+89.

[47] 葛建平. 陈寅恪先生关于李商隐《无题》诗研究的见解——新发现的陈寅恪先生的一篇佚文 [J]. 中山大学学报，1992 (4)：81-83.
[48] 李殿奎. 李商隐无题诗再探 [J]. 辽宁师范大学学报，1992 (6)：45-49.
[49] 罗元贞. 李商隐五首无题诗之关系 [J]. 晋阳学刊，1992 (6)：69-70.
[50] 吴寿林. 试析李商隐的《无题》诗 [J]. 上海海运学院学报，1992 (4)：88-93.
[51] 何林天. 李商隐爱情诗解释辨正 [J]. 山西师大学报(社会科学版)，1993 (3)：61-65.
[52] 刘学锴. 古代诗歌中的人生感慨和李商隐诗的基本特征 [J]. 安徽师大学报 (哲学社会科学版)，1993 (1)：39-47.
[53] 任克华. 楚雨含情皆有托——李商隐《无题》诗新解 [J]. 安徽教育学院学报 (哲学社会科学版)，1994 (3)：28-31.
[54] 武传伟. 从语境谈李商隐无题诗 [J]. 新疆教育学院学报，1994 (3)：58-60.
[55] 张明非. 论李商隐诗的比兴风骚 [C] //南京大学. 唐代文学研究 (第六辑) ——中国唐代文学学会第七届. 会暨唐代文学国际学术讨论会论文集，1994.
[56] 田晖东. 李商隐的《无题》四首——读诗札记 [J]. 名作欣赏，1995 (4)：108-111.

[57] 吴在庆. 樊南四六刍议 [J]. 中州学刊，1995 (2)：91-96.

[58] 富康年. 从七律看李商隐对杜甫的创造性学习 [J]. 社科纵横，1996 (1)：35-39.

[59] 廖美莲. 言有尽而意无穷——李商隐无题诗意境美浅析 [J]. 丽水师专学报，1996 (1)：24-27+44.

[60] 刘学锴. 樊南文的诗情诗境 [C] //西北大学. 唐代文学研究（第七辑）——中国唐代文学学会第八届. 会暨国际学术讨论会论文集，1996.

[61] 杨金海. 论人的主体意识 [J]. 求是学刊，1996 (2)：21-25.

[62] 张明非. 论李商隐诗的比兴风骚 [J]. 唐代文学研究，1996：483-493.

[63] 刘学锴. 樊南文的诗情诗境 [J]. 文学遗产，1997 (2)：13-20.

[64] 张明非. 李商隐无题诗研究综述 [J]. 文学遗产，1997 (2)：38-43.

[65] 刘学锴. 本世纪中国李商隐研究述略 [J]. 文学评论，1998 (1)：39-50.

[66] 刘学锴. 古典文学研究中的李商隐现象 [J]. 社会科学辑刊，1998 (1)：130-135.

[67] 王蒙，刘学锴. 李商隐研究论集（1949-1997） [C]. 桂林：广西师范大学出版社，1998.

[68] 孙金荣. 重复意象与创作心态——李商隐“无题”诗

意象特征分析［J］．齐鲁学刊，1999（4）：4-8.

［69］莫林虎．通过爱情、神话话语对世界进行重构的尝试——论李商隐无题诗［J］．广播电视大学学报，2000（3）：37-40.

［70］孙金荣．生物意象与人格精神——李商隐“无题”诗意象特征分析之一［J］．山东科技大学学报，2000（1）：46-48.

［71］安身春．李商隐的〈无题〉诗新解［J］．信阳师范学院学报，2001（5）：99-100.

［72］蔡燕．刘郎已恨蓬山远，更隔蓬山一万重——论李商隐爱情诗的“间阻之慨”［J］．北京大学学报，2001（1）：87-95.

［73］程宏亮．试论李商隐无题诗的感伤情调［J］．安徽教育学院学报，2001（4）：67-69.

［74］安徽师范大学中国诗学研究中心编．中国诗学研究第2辑——中国李商隐研究会第六届．会暨国际学术研讨会论文集［C］．上海：上海古籍出版社，2002.

［75］陈冠明．“三十六体”：宋祁总结、认定的骈文体派［J］．安徽师范大学学报（人文社会科学版），2002（4）：396-401.

［76］董乃斌．《李商隐与中晚唐文学国际学术研讨会论文集》序［J］．殷都学刊，2002（4）：111-112.

［77］董乃斌．樊南美文与中国文学的一个特点［J］．文史知识，2002（9）：9.

[78] 何剑平. 李商隐无题诗之寓意与艺术创新 [J]. 云南艺术学院学报，2002 (2)：18-26.

[79] 李希炎. 从《锦瑟》看李商隐的无题诗 [J]. 泉州师范学院学报，2002 (1)：55-58.

[80] 刘福智. 李商隐《无题》诗与混沌论 [J]. 焦作教育学院学报，2002 (1)：13-15+24.

[81] 刘丽平. 女性化书写——试论李商隐《无题》诗的女性化特色 [J]. 康定民族师范高等专科学校学报，2002 (3)：57-60.

[82] 柳少华. "一生襟抱未曾开"——李商隐祭文思想意义浅论 [J]. 高等函授学报（哲学社会科学版），2002 (3)：54-56.

[83] 卢岁煜. 也谈李商隐的"无题"诗 [J]. 沧州师范专科学校学报，2002 (4)：40-41.

[84] 卢燕平. 试论义山无题诗悼亡内容及其常用意象 [J]. 社会科学辑刊，2002 (5)：163-167.

[85] 王蒙. 说"无端" [J]. 安徽师范大学学报（人文社会科学版），2002 (4)：379-386.

[86] 阎海翎. 李商隐无题诗的思想内容和艺术特征 [J]. 海南师范学院学报（人文社会科学版），2002 (3)：57-60.

[87] 余恕诚. 樊南文与玉谿诗——论李商隐四六文对其诗歌的影响 [J]. 中国诗学研究第 2 辑——中国李商隐研究会第六届. 会暨国际学术研讨会论文集，2002，

150-168.
［88］余恕诚，鲁华峰. 李商隐诗歌和四六文风格的多样性［J］. 安徽师范大学学报（人文社会科学版），2002（4）：387-390.
［89］张雪梅. 从《樊南文集》看李商隐的反传统思想［J］. 重庆广播电视大学学报，2002（4）：42-44.
［90］陈建华. 内心视镜——析李商隐《无题》诗相见时难的心绪描写［J］. 抚州师专学报，2003（1）：62-66.
［91］刘丽平. 试论李商隐《无题》诗的女性化特色［J］. 青海师范大学民族师范学院学报，2003（1）：20.
［92］骆冬青.《锦瑟》情成于乐［J］. 南京师范大学文学院学报，2003（2）：3-6.
［93］王全豫. 论李商隐“无题”诗的情感张力［J］. 黄石高等专科学校学报，2003（4）：51-53.
［94］杨建飞. 李商隐无题诗的比兴寄托［J］. 丽水师范专科学校学报，2003（4）：13-16＋30.
［95］于景祥. 骈文的蜕变［J］. 文学评论，2003（5）：65-72.
［96］余恕诚. 樊南文与玉谿诗——论李商隐四六文对其诗歌的影响［J］. 文学遗产，2003（4）：62-71＋143.
［97］王运熙. 关于唐代骈文、古文的几个问题［J］. 南阳师范学院学报（社会科学版），2004（1）：66-70.
［98］常昭. 浅论唐代祭侄三名作［J］. 贵阳金筑大学学报，2005（4）：50-51＋55.

[99] 韩大强. 李商隐祭文的艺术技巧 [J]. 南都学坛, 2005 (4): 65-67.

[100] 郝倖仔. 沉博绝丽, 色境浑融——论李商隐诗歌的色彩表现艺术 [J]. 徐州师范大学学报, 2005 (2): 36-41.

[101] 郝倖仔. 李商隐与屈原悲剧比较论 [J]. 江淮论坛, 2005 (5): 162-166.

[102] 胡遂. 论义山诗之理事情 [J]. 文学评论, 2005 (3): 161-169.

[103] 刘学文. "巴山夜雨"李义山——读李商隐《夜雨寄北》[J]. 名作欣赏, 2005 (24): 17-20.

[104] 童明辉. 李商隐《无题》诗接受史研究 [D]. 湘潭大学, 2005

[105] 叶玉华, 叶德林, 丁淑梅. 李商隐无题诗和他的佚失传奇文 [J]. 华东师范大学学报, 2005 (6): 56-64.

[106] 包绍亮. 李商隐无题诗玄妙意境探微 [J]. 理论界, 2006 (5): 110-111.

[107] 傅剑平. 李商隐与令狐绹关系要论 [J]. 华南师范大学学报 (社会科学版), 2006 (4): 34-38+158.

[108] 耿亮. 关于李商隐无题诗的现代派意韵 [J]. 南京晓庄学院学报, 2006 (5): 70-75.

[109] 刘伟民. 反弹琵琶——写作学视野下李商隐的无题诗论 [J]. 电影评介, 2006 (24): 106-107.

[110] 张振谦. 骈: 诗别是一家——试论李商隐"以骈文为

诗”[J]. 船山学刊，2006（4）：152-154.
[111] 张宗福. 论李商隐无题诗的内在意蕴 [J]. 西华师范大学学报，2006（6）：61-65.
[112] 陈冠明，刘帆. 论李商隐《无题》诗与阮籍《咏怀诗》的沟通 [J]. 中国韵文学刊，2007（3）：43-50.
[113] 陈作行. 论李商隐无题诗的创作原由 [J]. 中北大学学报（社会科学版），2007（S1）：74-76.
[114] 翟景运. 晚唐政局与幕府公文的演变 [J]. 古代文明，2007（1）：82-89＋113-114.
[115] 牟维珍. 李商隐无题诗产生的文学史意义 [J]. 甘肃社会科学，2007（5）：56-58.
[116] 谢忠凤. 李商隐无题诗与香草美人意象 [J]. 浙江工商大学学报，2007（1）：43-46.
[117] 钟群英. 李商隐《无题》诗解析 [J]. 文学教育，2007（7）：105.
[118] 阚文文. 政治漩涡中的诗人——牛李党争与李商隐的思想性格 [J]. 兰州学刊，2008（4）：176-178.
[119] 申明秀. 不拘一格解《锦瑟》——破解李商隐无题诗难读之谜 [J]. 承德民族师专学报，2008（4）：28-29.
[120] 张建华. 李商隐与“牛李党争”关系新解 [J]. 内蒙古师范大学学报（哲学社会科学版），2008（2）：98-102.
[121] 赵佳. 李商隐无题诗的三点解读 [J]. 前沿，2008

(8)：166-167.

[122] 赵忠山. 李商隐无题诗的空白结构及其意蕴 [J]. 玉林师范学院学报，2008，29 (4)：6-9.

[123] 黄晨璐. 看似无题，实则有意——论李商隐无题诗的创作倾向 [J]. 大众文艺（理论），2009 (19)：147.

[124] 王平. 解读李商隐无题诗之用典 [J]. 时代文艺（下半月），2010 (2)：148.

[125] 徐猛. 李商隐无题诗审美意象的时空特色 [J]. 哈尔滨商业大学学报，2010 (6)：126-128.

[126] 张瑞芳. 深情绵邈，绮丽精工——论李商隐无题诗的艺术特征 [J]. 滁州职业技术学院学报，2010，9 (2)：46-48.

[127] 张晓芝. 无题诗发覆及李商隐无题诗的产生 [J]. 忻州师范学院学报，2010，27 (3)：39-41.

[128] 梅艺. 浅谈李商隐“无题”诗中的爱与伤 [J]. 沧州师范专科学校学报，2011 (3)：23-25.

[129] 莫山洪. 论李商隐文章的“骈中运散”与晚唐文章的发展 [J]. 柳州师专学报，2011，26 (5)：18-23.

[130] 孙艾君. 关于李商隐《无题》诗的审美印象 [J]. 六盘水师范高等专科学校学报，2011，23 (2)：23-29.

[131] 徐猛. 浅析李商隐无题诗的审美意象 [J]. 哈尔滨学院学报，2011，32 (1)：79-81.

[132] 易思平. 李商隐无题诗与道教文化臆说 [J]. 名作欣赏，2011 (2)：141-143.

[133] 韩司南. 李商隐无题诗的朦胧美［J］. 黑龙江社会科学，2012（6）：132-134.

[134] 刘光磊. 李商隐无题诗新论［J］. 广东技术师范学院学报，2012，33（11）：85-89.

[135] 王抒凡. 李商隐无题诗与“兴寄”［J］. 中南大学学报，2012，18（2）：144-148.

[136] 韦良玉. 义山无题诗间阻感的生成与超越［J］. 文学教育（上），2012（3）：86-87.

[137] 张远东. 简论李商隐的文章艺术［J］. 名作欣赏，2012（11）：65-66＋69.

[138] 董国华. 李商隐无题诗中的“用典”辞格探颐［J］. 平顶山学院学报，2013（4）：117-122.

[139] 胡绍荣. 浅析李商隐“无题”诗的意境及其文学价值［J］. 现代阅读，2013（1）：60.

[140] 刘青海. 论李商隐今古文创作经历及其文体观念［J］. 北京大学学报（哲学社会科学版），2013，50（5）：80-88.

[141] 赵豫云. 李商隐无题诗的审美价值——基于超现实主义的视角［J］. 西南农业大学学报，2013，11（7）：107-111.

[142] 李婧竹. 浅析李商隐无题诗用典的意义［J］. 文学教育，2014（6）：41-43.

[143] 陆婵娣. 李商隐无题诗的文体学探析［J］. 名作欣赏，2014（12）：95-97.

[144] 徐猛，展跃．义山无题诗与叔原令词的自然意象[J]．哈尔滨商业大学学报（社会科学版），2014(6)：124-128.
[145] 张建军．李商隐无题诗的审美内涵及成因[J]．重庆科技学院学报（社会科学版），2014（5）：86-88.
[146] 张建军．李商隐无题诗的艺术美[J]．企业家天地，2014（7）：222.
[147] 李伟．晚唐前期古文创作的思想突破与文体新变——以李商隐与刘蜕为中心[J]．山东大学学报（哲学社会科学版），2015，(6)：56-64.
[148] 马娟．论李商隐无题诗的用典现象[J]．文学教育，2015（4）：60.
[149] 邹连娣．李商隐无题诗的朦胧美[J]．黑河学院学报，2015，6（4）：88-90.
[150] 曹彬．论李商隐无题诗及文学史意义[J]．名作欣赏，2016（5）：127-128.
[151] 黄志程．言有尽而意无穷——李商隐无题诗的朦胧美[J]．语文建设，2016（6）：62.
[152] 景红录．李商隐的幕府生涯及其影响研究[J]．河南工业大学学报（社会科学版），2017，13（2）：46-51.
[153] 刘学伦．李商隐《无题》诗新论[J]．哈尔滨学院学报，2017，38（9）：64-70.
[154] 潘虹妃．论“形式离散”与“神韵统一”在李商隐无

题诗中的体现［J］. 鸡西大学学报，2017，17（2）：119-123.

［155］唐小华. 宴饮博戏之风与李商隐无题诗“昨夜星辰”新解［J］. 烟台大学学报（哲学社会科学版），2017，30（2）：47-54.

［156］曹渊. 李商隐《无题》诗中女性角色的情感隐痛及其比兴意义［J］. 武汉理工大学学报（社会科学版），2018，31（1）：135-140.

［157］陈赛莉. 李商隐《无题》诗多义性主题下用典浅析［J］. 文学教育，2018（12）：39-41.

［158］刘婧. 锦瑟之音谜千古，不尽之意在无题——李商隐无题诗专题教学谈［J］. 中学语文教学参考·高中，2018（4）：41-43.

［159］何华. 以《锦瑟》为例谈谈李商隐无题诗的解读定位［J］. 文学教育，2019（5）：44-45.

［160］李雨欣. 论李商隐无题诗的美感特质［J］. 汉字文化，2019（11）：81-83.

［161］韩括. 李商隐七律爱情诗对心灵世界的刻画［J］. 兰州文理学院学报（社会科学版），2019，35（1）：86-91.

［162］况晓慢. 李商隐古文转骈文写作始末与其文体观探微［J］. 河北大学学报（哲学社会科学版），2019，44（2）：27-31.

［163］何燕湘. 弦外之音，便是人间心境——解读李商隐诗

歌中的“弦”意象［J］．中国民族博览，2019（5）：201-202.

［164］陆弈思．从“含蓄无垠”到“审美无限”——论李商隐无题诗美学意味的生成［J］．湖北科技学院学报，2019，39（3）：61-64.

［165］李宜学．论李商隐流寓桂林时期诗作的空间书写［J］．古代文学理论研究，2019（1）：531-566.

［166］赵海菱．生生美学视阈下的李贺李商隐诗歌新变［J］．名作欣赏，2019（21）：26-27＋43.

［167］张立荣．论李商隐七律对西昆体之影响［J］．山西大学学报（哲学社会科学版），2019，42（4）：6-12.

［168］陈炎艳．李商隐寓桂诗研究［J］．黄山学院学报，2019，21（4）：46-50.

［169］张学松．李商隐《燕台四首》“艳情说”质疑［J］．铜仁学院学报，2019，21（6）：84-89.

［170］马明洁．论李商隐诗歌中的黄昏意象［J］．淮北职业技术学院学报，2019，18（6）：60-63.

［171］程文．李商隐尺牍的文献价值及思想意义［J］．名作欣赏，2020（2）：165-171.

［172］解舒淇．试论李商隐爱情诗的艺术特色［J］．名作欣赏，2020（6）：115-116.

［173］张中宇．李商隐《夜雨寄北》“巴山”辨证——兼论文学原型的“典型化”［J］．宝鸡文理学院学报（社会科学版），2020，40（1）：20-25＋70.

[174] 雷晶晶. “风骚”还是“艳情”——论李商隐无题诗多维解读成因 [J]. 西安石油大学学报（社会科学版），2020，29（1）：106-112.

[175] 薛怡然. 李商隐诗中的伤逝之情 [J]. 名作欣赏，2020（6）：119-123.

[176] 潘玉凤. 论李商隐《锦瑟》的经典化 [J]. 青年文学家，2020（14）：72-73.

[177] 陈德喜. 多维视角下基于认知诗学的李商隐诗歌美感解读 [J]. 淮南师范学院学报，2020，22（3）：65-70.

[178] 陈墉. 李商隐《为濮阳公檄刘稹文》的文体特色研究 [J]. 辽宁教育行政学院学报，2020，37（3）：92-95.

[179] 程文. 李商隐尺牍的艺术特色和审美价值 [J]. 名作欣赏，2020（17）：123-129.

[180] 于波. 试论李商隐诗中“碧”字的艺术效果及成因 [J]. 名作欣赏，2020（27）：60-63.

[181] 陈仙炯. 李商隐七言律诗“拗救”情况研究 [J]. 文学教育（上），2020（12）：28-31.

[182] 刘嘉娟. 比较文学视阈下的李商隐诗心探微 [J]. 名家名作，2021（1）：154-155.

[183] 何津. 李商隐诗歌中的月意象 [J]. 文化学刊，2021（1）：100-102.

[184] 苏诗悦. 浅论李商隐诗歌中的仙人书写 [J]. 名作欣

赏，2021（12）：94-95+100.

[185] 吕红光. 李商隐《碧城三首》主旨之探究［J］. 文学教育（上），2021（4）：138-140.

[186] 崔际银. 李商隐诗歌名篇臆见［J］. 苏州科技大学学报（社会科学版），2021，38（4）：69-74.

[187] 刘嘉娟. 李商隐诗歌之春意象追寻及其“春心”溯源［J］. 艺术家，2021（7）：159-160.

[188] 上官国风. 李商隐诗歌中的光影书写［J］. 中国诗歌研究，2021（2）：114-129.

[189] 冯冬梅，郭东霞. 李商隐的恋柳情结及柳的意象分析［J］. 青春岁月，2021（23）：10-12.

[190] 李若辰. 李商隐后期咏史怀古诗的抒情特征［J］. 辽宁工程技术大学学报（社会科学版），2021，23（5）：358-363.

[191] 吴振华. 刘学锴先生的李商隐研究［J］. 天中学刊，2021（5）：66-74.

[192] 王玥琳，魏娜. 论《西昆酬唱集》宗法李商隐之缘起与继创［J］. 洛阳理工学院学报（社会科学版），2021，36（4）：59-67.

[193] 赵淑玲. 李商隐诗歌中的女性形象［J］. 青年文学家，2022（11）：144-146.

[194] 王杰. 浅析李商隐对屈原、杜甫诗歌艺术的接受［J］. 青年文学家，2022（11）：110-112.

[195] 况晓慢. 李商隐骈文对徐陵、庾信骈文的追摹与延展

［J］. 唐代文学研究，2022（1）：114-129.
［196］况晓慢. 李商隐古文思想内蕴及对其骈文写作之影响［J］. 河北大学学报（哲学社会科学版），2022，47（5）：100-107.
［197］胡丽娜. 晚唐诗人李商隐诗歌的禅宗美学特性研究［J］. 南昌师范学院学报，2022，43（4）：55-59.
［198］薛冰花. 李商隐诗歌花意象研究［J］. 西安石油大学学报（社会科学版），2022，31（5）：106-112.
［199］吴伟林. 李商隐诗歌的意境美探析［J］. 青年文学家，2023（8）：128-130.
［200］陈健，赵楠. 观情证境——论李商隐诗歌的情境美［J］. 青年文学家，2023（9）：64-66.
［201］赵晓辉. 李商隐诗的佛教观照［J］. 北方工业大学学报，2023，35（2）：64-71＋94.
［202］张明华. 李商隐诗文被称"西昆体"之解读［J］. 南昌师范学院学报，2023，44（2）：58-62.
［203］陈艳萍. 论李商隐无题诗的"召唤结构"［J］. 名作欣赏，2023（20）：102-104.
［204］廖镇翠. 使事精博、独具风骨——论李商隐《太尉卫公会昌一品集序》［J］. 今古文创，2023（33）：13-15.
［205］戴斌. 晚唐政治视域下李商隐祭文的情感表达［J］. 闽西职业技术学院学报，2023，25（3）：57-61.
［206］蒋寅. 李商隐《无题》与中国诗歌诠释传统［J］. 华

南师范大学学报（社会科学版），2023（5）：25-36+241.
［207］韩大强．李商隐诗歌夜意象描写［J］．信阳师范学院学报（哲学社会科学版），2023，43（6）：112-120.
［208］龚慧兰．留得残荷听雨声——谈李商隐诗歌意象的使用特点［J］．名作欣赏，2023（35）：74-77.
［209］李翰，石维娜．论李商隐诗之“互诠”——兼及一种诗学阐释方法及其应用［J］．唐代文学研究，2023（2）：66-86.
［210］刘青海．论李商隐五绝的艺术渊源及创变［J］．唐代文学研究，2023（2）：31-44.
［211］郭自虎，崔新一．论李商隐律绝的睹物惊心式表达——兼论“惊艳范式”对后代叙事文学的影响［J］．中国诗学研究，2023（2）：86-98.
［212］杨兆涵．论李商隐骈文创作的演变［J］．骈文研究，2023（1）：57-69.
［213］陈冠明．从汉唐记室文学制度看李商隐《樊南四六》［J］．骈文研究，2023（2）：1-26.
［214］宋荻．李商隐《碧城三首》新诠［J］．文史杂志，2024（2）：26-31.
［215］罗洋．论李商隐怨刺诗对《诗经·国风》的继承和发展［J］．青年文学家，2024（6）：103-105.
［216］王妍．时空意识、美学建构及教育价值：对李商隐《夜雨寄北》审美价值的再探讨［J］．今古文创，

2024（14）：25-27.
[217] 张婉欣，徐胜男．李商隐诗歌花意象的生命意蕴探析［J］．汉字文化，2024（7）：64-66.
[218] 王欣怡，宫臻祥．李商隐诗歌梦意象研究［J］．陕西理工大学学报（社会科学版），2024，42（2）：33-41＋48.
[219] 庄子悦，赵怀俊．李商隐无题诗歌中的意识流［J］．名作欣赏，2024（15）：107-110.
[220] 刘洁．阐释的开放性——李商隐无题诗的寄托旨义［J］．理论观察，2024（6）：135-138.
[221] 柴天骐，王福利．李商隐《春雨》悼亡意旨发覆——兼论李商隐悼亡诗的新变意义［J］．安徽大学学报（哲社版），2024，48（4）：60-68.
[222] 袁艺绮．李商隐梦诗探析［J］．时代报告（奔流），2024（7）：4-6.
[223] 李翰．论李商隐“女郎诗”及其“女性意识”［J］．古籍研究，2024（1）：35-42.
[224] 伏小刚．“梦梦言说”的玉谿诗——试论李商隐诗歌创作倾向与主要特征［J］．文化学刊，2024（8）：232-235.
[225] 苏红，马跃慧．李商隐诗歌意象写作探究［J］．青年文学家，2024（29）：93-95.
[226] 上官国风．李商隐对齐梁歌行的复归及其诗学意义［J］．中华文化论坛，2024（5）：66-75.

三、学位论文

［1］宋雪伟．李商隐无题诗研究［D］．南京师范大学，2021．
［2］焦洋．李商隐诗歌的佛禅意蕴研究［D］．东北师范大学，2021．
［3］倪宇航．李商隐女冠诗研究［D］．广西师范大学，2021．
［4］杜松梅．李商隐经典化研究［D］．山东大学，2022．
［5］周鹏波．李商隐赠答诗研究［D］．聊城大学，2022．
［6］杨兆涵．李商隐骈文创作演变研究［D］．南宁师范大学，2022．
［7］张帅．李商隐干谒文研究［D］．南宁师范大学，2023．